深入你不曾知道的丽江

Peter Goullart
FORGOTTEN KINGDOM

被遗忘的王国
丽江 1941—1949

[俄] 顾彼得 著　李茂春 译

一个俄国人
在丽江九年的亲身经历

中国书籍出版社
China Book Press

图书在版编目（CIP）数据

被遗忘的王国：丽江：1941—1949 /（俄罗斯）顾彼得著；李茂春译. -- 北京：中国书籍出版社，2023.7
ISBN 978-7-5068-9471-5

Ⅰ.①被… Ⅱ.①顾… ②李… Ⅲ.①散文集—俄罗斯—现代 Ⅳ.①I512.65

中国国家版本馆CIP数据核字(2023)第112915号

被遗忘的王国：丽江1941—1949

[俄] 顾彼得 著　　李茂春 译

图书策划	孟怡平　王　舒
责任编辑	朱　琳
责任印制	孙马飞　马　芝
封面设计	朱星海
封面插画	木林溪
出版发行	中国书籍出版社
地　　址	北京市丰台区三路居路97号（邮编：100073）
电　　话	（010）52257143（总编室）　　（010）52257140（发行部）
电子邮箱	eo@chinabp.com.cn
经　　销	全国新华书店
印　　厂	三河市富华印刷包装有限公司
开　　本	880毫米×1230毫米　1/32
印　　张	12
字　　数	210千字
版　　次	2023年7月第1版　2023年7月第1次印刷
印　　数	0,001—8,000册
书　　号	ISBN 978-7-5068-9471-5
定　　价	48.00元

版权所有　翻印必究

序

抗日战争期间，宋庆龄在香港组织中国工合（工业合作社）运动支持抗战。流落我国江浙一带的俄国人顾彼得也加入了工合运动。他随马帮来到深山中的丽江城——一个被内地人完全忘记的中国西南部古纳西王国。它那雄伟的玉龙雪山、奔腾的金沙江，还有丽江城一片繁忙支援抗日战争的景象，丽江就处在从印度到中国的马帮运输、支援抗战的路口上。这个地方深深地把顾彼得吸引住了。他开办合作社，把各行各业零散的小手工业者组织起来，扩大了生产规模，设立了医务室，特别关心穷苦人的病痛。他深入到纳西族等各民族群众之中，了解风土人情。他待人十分友善，深得当地百姓的喜爱。顾彼得，在丽江变得大名鼎鼎，妇孺皆知。顾彼得在丽江一待就是十年，也打算终生在丽江度过，怎奈形势不允许，只好依依不舍地离开了丽江。

知识分子顾彼得在新加坡用五年时间，细心回忆他在丽江的经历。他用英语写作，所用的许多习惯用语在中国出版的《新英汉辞典》中都有同样的收录。1955年在英国伦敦出版了《被遗忘的王国》（*Forgotten Kingdom*）。丽江人士知道后，一直期待着能读到它的中译本。我本人作为大学英语教授，又是丽江本地的纳西族人，感到自己应该把这本书尽快译出来，义不容辞。然而寻找原著十分艰难，经过多方努力，最终在美国芝加哥大学图书馆找到了原著。经过两年努力翻译，中文版在1992年作为云南人民出版社给在昆明举办的第三届中国文化艺术节献礼书出版，面世即被一抢而空，随后至今已重印过12次，成为人们了解1941年到1949年丽江真实风土人情不可多得的珍贵史料，书中由顾彼得本人拍摄的三十多张照片展现了当年丽江的淳朴风貌。

《被遗忘的王国》这本书的社会价值，可以从两个方面来说。一方面，是它促进了丽江旅游事业的发展。但凡看过这本书的人，一定会产生"去丽江看看"的冲动，丽江成为国际旅游城市，人们向往看到的神奇纳西王国，"此书有一份贡献"。另一方面，研究我国西南各少数民族历史文化的学者大量引用书中的资料，因为它记录了当时的客观实际。目前，有文艺工作者，试图把它改编成影视剧，我预祝他们成功！

译者：李茂春
2023 年 4 月 1 日

目录

001　绪言
不具备这种第六感觉的外国人,在中国是很难生活的。

015　随马帮到丽江
我马上猜出这些陌生人是谁了,但是我没有说出来。我并不怕被杀害,但是我憎恨自己只穿着内衣出现在丽江街头的样子。

036　初识丽江
商人们可以随便地把几千元的钞票或几百元的银币堆放在开口的篮子里,由妇女背着篮子,慢慢地走过大街和四方街。

073　丽江的集市和酒店
"太太,你们为什么不得不背所有这些沉重的东西,而你们的男人几乎总是空着手骑马回去呢?"她转过脸来对我说:"晚上哪个女人会喜欢一个疲惫不堪的丈夫呢?"

107　与纳西人的深入交往
纳西人的友谊是不会随便白送的,必须去争取。

118　　开办合作社

在这个城里，街谈巷议比西方报纸上的广告或电台的广播更奏效。

133　　我在丽江的医务工作

我的绝大多数病人是贫穷的乡村妇女，她们患有各种眼疾，这些眼疾是由于污物和辛辣的木柴烟雾造成的。

150　　我眼中的纳西族

娶个纳西族女子就获得了人生保险，余生可以过安闲懒散的日子了。

165　　丽江及其周围地区的藏族

藏族商人和显贵们住着最好的房屋，无论大小事纳西人都为他们服务，尽量使他们舒适满意。

207　　丽江坝的普米族、彝族和白族

彝族人的头发是神圣的，谁也不该冒着死亡的危险去碰它。

234　　喇嘛寺院

大约四百年前，喇嘛教由一个叫葛玛·曲英多杰的活佛传入丽江。

255　　捉弄人的鬼

人们深信死者的灵魂还存在。死者不是生活在蓝天白云之外的地方，而是生活在附近，就在帷幕那边。

269　　殉情和东巴仪式

在丽江，青年男女盟约殉情至少占自杀数的80%。

287　　丽江的婚俗

她及时从火焰上跳过去，进行了撒米仪式。接着宴席马上开始。

308　　丽江的节日

所有妇女和"潘金妹"（姑娘）都忙着烧煮、烤粑粑和擦洗火锅、茶具。男人们心情激动，刷整骡马鬃毛，装饰鞍鞯，准备了大量好酒。

317　　纳西族的音乐、美术和悠闲时光

他坚信音乐有教化人的力量。他留给他们的遗产是那个时期的乐器和古乐谱。他那些有才华的弟子及其后代恭敬地收藏这些遗产，为后世人保存了纯真的音乐。

326　　**工业合作社的进展**

藏族和纳西族社员负责挖矿碎矿。普米族社员烧炭。苗族和仲家社员打铁，汉族社员只有一个，名叫阿丁，充当勤杂员。

348　　**鹤庆匪乱**

不知怎的，情况发生了变化，这场苦难之后，丽江不再是原来的样子。过去的安全稳定感不存在了。人们失去了工作热情，甚至失去了玩乐的兴趣。

362　　**在丽江的最后时光**

我在丽江的幸福生活，不只来源于悠闲地欣赏鲜花及其香气，欣赏雪峰永远变化的光辉和连续不断的宴席，也不在于我专心于工业合作社的工作，或为病人、穷人所做的服务。

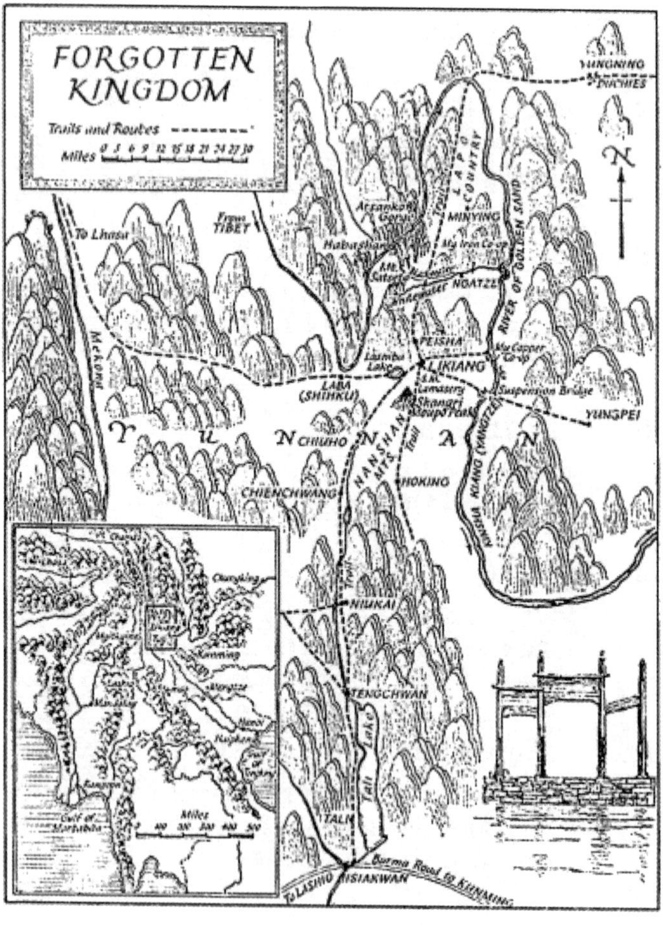
FORGOTTEN KINGDOM
Trails and Routes
Miles
To Lhasa
From TIBET
Mekong
MINYING
NGATZE
RIVER OF GOLDEN SAND
PEISHA
LIKIANG
LABA (SHIHKU)
Suspension Bridge
YUNGPEI
Y U N N A N
CHIHHO
NANSHAN MTS.
HOKING
CHIENCHWANG
NIUKAI
TENGCHWAN
Tali Lake
TALI
HSIAKWAN
Burma Road to KUNMING
To LASHIO
Chungking
Kunming
Rangoon
Gulf of Martaban

绪言

1901年,我出生在俄国。20世纪初以来席卷全世界的大动荡,震惊了少年时代的我。变化如此突然而剧烈,以致我从不认为我的人生是连续而有序的;相反是一系列相互无关的生活片断。然而岁月不能冲淡我对少年时代的记忆。我两岁时父亲去世了,由于我是独生子,我就成了母亲专心照料的对象。我母亲是个相当聪明而敏感的女子,对文学、音乐和自然美有浓厚的兴趣。我总觉得她有点远离于众多亲友,可能是因为在聪明才智或见识广度方面没有一个亲友比得上她。她能写诗作画,且很有灵感,所有这一切使她——最后连我也被吸引住,于是疏远了其他家庭成员。在她的朋友之中,许多人是她那个时代著名的科学家和哲学家。这可能与我受教育的方式有关，我受教育的方式被认为是很特别的，接连由许多家庭教师来教我，其中包括一位哲学家和一位通神学者。虽然那时我还很小，我清楚地记得莫斯科的生活充满活力，不同于巴黎优雅宁静的生活。

我从小就对东方充满兴趣，特别是对中国、蒙古、土耳其斯坦感兴趣。这肯定是血统上的关系，并且毫无疑问是我母亲那边的血统。在上一个世纪里，我母亲的父亲和祖父是有名的大商人，他们的马队去到科布多和基雅塔，甚至远至杭州采购中国茶叶和丝绸。他们往来途经蒙古，进行牲畜贸易，并与西藏进行草药、麝香和藏红花买卖。当我出生时这一切都已成为过去，那段发迹史的唯一遗老就是我外婆帕拉吉，她活到97岁高龄。在漫长的冬季夜晚，她常跟我讲很长很长的故事，叙说她丈夫和他的父亲怎样旅行到中国和蒙古以及其他神话般的国度。那些国家曾经被普列斯特·约翰和成吉思汗统治过，我睁大眼睛听着。她四周是旧茶叶盒子，上面有中国仕女画，画中美女端着精致的茶杯，给蓄有胡须、手摇扇子、戴有头巾的中国达官贵人献茶。盒子上印有文字，如像"红梅香茶"。在她房间里的温暖空气中飘溢着这些罕见名牌茶叶的幽香。靠墙而立的保险箱里放着奇异的蒙古和中国西藏的毯子，马队用的蒙古茶具摆在屋角里。我还看到萨满教用的鼓和笛挂在墙上。这就是那些没有文字记录的旅行所留下的一切。那些旅行者早已死去。

我很高兴帕拉吉外婆刚好在革命前去世了。她已经是半失明，并且不能走路了。可是当她谈到她喜爱的往事时，头脑仍然很清醒。接着革命来了。我和母亲决定离开俄国。我们乘火车跑到土耳其斯坦，在撒马尔罕和布卡拉见到的尽是恐怖的场景和流淌的鲜血。从那里到中亚的道路已被封锁。我们回到莫斯科，又转到海参崴，并在那里待了一年。在路上我们又碰上了有名的捷克军团叛乱，数月后才得以通过。最后我们来到上海。

1924年我母亲去世，我想她的逝世是难免的。在悲伤中我去到杭州附近有名的西湖，在那里我十分偶然地认识了一个道士。我们的友谊是自然而然的，因为我已经熟悉汉语。他带我到他在的寺院去，这个寺院坐落在离城几英里外的一个山顶上。在寺院里，他把我当作最亲的弟兄来照顾，寺院住持以极其理解的态度接待我。在他们的指导下，我好像被施了魔法般得到了安宁，心里的创伤似乎痊愈了。

数年来，只要一有空，我就离开上海继续去拜访那古寺。起初我在上海给商号当专家，鉴别中国文物、玉器和名茶，以此维持生活。1931年我加入美国捷运公司，充当旅游服务员，陪同大批顾客到中国、日本和印度支那。

作为一个有名的旅游公司的年轻工作者，离开灯火辉煌的"东方巴黎"——上海，到寺院休养，可能显得有点奇怪。可是正因为以旅游特征为主的极度欢乐的上海之夜，我才不得不退却到这样一个隐蔽处，以求恢复平静，并且重新获得镇静和力量。

我刚到美国捷运公司办公室没几天，一个美国百万富翁和他的妻子还有姨妹要我带他们去北京。首先，这位百万富翁要求我买足够的酒和食物以备旅途之需。令我为难的是，他递给我一万元的中国现钞。我很难把这一大笔钱塞进衣袋中。我预备了一个船舱的东西，24箱香槟酒、各种水果和罐装的美味食品。不幸的是，当我们出航时，起了大风，轮船猛烈颠簸，几箱香槟酒被甩下来，船舱门猛地打开，酒瓶在交谊室地板上到处滚动，甚至冲下过道，撞在墙上，发出震耳欲聋的爆炸声。富于幽默感的百万富翁却很高兴。首次旅行让我树立了威望,我成为富有情趣的旅游导游。这真是怪事。

接着有一位75岁的古怪的美国飞行员,长长的白胡须快垂到膝盖。他从衣袋里拿出一个飞机螺旋桨在手里挥动着,口里喊道:"我是飞行员!"他在远东寻找世间的乐园,这是他真正的古怪爱好。我们飞到兰州,坐的是一架小型德国运输机,因为当时中国的航空系统还处在初期阶段。后来我们去到北京,老飞行员在其他观光者中跑动着,在他们面前快速转动他的小螺旋桨,喊着,"我飞了,我飞了,你们看,像这样"。他包了一架飞机飞到长城,带着几个记者,并且给德国飞行员做了秘密指示。飞机旋转俯冲,有时长城出现在我们下方,有时在我们头顶上,有时我们似乎就要擦着城垛。这是观看长城的非同寻常的方法,吓得记者们脸色发青地坐着。

在这段时间里,我广泛地旅游,因为有常规行程和夏季巡游,还有许多专程旅行。在第二次中日战争(中国抗日战争时期——译者注)前,中国是个适宜居住的地方。我也独自旅行,通过我那位西湖朋友的介绍,经常住在道家寺院里。我在强大的唐朝首都西安度过了一段时间,又在当时的要塞潼关待了一些时候。我时常向我的老师父即寺院住持说起,我渴望到中国西部去，到很少为汉人和外国人知道的遥远的西藏去生活。可是他总是说时候未到。后来，日本人又侵占了北京和部分上海地区，这位师父告诉我时机到了。可是怎么去呢？在战争期间我不能独自去那里。后来突然有了个参加中国工业合作社的机会。我又一次请教寺院住持，对于我在今后的七年间会发生什么情况，他做了详细的预言。后来一切都按他的预言发生了。

1939年9月，我作为合作社的一员，从上海出发到重庆，这是长途旅程的第一阶段。

中日战争正在激烈进行中，要到达重庆是一件非常困难和危险的事。我乘一艘荷兰船到香港，再从那里乘一艘小法国汽船到海防。我的行李多，负担很重。在海防我碰上一些传教士，他们要随南京大学师生疏散到成都去。他们带有许多沉重的箱子，里面装有科学仪器和其他技术用品。他们要把这些东西带到大学去。海防是个嘈杂混乱的地方。美国、英国的传教士和商人沿着街道和码头奔跑，尽力在堆积如山的行李中辨认自己的行李。广场和公园都停满了各种各样的卡车和小汽车，等待运输任务。越南没有通到中国的公路。

一切东西都得靠窄轨火车经过两天运到昆明。这些传教士和商人当中很少有人懂法语，而法国官员很少有懂英语的。虽然这些可怜的传教士比我早两周离开上海，可是他们还待在海防。他们不能向海关解释他们带着什么东西，要到哪里去，更糟糕的是，他们不能填写法文表格。被大批的人群、堆积如山的箱子和大包、无数文件弄得发狂的法国海关官员，只好把这些听不懂话的人推到门外。我得知后为他们填写表格，领他们去见海关专员。我说上一阵滔滔不绝的法语之后，把海关专员拉到一个酒吧，要了所有想得起来的开胃酒。此时我的伙伴们瞪着眼睛看着我，大约半小时后一切事情都解决了，我的行李和他们的货物在下午都上了火车。那些可怜的伙伴都已到崩溃的边缘，于是我劝他们跟我到河内，在那里等火车。在河内我带他们到高级的首都饭店，让他们喝着香槟酒休息，我向他们保证说这种饮料不含酒精。早晨我们按时赶上了火车，第二天下午我们到达云南省美丽的省会昆明。

我们把所有行李都堆进一辆老式客车，准备把所有货物运到成都，途中遇到很多麻烦和挫折，以致两个多星期后，我才到成都。我在重庆停留了几天，为了领取西康省省会康定航空站站长任命书。在成都我碰着一辆去雅安的教会卡车——雅安是西康公路的终点。于是，我上了卡车跟他们一起走。一天夜里，我们在赶路，卡车全速行进，一不小心撞到一座腐烂的桥上。我翻了个筋斗，头朝下落在地上，幸亏没有折断脖子，但后来我头痛了好几个月。我们从雅安走了八天路，才穿过了可怕的西康峡谷。

我在康定待了两年（康定旧时称打箭炉），那两年总的来说是不愉快的。不过旅行到西康省的边远地区时，倒也有冒险和欢乐的时候。新成立的西康省毫无疑问是最腐败的省政府，实际上它独立于在重庆的中央政府。西康省的政府官员们阻碍我的工作，处处为难我的情况足够写一本书。我不断地被指控成日本特务，斯大林的间谍，希特勒的间谍，最后是中央政府的密探。他们在许多场合试图谋害我，可是每次我都奇迹般地得救了。最后我被软禁起来。幸运的是，财政部长、中国工业合作社主席孔祥熙博士打电报直接过问此事，并指示我回重庆。我感到痛苦。但是我得承认，这次令人不愉快的经历使我对恶劣的中国官场作风有了深刻的了解。我回到重庆时，不再是一个单纯无知的、心中燃烧着理想主义火焰的外国生手，而成了一个真正的中国官员，深知如何对付充斥在政府里的骗子们的阴谋诡计。在西康的官员中我也有朋友,他们当然推心置腹地向我传授了一些很有用的知识,即政界错综复杂的情况。

我在重庆受到孔祥熙博士的接待,告诉了他实情。我知道他会生气。在中国要求得到上司的报答,以此来为难上司,这不是官场的习惯。官员们只有变得像格言中的毒蛇一样聪明,才能救助自己。换句话说,他必须变得比骗子还聪明。在孔博士的眼里,我是另一个加剧了强大的西康省政府和虚弱的中央政府之间的摩擦的愚蠢的洋人。在这危急时刻,中央政府正努力避免摩擦,以此使全国政局得以苟延残喘。

"我很想到丽江去工作。"接见结束前我胆怯地补充说。因为虽然我还没有到过丽江,可是我已听说那个地方的许多情况,我想我会喜欢那个地方。他透过眼镜瞪着我。

"是我来做任命工作还是你来做?你将到我告诉你的地方去!"

不知怎的,我压制不住这种感觉,即在他那似乎粗暴的态度中暗藏着友善。我暂时归属于设在离重庆20英里的避暑胜地歌乐山的中国工业合作社总部。在那里，我们可以免受日本飞机的狂轰滥炸。后来我终于得到一道命令，把我分派到设在昆明的工业合作社的云南总部。这是个好兆头，因为昆明的气氛比充满阴谋的歌乐山好得多。

在云南的日子是比较宁静的。我们的总部设在离昆明15英里的一所美丽的庙宇中，离滇池不远。接着我要到保山和腾冲做调查。我事先没有告诉任何人就绕道到丽江去了。我立刻看出丽江正是发展工业合作社的地方，保山和腾冲则不是。这两个地方没有原料和工人，只不过是军事运输的要冲而已。据此，我写报告建议中央总部派我去丽江。总部对我的请求做了简短的拒绝。我温和地坚持着我的请求，可是没有结果。

后来发生了一件十分突然的事，孔博士来了一道命令，任命我为丽江航空站站长。我赶紧收拾行装不顾礼节地出发了。我只得到一小笔钱，没有文具，甚至没有传统的办公用章，总部也没有派人陪我。按照去西康的经验，这是个不祥的预兆，似乎是流浪而不是任命。通常任命省内城镇的航空站站长时，都要大动干戈一场。为他们准备好印章和大量文具，汇寄好资金，并选派胜任的秘书陪同前往。我敢打赌上头有人在设法除掉我。唯一被允许陪伴我的人是我的老厨师老王。可是他完全不能顶替秘书。

后来我才知道没有一个汉族人愿意到丽江去承担此职。他们提出种种理由为他们不愿到那里工作辩解。那个地方太遥远了。可以说那个地方似乎在中国之外，是"边远蒙昧之地"，是沉没在甚至不通汉语的野蛮民族之中的蛮荒之地。根据各种传闻，那里的食物，对于一个有教养的汉族人来说，是无法吃的。当地人吃的东西——牛羊肉、腌菜、牦牛奶油和干酪对汉人来说是几乎不能吃的。更糟糕的是，一切食品都用牦牛奶油来烹调。那里有许多汉人被刺杀或被除掉。穿过街道是危险的，因为街上尽是凶猛如野兽般的蛮子，腰间佩带大刀和短剑，随时准备使用。我想，他们肯定是在想为什么不派那个疯子洋人去那里呢？如果他能存活下来，那就很好。如果不能，那是他自作自受，因为他自己请求去的。也许还有其他更深的考虑。可能我的顶头上司对我不太感兴趣，可是他又不能毫无理由地剥夺我的工作——那将是对孔博士的微妙侮辱。他懂得绝不能干这种粗鲁的事，于是派我到丽江。而且，如果单独派我到丽江，没有助手或向导，只有一小笔钱，我能在那个陌生、不友好而且危险的地方干出什么来呢？我该被吓得惊慌失措，一两个月内就急着赶回来，可怜地承认我的失败，并恳求回到和平而安全的总部避难所。于是那样我的命运就可以决定了。在西康的失败加上在丽江的失败！

然而我充满了一种胜利感，因为丽江正是我想生活的地方，不管他们怎么想怎么说，我知道在那里我能获得成功。我现在有了一些经验，加上我长期待在西湖附近古刹中吸取到的所有戒律和忠告，我就会成功。在中国工业合作社中，我是最后一小组试图起实际作用的外国人中的一个。可是除我之外，他们都要么自愿离去，要么被人用计谋被迫放弃。他们诚实、充满理想、精力充沛并且真正献身于工作。他们都会讲很好的汉语，可是对汉人的性格和智力认识不足，不能使汉人适应他们的工作方法。他们的能力很强，能够让对工业合作社运动感兴趣的汉人产生极大热情。可是他们不能长久地坚持下去，其原因在于他们自身的素质。当放慢比推进更为有利时，当保持沉默比大声讲话更为有利时，他们不能立即识别出来，不是灵巧地调整某些不适合的东西，而是径直干下去，使朋友和敌人两者都丢脸——这点在中国无论如何是要避免的，因为它会引起毫无道理的、不能控制的破坏性仇恨。可是其中最重要的是,在与汉族各阶层相处时,他们缺乏区别精华与糟粕的直觉能力。不具备这种第六感觉的外国人,在中国是很难生活的。在中国,生活和人际关系并不像所呈现出来的样子。一个外国人只有懂得这种生活及人际关系中暗含的意义,才能成功地待在这个地方。

于是我现在成了一个"最后一批莫希干印第安人"[1]。正如道教教导我的那样,"无为"很重要,与某些不能掌握道教教义的西方人的想法相反,这并不意味消极与缺乏行动和主动性。它实际上意味着积极参与生活,但是要顺流而下,不要愚蠢地逆流拼搏,以免一个人被大浪吞没而毁灭。要防止许多可能造成伤亡的事件发生,显得太聪明和爱管闲事并不好。汉族人很讨厌自作聪明、爱管闲事的人,他们总是设法用巧妙的方法挫败他。好吵架的人难于容忍,某种意义上他赢了,但同时也失去了一个朋友。正如道教格言所说,不争吵的人就没有人来跟他争吵。另一句有用的格言是:"不爬高的人也不会跌跤。"这并非真正阻碍进步,而是意味着一个人要谨慎行事,要一步一步地前行。我的老师教导我,

---

[1] 莫希干族:即昔日主要住在美国康涅狄格州的印第安人。——译者注

匆忙中去爬一把摇晃的梯子是没有用的。一个人的地位要慢慢地慎重地树立起来，以保证其长久、成功和令人尊重。

即使自身素质很好，一个外国人在中国政府中供职的道路仍然是艰难的。尽管他有重庆和昆明发的证书，他得向地方当局证明，他正是适合此地的恰当人选，也得使其他人满意，特别是就政治而论。

于是我出发去丽江，心里意识到，当地的人们起初并不明白我来的目的和我的工作性质，也许他们期望我不久就两手空空地又离去，我所在的昆明总部也确信我会有同样的结果。

随马帮到丽江

到丽江的道路始于繁华的云南省省会昆明。滇缅公路从昆明到下关，约有250英里。从昆明到丽江，按照马帮行程至少有160英里。

回忆在滇缅公路上的行程，常使我心中充满恐惧。虽然这条公路建筑很了不起，维护得很好，沿途风光美丽，却是一条险恶的要命路。经过无数U字形急转弯，越过好几座山脉，公路爬高了一万英尺左右，车子沿着令人头晕目眩的悬崖陡壁边沿前行。我第一次横越这条公路是在它刚修好后不久。我永远无法忘记无数重型卡车翻在深谷底无法挽救的情景。在抗日战争期间，这条公路是给中国供应军用物资和货物的生命线。绝大多数驾驶员是汉族，来自中国沿海地区，那里地势低平。当时对驾驶员的需求十分紧急，且供不应求。不管有没有开车执照，只要会开车的人都被调来，或为军事或为商业，只要他显示有开车技术就行。薪金很高，另外还可赚几千元外快。但由于不习惯在气候复杂多变、山势陡峭和有令人屏息的急转弯的大山里开车，成百的驾驶员第一次试开就送了命。我亲眼看见一些车辆冲下悬崖，从下面传来一阵刺耳的撞击声。许多人不顾有经验的驾驶员的警告，坚持在大雨天穿过某些危险的峡谷，结果被塌方埋没了。几乎所有卡车都是超载的，许多车没有检查过，爬陡坡时刹车失灵，致使卡车往后滚，直至车毁人亡。除了时常发生的土匪威胁外，这条公路留给驾驶员的险情不计其数。

我明智地拜访了昆明的老商号，他告诉我，在付车费之前，要询问好由最可靠的驾驶员开到下关去的卡车。为了逃避日本飞机的空袭，起程通常在黎明前，从乡间一个不引人注目的地方出发。货物上头堆行李，行李上头坐人，一般有20至30多乘客，男人、女人和小孩都有。无论何时我们来到陡坡面前，要是卡车开不上去，我们就跳下车，帮着一点点地推，这时散热器像火车头一样喷出一股蒸汽。急转弯之后的下坡路上，驾驶员为了省油，让卡车滑行下坡，这时我们只能祷告了。下关至丽江这段160英里的行程，一般要花三至四天，夜晚在路边小旅店过夜。

下关是个令人讨厌的多风的地方，耸立着光秃秃的险恶的大山。像昆明一样，下关也是熙熙攘攘的，军事方面——中国、美国和英国军人坐着卡车和吉普车到处乱冲；商人们则忙于用车和船装卸他们的货物；还有成群的苦力、驾驶员和一群无业游民懒洋洋地到处闲逛。下关因臭虫多而远近闻名，而且这种臭虫是一种特别大而凶猛的品种。

从下关到丽江，人们可以赶马帮或步行。步行和赶马帮我都经历过好几次。可是我对到丽江之后一次赶马帮的回程印象特别深刻。那是在干燥的春季，在炎热的夏季到来之前。

到下关后我把行李带到一个朋友家里。然后找来了赶马人，他们数了行李件数，决定分成几驮。接着大约花了两小时讨价还价，狡猾的赶马人显然要加我出的价，他们一会儿走开，隔一会儿又折回来，然而每次回来每驮要价就会多要半元或一元钱。最后我们定了价，给了他们一元定金。不久，强壮的白族妇女就来了,把箱子皮箱背到船上。傍晚,吃过一顿很好的晚餐后,我们去检查行李,见行李已整齐地堆放在一艘大船上。当月亮升起时,扯起了大帆。男男女女拿出当地的琴和三弦,一大浅盘干酪和一大壶酒。他们又弹又唱,我们则喝着酒。之后他们解缆放船。我们观看木船滑入广阔而美丽的银白色的大理湖(即洱海)中,还有其他货船做伴。旅客们则留下来乘公共汽车出发。

我一早起来,早餐吃的是本地的火腿、乳饼和粑粑(扁平的奶油火腿夹心面包),和着藏族的酥油茶咽下去。我的纳西族雇员和汝芝来了,我们拿着手头行李和铺盖,上了一辆吱嘎作响的超载的公共汽车,一个小时之后,我们才到大理。虽然有些人认为大理是世界上最美丽的地方之一,可是我从来不喜欢大理。受了一次大地震的破坏后,大理一直没有恢复繁荣,到处充满荒凉和死亡的气息。我们很快进入南门,穿过北门。门外有一长排一匹马或两匹马拉的"战车"等候着。我们说好了价钱,把行李尽量堆放好,于是挤进其他旅客之中。我把这些马车叫作"战车",是因为我怀疑在世界上的其他地方是很难找得到这种车辆的。长方形的木箱安放在两个用旧橡胶轮胎做的轮子上。箱子的前面是开口的,两排木板供人坐，上面有蓝色布篷。它们如此原始，以致我总是认为它们是埃及法老派人去抓雅各布到埃及。道路简直不像道路，只不过是大石头嵌成的一道痕迹，穿过没有架桥的山水溪流。沿着这条道，车辆发出吱嘎声，猛烈地左右摇摆着，两匹强壮的马拉着车全速前进。我小心地坐在车的前部。有时颠簸得很剧烈，以致乘客被颠起来撞到车顶篷上，有一个人几乎撞破了头。遭受严重颠簸和擦伤之后，我们到达了目的地——位于洱海另一头的大马街，时间已是下午很晚了。我唯一的乐趣是观看这巨大的洱海，它像一颗绿色大宝石，镶嵌在蓝色的大山中。

我们一到大马街，赶马人就找到我们了，他领我们到他的住房。其他旅客已经到了。他安顿好我们，并通知我们，货物和行李马上就会到达，因为已经可以看见船了。我们住的房子崭新漂亮，门、柱和家具都是木制的，雕刻精致，金银粉饰。不久摆上了一桌丰盛的筵席，还有许多壶美酒。我们的床上铺上了珍贵的藏褥子，然后我们再在上面铺上自己的铺盖。

清晨四点钟我们被叫醒。匆忙吃了早餐，接着是喊叫声和锣声。牢牢地拴在鞍架上的驮子在院子里排开。争斗着的骡马立刻被牵进来,当然伴随着许多有伤风化的咒骂声。每一个驮子由两人举起,迅速安放到木制马鞍上,然后让马小跑出去到街上。我手头的行李很快被拴在一个类似的马鞍上,铺盖打开成坐垫,全部新玩意儿都披挂在一匹马上。接着我被一整个地举到马背上,"嘘"的一声马被赶走,赶马人向我叫喊,要我过大门时小心头。在外面,马帮的其他小分队正从邻近房子里涌出。锣声一响,额头上装饰有红色丝带、绒球和小镜子的头骡被牵出来。马帮的头骡向前走时,它先回头看看是否一切就绪,接着开始以轻快的步伐走上大道。接着二骡跟上,二骡装饰不如头骡漂亮,但是它还是很有权威的。马上整个马帮就出现在它们后头,它们朝前走时形成一个纵列。赶马人穿着鲜艳的蓝色上衣和宽大的短裤,在马后边奔跑。他们戴着美丽如画的、用半透明防雨丝绸做的宽边帽,帽子上有一束彩色帽带。

观察马帮行进的速度使我惊奇不已。马帮在平地上或下山时,速度相当快,赶马人务必做到毫无理由地放开马跑。赶马人任何时候都在用可以想得出的最污秽的语言向前催赶着牲口,还向它们扔小石头和干土块驱赶。这样急速前进三个小时之后,我们来到一条平静的溪流边,这儿有一块优美的草地。马帮停了下来,驮子卸下放成一排,赶马人架起大铜锅,开始煮晌午饭。卸了鞍架的牲口吃着饲料,喝着水。马嘶叫着,开始在地上打滚。由于马帮费中包括了吃住,赶马人给我们发了碗筷,要我们跟他们一起吃。我们面对面地坐成长排,从摆在中间的大盘里盛饭菜。任何人都不许坐在两头,因为赶马人相当迷信,他们说任何人坐在顶头都会堵了路,接着就会有灾难。

下午很晚我们到达牛街,马帮分成三个分队,各自进入一个马店。我们住在楼上,又吃了一顿饭。本来我们想在牛街有名的大温泉里洗个澡,可是池子里挤满了麻风病患者。我试图睡觉,可是睡不着。楼下牲口磨食的响声就像是一座大磨坊的响声。老鼠从我脸上跑过,赶马人围着火塘聊天,一直聊到第二天起床时。

第二天,我们穿过深山老林。山口处常有强盗出没,这是到丽江之前的第一个盗贼活动地带。傍晚我们到达天卫,第二天早上我们路过剑川。从大理到剑川这一带地方是古时白族王国的领土,白族以建立伟大的南诏王国为其鼎盛时期,而南诏王国被忽必烈征服了。无人确知白族的起源。关于白族历史方面,唯一值得注意的著作是费子智写的《五圣塔》,这本书谈到白族的一些风俗和信仰,但是没有探究他们起源的秘密。也许正像他们当中一些人说的,他们实际上是柬埔寨吴哥逃来的难民,但是要证实这个说法还需做许多研究。

剑川是个由城墙围着的小镇,街道呈黄褐色,显得很单调。除了赶集的日子以外,镇上的两个饭店都不卖吃的。剑川白族的小吃是有名的。男女都穿黑布衣服,他们缺乏白族通常那种欢乐和满不在乎的气质。

沿河有一条路,从路上的一个小地方通过大山垭口看出去,可以看见50英里外的丽江雪山。山峰和冰川在阳光下闪烁。种着冬小麦的开阔的坝子变窄了。不久我们爬过一座小山,山顶有一座白塔,然后下山到一道独特的大门口。这就是古时白族王国和木氏或丽江纳西王国之间的边界。

不久我们到达九河村,那里正在赶集。街上挤满了来自剑川和上头坝子的白族人,还有纳西族和其他民族的人。我们遇着许多来赶集的朋友,他们当中有喇嘛、纳西族学生和几个从丽江来卖器皿的妇女。我们正在吃午饭,有煎鸡蛋、干牛肉,伴着剑川白酒咽下去。我们看见阿姑雅的父亲和他的一个儿子在一起。他是我的老相识了,他们家待我就像家里人一样。他们是我到达丽江后交的第一家白族朋友。有一天我去家具店定做几条长凳,在那儿我认识了一个年轻的白族木匠,名叫泽光,还认识了他的妹子阿姑雅,阿姑雅是来丽江卖东西的。后来泽光和阿姑雅就开始到我家来玩。无论什么时候过九河村时,我都常去他们家。阿姑雅是个精力充沛而专横的姑娘,与她温和谦逊的父亲和她沉默寡言、尽量避免抛头露面的母亲相比,我总觉得她像一家之长。

阿姑雅的父亲正等待我们到来。他告诉我们径直走到坝子顶头,就可以到他家了,还说在他家已经给我准备好了马,他晚些时候即可回到家。我们的马帮行进在绿色田野里弯弯曲曲的小路上,向着深山老林进发。道路变得狭窄而拥挤。我们在不知不觉中平稳地向上爬。空气变得凉爽而清馨。马帮头开始敲锣,深沉的响声在山谷中回荡。

在狭窄曲折的山路上,马帮锣是必不可少的。它能提醒背着笨重篮子走过来的农民,以防与马帮相撞。因为以马帮行进的速度而论,如果没有警告,两队马帮撞在一起,那将是一场大灾难。碰撞比两列火车相撞还严重。骄傲而嫉妒的头骡寸步不让,各自只顾往前闯,可能会把对方推进路边很深的灌溉渠里去,或把对方撞到隘路旁的山石上。其他的马也绝不会停下来。混战中牲口会互相冲撞,嘶叫着,拥挤着,甩开驮子,摔下骑马的人。等到它们被赶马人咒骂着拉开时,其情景就像一片战场。大包大包的东西散落在各处;像瓷器之类易碎的货物已被砸得粉碎;弄得头昏眼花的旅客跛行到空旷处检查他们受的伤。对于一般步行旅客来说,当他们听到这不祥的锣声时,唯一的反应就是飞快跳到路边空旷处的安全地带,以免他们被猛地摔下沟或折断了腿脚。

最后我们来到坝子的顶头,四周是悬崖峭壁的大山。马帮又分成几个小分队,进入了指定的马店。我们向马哥头告别,让他把我们的行李运到丽江。马帮费从来不用预付。先付费是对马帮极大的侮辱。事先只需付一元左右的一小笔定金,余额在到达的当天再付。货物和行李不是运到任何集中的站点或仓库,而是由赶马人分送到货物主顾的家中或商店里。只要不遭受天灾和匪祸,赶马人保证把货物完整地送到。到达丽江前的最后一个山坳是最可怕的,因为那里的荒山野

阿姑雅是个结实的白族姑娘,作者随马帮去下关时经常在她家停留。

岭中隐藏着最强大的土匪窝。

阿姑雅家的房子坐落在山坡上，俯视着马帮大道。阿姑雅已在那里等着我们，她是个结实的姑娘，22岁，大圆脸红润润的。像所有坝子里的白族妇女一样，她穿着长达脚后跟的蓝色束腰外衣和蓝色裤子。她头上戴着精巧地系成结的头巾——蓝色、红色和白色。两端结在鬓角附近，形成漂亮的猫耳朵。我历来都非常喜欢白族姑娘的这种打扮，我告诉她们，她们看上去像穿上荷兰民族服装的猫。阿姑雅进了厨房，她母亲正在那里忙着。

阿姑雅的父亲和她哥哥阿成很晚才赶集回来。老人向我道歉，说他去召集家丁，设法组成十人的护送队，第二天早上送我过山。

"现在有一大帮强盗，上星期才抢了一队马帮。"他告诉我。

"嗯，如果是一大帮强盗，十个家丁怕也对付不了。"我说，"如果我只跟和汝芝一起走，或者阿成也可以去的话，那肯定少引人注意一些。"

我们商量了半天,最后决定带五个家丁,只是装点门面而已。

我们点着明子吃晚饭。明子就是有油质的松树碎片,摆在特制的土墩子上燃烧。许多白族朋友溜进来,主人为大家拿出一大壶酒,单独给了我一小壶。

"这就是你喜欢的窖酒——蜂蜜酒,"阿姑雅的父亲说,"我上星期从丽江特地为你买来的。"

典型的白族菜肴摆上桌,按照本地习惯,都用小碟子装,有家里腌的火腿、油炸鸡、油炸小鱼、红烧鳝鱼、煎洋芋和腌猪肉。大家谈笑风生,有些人拿出琴弹唱。我非常欣赏他们那种悦耳、稍微单调的音乐和哀怨的歌唱。情调十分浪漫,主题全部是关于爱情、英雄和美人的。每次阿姑雅来上菜,有一个小伙就羞红了脸。

"我看他肯定要成为阿姑雅未来的丈夫。"我用肘轻推阿成。我的话引起一阵哄堂大笑,那个年轻人脸红了,其他人会意地点点头。

清晨很冷，草上覆盖着一层灰白的霜。我们饱餐了一顿早饭。之后我骑上我那匹马，和汝芝背着一篮子食物和随身行李，我们就出发了。马上我们就来到陡峭的大山前。有一条用圆石铺成的路，十分陡峭，穿过灌木丛呈"之"字形向上。我下了马，并与和汝芝分手。我走一条小路，是条近路，穿过杜鹃花和松树林一直往上爬。羽毛美丽的野鸡不时穿过小路，隐藏到附近的灌木丛中。远处山鹿的叫声和各种山鸟的啼叫声是山里唯一的响声。我爬得越高，天气就越冷，呼吸也就越困难。哨声和嘘声从上面传来，情景非常壮观：高山和黑压压的森林包围着我，而道路两边是多山石的深谷，谷底有一个绿宝石般的湖。马帮走的路像一股黄色的细线通向石鼓。我终于喘着气爬到了山顶，从那里穿过一个阴森险恶的山峡可以到达远处的高原。带着老式步枪的五个青年人，抖抖颤颤，在等候着我。"你们是护送队吗？"我询问道。他们点点头。我们坐了一会儿，等候我的马和和汝芝。

然后我们开始沿着一条狭窄的山路走，这条路非常危险，紧靠着一个令人窒息的深谷边沿。不久我们就到达高原，高原上到处有魔鬼隐藏的落水洞。这是丽江周围地区的典型地貌，它们呈大漏斗形，里面长着一丛丛树，树林中隐藏着直通地壳底下的无底洞。一个人影都见不到，我们周围只有松树林和大山。原来已经说定，等我们过了臭名远扬的"强盗庙"，护送队就回家。从强盗庙开始，到丽江的山路就在慢慢下坡。强盗庙是这个11000英尺高原上的最高点。我们停止了谈话，在难以忍受的寂寞孤独中慢慢地走了一小时又一小时。

我们终于来到一个拐弯处，过了拐弯处就可以看见那座可怕的庙宇了。十个人的一伙，穿着很破烂，可是每人带着一支老步枪，似乎从天而降。我们没有停步，他们突然看见我们。其中有一个人开口讲话。

"你们去哪里？"他用纳西语问我。"去丽江。"我爽快地回答。他想了一会儿。"你懂纳西语。"他微笑道。我跟这个家伙谈了好一会儿，家丁们谨慎地保持着沉默。和汝芝向他解释我是谁，我住在哪里，我们从哪里来。我马上猜出这些陌生人是谁了，但是我没有说话。我并不怕被杀害，但是我憎恨自己只穿着内衣出现在丽江街头的样子。我们来到松树林中一小块空旷处，我下了马，并请大家坐下。从和汝芝的篮子里我取出一个酒壶和一个碗，把碗斟满酒说道："请喝酒！"酒碗轮来轮去，大家都变得热烈而高兴。慢慢地对我的行囊的兴趣和关于我有多少钱的询问逐渐减少了。我谨慎地露出一句话，说我身上根本没有钱，因为我的资金随马帮运到前面去了。

"我们是穷人，"其中一个陌生人说，"只好靠施展小聪明过日子。"他又喝了一口酒："不过你是个好人。我们了解你的工作。我过去没有见过你。可是有一次你救了我和我朋友的命。你记得去年有个老妇人来到你家，求你给被火药爆炸烧伤的人一点药吗？"他一边说，一边脱下裤子，露出有伤疤的腹部和大腿。我立刻想起来了。

"原来是你！"我叫道。

"是啊。"他说，慢慢地系上裤子。整个情景又清晰地浮现在我面前。有一天很晚我才回到家，看见一个从山村来的老妇人在院子里痛哭。她边啜泣边说，为了打猎，那天下午她儿子和两个伙伴用一口大锅在制造火药，有一个人漫不经心地扔了一个燃着的纸烟头到锅里……

"他们还活着，"她告诉我，"可是大腿上和腹部的皮

11000英尺深的虎跳峡边的道路，长江从这里流过。

肤都烧焦了。"

由于丽江没有医院,她只好来找我,走了40里(约13英里)路来找药。我想病情极为严重,那么多皮肤被烧伤,这些人肯定会死,我能做点什么呢?如果我给他们药,而他们死了,我会被认为是凶手,在一群暴怒的家庭成员或家族成员的手里,我的命是一钱不值的。这里的风俗就是这样。然而我得尽最大努力。我叫老妇人在我的仆人和邻居面前起誓,如果这些人死了,他们的家人不得追究我的责任,并且我坦白地告诉她,如果伤势太严重,他们肯定会死。她明白了,于是对着雪山上的三朵大神、其他众神和居住在山里湖里和树上的强大的龙的神灵起誓。于是我给了她大量的磺胺粉和药棉,告诉她每天给病人轻轻地撒上药粉。

"不过,"我坚持说,"你必须让他们坚持每天喝大量的水。"

她抓了药就走了。一星期以后她带着几个鸡蛋来了。

"他们还活着,正在喝水。"她说。

我感到惊奇。又过了一星期,她又带着几个鸡蛋来了。

"现在他们能吃点东西了。"她告诉我。两星期后她带来一小罐蜂蜜和更多的鸡蛋。"现在他们能走点路了。谢谢您,啊,多谢您了。"

几星期以后她又来了一次,带来一只母鸡,微笑着。

"现在他们可以和妻子睡觉了。"她兴高采烈地说。

原来这几个人就是烧伤的人。他们轻轻地扶我上马,祝我们一路顺风,接着消失在松树林中。

在强盗庙(一个烧掉了一半的小神殿)附近,我们向护送队告别,感谢他们,并按风俗给了他们一点小费。我们互相交换着善意的眼神,没有人提起刚才的遭遇。

我们又在寂寞中行进,穿过一片只见森林和远处大山的起伏的地带。雄伟的扇子陡峰出现在眼前,闪烁的冰川倒映在美丽碧蓝的拉市海中。远处可见拉市坝村白色、橘黄和红色的房子。当我们到达村子时,我们停下来吃了一顿简单的饭,接着随低平的坝子而上,坝子上的拉市海四周青山环绕。慢慢地我们爬上了通向丽江的山峡。

作者的朋友和国斗，来自拉市海的纳西族典型山地农民。

初识丽江

翻过山口向下走，啊，美丽的丽江坝，使我为之倾倒。每当春季里我走这条路来到丽江时，我都赞叹不止。我得下马凝视这天堂的景色。气候温和，空气芳香，带着一股从耸立在坝子上的大雪山传来的清新气息。扇子陡峰在夕阳中闪烁，仿佛耀眼的白色羽毛在顶上挥舞。那上面风暴怒号。雪花漫卷，犹如帽中绒毛。下面却一切平静。一片片的树丛，红的桃花、白的梨花，和羽毛般的竹林相互点缀。而这一切都隐蔽在分散的小村落里白色或橘黄色的房屋背后。玫瑰花遍地都是。篱笆是由大片大片的小双朵白玫瑰编织而成：大朵白色、粉红色和黄色攀缘玫瑰花，垂挂在树上和屋檐上，矮小的单棵玫瑰遍布于草地和空旷处。香味压倒一切，沁人心脾。田野里冬小麦绿油油的,水晶般明澈的冰雪溪水潜流其中。深水植物像一束束发丝在水中飘荡。来自冰川的水分流成无数小溪沟渠,使丽江坝成为世界上灌溉最便利的地区之一。小溪急流淙淙,百灵鸟和其他鸟类的啼叫声如同神灵的音乐。乡间小路弯弯曲曲地通向村外。

丽江城是看不到的,它隐藏在一座小山背后,小山顶上一个红白色的庙宇清晰可见。在丽江占支配地位的纳西族农民们成群结队地赶集回来。谈笑风生的男女牵着马匹,在老远处我们就听到了他们的说话声和歌声。他们当中许多人都认识我。他们的问候发自肺腑,充满欢乐。回家前他们习惯在城里喝酒,因而脸色通红。用土坛子装的酒用马驮着,或由妇女用篮子背着,准备在山里寒冷的冬夜到来时享用。一群小伙子穿着短裤和麂皮褂,从一个拐弯处背后上来,吹着芦笙唱着歌谣。他们是阿托里人(一个生活在南山深处的神秘部族),他们热情地向我打招呼。前头有一阵杂乱的响声——铃子的叮当声、铁器的铿锵声、喊叫声和牲口的踩踏声。那是从城里出来的一队藏族马帮。不久,马帮的主人骑着肩宽体壮、粗毛蓬松的矮种马来了。他们是两个藏族绅士,穿着华丽的红色丝绸衬衫和厚实的上衣,腰间系着彩带,头戴绣金宽边帽。

"你们上哪儿去？"我用藏语向他们问候。

"去拉萨。"他们咧嘴说。然后其中一个用漂亮的英语说："先生，请抽支香烟。"并且递给我一盒菲利普·莫里斯牌香烟。

他们慢慢前进，不一会马帮跟上来了。我们拉马到路边以便马帮通过。藏族马帮不像下关到丽江的白族马帮，他们悠闲地行进，没有猛烈冲撞的危险。骡马进入西藏不驮140磅至180磅重的驮子，而只驮80磅至100磅；他们不像白族马帮一样钉马掌以防马在石头路上滑倒。藏族马帮一天能走的路程是很短的，20英里为限。牲口得到很好照料，总是显得膘肥体壮，养得很好。从丽江经过拉萨到卡里姆邦三个月的跋涉，如果要牲口存活下来的话，驮子轻、路程短和饲料充足是必要的。途中没有大道，只有一条要攀登的弯弯曲曲的山路，通过阴暗多石的峡谷，沿着陡峭的大山忽上忽下，涉过咆哮的冰川溪流，有时跋涉于危险的山地泥潭沼泽中。骡马到达目的地时都已精疲力竭，马蹄受损，需要很长时间才能恢复元气。

我们遇到的马帮和任何其他典型的藏族马帮一样。头骡戴着面罩，上面用绿宝石、珊瑚、紫水晶石和小镜子做奢华的装饰；耳边有红色丝带。头骡上有一面三角黄色旗，做绿色锯齿状镶边，暗含的藏语意思为："丽江—卡里姆邦直接运输线"的传说。每20匹骡马为一组，由一个步行的藏人看管着，这藏人扛着枪，带着一只脖子上套着红色毛织花环的大藏狗。

当我们路过城郊的村子时，酒店里的妇女向我们挥手，邀我们喝杯酒。我们在每家酒店喝一杯，以免得罪她们。在邻居们的招呼声中，我们已慢慢爬到半山腰，进入大门来到一个满地是花的院子。我们到家了。

我们的房子是旧的，但是它还完好宽敞。丽江房子都是两层的，盖有三方或四方边房，或者更多。不管大小，建筑式样都是一致的。下半截用土基砌成，按照主人的爱好，外面粉刷成白色、橘黄色或淡蓝色，用黑色或蓝色线条勾画出优雅的镶边。中央是石板镶成的院子，有三条石头镶边的高出地面的花坛。每方楼下的中屋有四至六扇雕刻精美的合门。其他房间有雕花窗或花格窗。房间后面安上护壁镶板，遮盖住难看的土基。上头这一层是个宽大的房间,但有的相当低矮。这一层房屋可以随意分隔成许多小房间。因为纳西族很少有人喜欢住楼上,所以楼上通常作为粮食、庄稼和货物储藏室。由于屋顶没有天花板,板壁又没有高达屋顶,所以屋内微风习习。后墙上只有几道窗子,而前面则有一长排窗面对院子,稍微朝上倾斜就可以打开。由于没有窗玻璃,花格窗上只糊着薄绵纸,就像日本房屋的窗子,所以夜晚从雪山上怒吼而下的冷风吹来时,很难御寒。屋顶用沉重的土瓦盖成,依照汉族的传统式样,角落处稍微朝上卷起。所有的瓦都是灰色的,可是有时边缘上的白色线条会打破灰色的单调感。

才到丽江的人要找一所房子住是相当困难的。至多能和房主人分住一方或两方耳房。由于厨房难安排,有小孩打闹,还有人盯着看,这很不方便。

当我一来到丽江,我就让大家知道我必须有一整所房子办公和生活。几星期过去了,我突然听说有一所,可是有个美中不足之处,房东坚持一条:即她的远亲,一对老夫妇,他们是房子看管人,还有他们的独子,要继续住在这所房子里。我不得不接受,我为很快能找到这所房子而高兴。然而我知道丽江的住房情况，我开始怀疑为什么仓促出租而且租金很低。虽然这所房子远离市中心，然而它是一所大房子，显眼地矗立在去拉萨的大道上，把它办成一个小旅店是很方便的。然而它一直空了很长时间。我们在我新结识的纳西族朋友中和我的来自上海的汉族厨师的朋友当中谨慎地询问之后，才知道了真实情况，原来这所房子是闹鬼的地方。有人悄悄告诉我很多不吉利的事。

这所房子曾经是个生意兴隆的旅店，房主人是一个年迈的鳏夫，他娶了现在的女主人，听说她活泼漂亮，是个名声不雅的卖俏者。很显然，她对婚姻生活抱有不同一般人的想法，因为过了几年之后，年迈的男人因晚上发惊厥，死在楼下的一间屋里。年轻的寡妇痛哭流涕地告诉人们，他是暴饮暴食而死的。然而他死前不能说话，所以邻居们对他的死因另有看法。他们确信他死于有名的纳西毒药，即用油炖的致命的黑草乌。这种无情的毒药发作起来以喉头瘫痪为特点。发惊厥时受害者只能发狂似地呆望着束手无策的伙伴，而说不出一句话。此种毒药至今没有解药。年轻寡妇带着一个小儿子，留下来享受她获得的一切。旅店继续营业，可是旅客减少了。纳西族很讲迷信，听说这件事后，很少有本地的旅客想来这

下关到丽江的马帮，作者的行李刚好由马哥头（站立者）送到作者家院子里。

个不吉利的地方留宿。

一天晚上,一个来自昆明的精神疲惫的军官撞进这个旅店。这个"妖妇"给他做了一顿很香的饭,还灌给他无数杯烈性清酒。这个人因酒性发作满脸涨红,不断地谈话,直谈到深夜。他说他辞退工作回来,他很有钱。的确他的鞍囊中有万贯金钱。他说第二天早上他要继续起程回他的村子去,他已有许多年没有见过家乡了。他说他要在那里定居下来,购置土地,买一所漂亮的大房子——或许和这位夫人的房子一样大;是啊,也许他还要结婚。这个女的听得入神。夜已很深,又没有其他的旅客。他喝得越来越多。他变得色情发作,这女的则劝他睡前吃点晚饭。她去到厨房拿来一大碗香喷喷的炖猪肉,放了很多辣椒,热乎乎的粑粑和很开胃的精美食品。饭后她陪他到房间去。第二天早上,她显得很不安。她向邻居解释说,尽管她反复喊他起来吃早点,但她的这个客人仍然在房间里,没有回声。邻居们走进房间,见这个人已经死了。做了一番调查后,还是毫无结果。谁关心一个孤独的陌生人死在路上,也许他是死于心脏病呢?

由于没有纳西人要住这所房子,我的到来就是鬼使神差

作者在丽江的家，前大门和乌托村大街。

了。我的厨师恳求我不要住这所房子,说我们一年后都会死去。我只是大笑,接着到女房东有名的面条店去见她。她正忙活着火炉上的事,炉灶上有两口巨大的中国铸铁锅,她用长柄勺子从中捞起淡灰色面条放入碗中,给坐在店里的顾客吃。她中等年纪,面色灰绿。她的衣服肮脏,面条店本身也完全和她的邋遢作风相配。可是她的眼神却很出奇——显得大胆、调皮而狡诈。虽然她几乎愿意不惜任何代价摆脱这所房子,但是天生的贪婪战胜了她。她提出很高的租金,而且只是一年的。第二年恐怕要加倍,如此等等。某些房间要留给她使用,那对老夫妻要住在里面,在某些节日和礼节场合房子要用来招待客人。这样的话,在租期满时,我能赚到的钱都将成为她的财产。我发动反攻。我说我是个高级政府官员。并且如果我想要的话,可以申请发一个征用命令,那她什么也得不到了。此外,我继续说,房子里会闹鬼,因此房子对别人是毫无用处的。而我并不介意住在里面,因为我是个道家,对付妖魔鬼怪很有经验,通过一系列的降神会,可以驱除房子里的鬼怪和邪气。但是要慢慢来,并且我打算住很长时间。她如此迅速地降下价来,让我都感到惊讶。她微笑着告诉我,经我之手驱除房子里的鬼怪和邪气,是她多年来求之不得的最好消息。她自己提出很低的租金,每年40元,比我预料的少得多。于是我们订了六年的租约,而且,如果我想续租的话,还可以接着租六年。我这一方同意那对老夫妇住在里面,节日场合她可以用房子。这样一笔交易达成了,双方举杯畅饮,表示祝贺。

我把房子洗刷一遍,把不幸者断气的堂屋当作总办公室,把楼上面对街心的房间分隔成我的寝室和私人办公室,把邻近的耳房楼上的房间当作待客室。

沿着石头铺成的道路往上爬一小段,就到了山顶上的红色庙宇,到了观察全城和各个坝子的最佳位置。丽江城偎依在这座小山和对面北部山脉的脚下,绕着小山伸延,向着东坝子和稍微向南倾斜的大坝子张开。一片蓝灰色屋顶的民房、庙宇和官府建筑物,橘黄色、白色和红色的墙壁在其中隐约闪现。下面的四方街市场挤满了人,喧哗声听得很清楚。树林和花园在屋顶中鲜明可见。到处有小溪在阳光下闪闪发光。

丽江这个名称的汉语意思是"美丽的水",这指的是伟大的金沙江,也就是多数人熟悉的扬子江。扬子江流经丽江城的西方和东方,形成一个大环形,而丽江坐落其中。两面的江离城仅有25英里。但要到达这个大环形北部的顶点得花好几天。纳西人称这个城叫"巩奔",无论江和城都足以配得上"丽水"这个名称。丽江不像绝大多数的中国城镇,它没有城墙。在人口稀少的云南省的城镇中,它可算是个大地方。这里从来没有进行过人口普查,但是我估计大约有五万人居住在城区。它实际上是个紧密相连的村子形成的联合体,每条街都以村子的名字命名,例如大街是乌伯村,我住的那条大道叫乌托村。给某些街道加上非正式的汉语名称,如像中山(孙中山)路和中正(蒋介石)路,但人们对这类革新不屑一顾。

丽江是西北保安团和专员公署所在地,因此在中国官场享有很高的地位。它有一支高效的警察部队,可是在街上很少看见警察。如果发生吵架,一般都是看热闹的人或邻居劝解。如果是个偷家窃店的案子,随时可以直接报告警察局。如果是对食品店或糖果摊的小偷小摸,罪犯总是由受害者来惩罚,通常是妇女,尖叫着,连珠炮般骂出最污秽的语言。丽江还没有"文明"到出现了职业扒手或抢银行的强盗。在城的这头,商人们可以随便地把几千元的钞票或几百元的银币堆放在开口的篮子里,由妇女背着篮子,慢慢地走过大街

从喇嘛寺看丽江坝和束河村。

和四方街,安全地送到城的另一头。自然大家见这数不清的钱财从伸手可得的地方过去,也充满了妒忌和羡慕,但就此为止。只有当妻子被丈夫刺死或与之相反时,警察才会跑到犯罪的现场来。

从我住的小山到下面的四方街,地势逐步往下。有一条中心用石板、两边用鹅卵石铺成的街道,两旁的店铺东倒西歪,里面制造本地式样的精美的黄铜挂锁,或者是藏靴店和食品店。外面简陋的店铺隐蔽了背后那些漂亮的雕梁画栋的生活区。再往下,道路陡直,到处是急拐弯。我时常告诉我的伙伴们,那是我步行来回城里的"危险地带"。因为在房屋的石台阶上坐着强壮的纳西族主妇,她们在纺毛线、编织、卖水果或只是在闲聊。

不管她们是什么民族,我总是称呼这些女子为太太。这个称呼在中国到处用得通,于是我想,为什么我在丽江不继续使用这个称呼呢?我们在新房子里定居后,我步行进城成了日常事。每次我路过时,有些妇女向我打招呼说"忍姑奔(你去哪里)?"我总是微笑着回答:"Madame"(夫人,或太太)。几天之后我又称呼她们当中的一个为:"太太",她站起来,威胁着向我走来。

"每次你路过这里你都叫我们'傻瓜'("Madame"与纳西语"女傻瓜"发音近似。——译者注),"她大叫道,"如果你再叫我们Madame,我就要狠狠揍你一顿。"她勃然大怒。其他的人大笑起来。我保持尊严,尽力作解释。

"太太,"我说,"我这样称呼你是出于礼貌。在意大利语里是Madama,那正像汉语的大妈,即使在纳西人中间,年长的妇女也被称作大妈啊。"

不管她们懂不懂,我继续称呼她们"太太",每次都有一些人假装跟我生气。"他又叫我Madame了。"其中一个尖叫起来:"等着,我们要抓住你!"她们暗自发笑。她们确实说得到做得到。有时她们会抓住我的拐棍或扯住我的裤腰。不过每当这样做后,她们立即表示后悔,用一个橘子、几个核桃或一个酒泡梅子(梅子浸泡在烈酒中数月而成)来安慰我。漆黑的夜晚她们点着明子(松树火把)护送我到半山腰。

在山脚下，道路分成了两条。一条继续顺着沟渠，环绕着小山；另一条跨过一座小石桥进入四方街。四方街是个大广场，中间用鹅卵石、四边用大石板铺成。这也许是全中国唯一一个每天得到彻底清洗的市场，当然这是靠了大自然的帮助。小山侧面的河渠略比其他流经城里的溪流高，大清早把水闸打开，让大约有一英尺深的水冲过四方街约一小时，所有的垃圾被水冲到四方街另一头较低的丽江河里去了。

丽江城布满了水渠网。家家房背后都有淙淙溪流淌过，加上座座石桥，使人产生小威尼斯的幻觉。河水太浅又太急，根本无法通航。何况丽江没有船。然而这些溪流给城市提供了许多便利，为各种用途提供了新鲜水。丽江的街道用石板或石砖铺成，相当干净。街道经常彻底清扫，废物扫入溪流中，房舍内的垃圾也倒入溪流。人们可能以为这些溪流河渠被垃圾阻塞，很快受污染了，然而水不停地涌流，清澈见底，河底只有小卵石，清晰可见。急流的力量如此巨大，以致一切东西都立即被水流冲到城外。只有到了坝子的下游，急流才变得缓慢而混浊，人们才注意到河水是多么肮脏。在城里，人们漠不关心地往河里倒垃圾，但是他们爱护上游的河水，想尽一切办法防止污染。这倒并不难，因为河水发源于四分之一英里外、象山脚下的一个美丽公园（象山这个名字来源于它像一头沉睡的大象）。这里，从地下溶洞的洞口处喷出来自雪山冰川的甜蜜冰冷的泉水。

四方街上有一条街向左岔开，通向富商们的住宅区和有朱红色高墙大柱的衙门。那是一条很长的街，它逐渐与通向扬子江边的道路合并。右手边的街是"大街"，它像丽江所有的街道一样狭窄，并用石砖紧密嵌合铺成。沿街有一长排连绵不断的商店，有些向后弯，有些向前突，其他商店互相紧靠在路边，如同凝固了的布提克芭蕾舞起伏摇摆的舞姿。城里没有铺筑的路面。来往于丽江和南面30英里处的繁华的鹤庆镇之间的藏族和白族马帮，都必须通过这条街。这对行人和店主来说都是件恐怖的事。摇摆的驮子刮擦商店前面的货架，把货物扫进街心，篮子和出售的陶瓷器散落在路边。磨光了的街面就像是冰，牲畜有时会四脚张开地滑倒在地上，给不幸的过路人造成伤害。

商店黑暗而简陋。商店的墙上没有厚玻璃窗子，只有当街的木制柜台，下面货架上陈列着货物。然而，由于是在战争期间，他们贮备了各种各样的商品。藏族马帮从加尔各答

1941年的丽江公园。

源源不断运来货物，既为了本地消费，也为了以惊人的价格转销到昆明。这里可以买到英国和美国制造的高级香烟和各种纺织品，甚至还可以买到新的歌手牌缝纫机。当然价格是相当高的，因为马帮是世界上最昂贵的运输形式。有个商店有一小批进口啤酒，25元一瓶。很少有人能消费得起这种甘美的饮料。火柴50分一盒，只有紧急情况下才使用。这些人家总是在炉灶里留下头天的余火，早上邻居就会来要一点燃着的火炭。所有商店整天都烧着香，以便吸烟者点燃烟管或纸烟。即使提供火柴，山里人也不屑一顾。他们经常带着火镰和火草，打火后将引着火的一小点火草放到纸烟和烟管顶部，烟就燃起来了。有一次我在风雨中烧火堆，我几乎用了两盒珍贵的火柴，还没点着，当一个热心的山地人过来，立刻就把火烧着了。

将近中午商店才开门，而四方街到了下午才热闹起来。早晨，市场和街道都是空荡荡的。很少有人戴手表，时钟也极少。即使富户人家有时钟，主要为了装饰，而不是为了确定准确的时间。实际上也没有准确的时间。在官府衙门时钟可能显示9点钟，在另一个地方时钟可能是8点或10点。谁管它呢？人们凭太阳来判断时间。当太阳高高升起在东山头上时，那是起床做早饭的时候了。当太阳高高挂在天空时，那是到四方街赶集的时候了。很难订下准确的约会时间，如果你告诉一个人8点钟来，他可能到10点或11点，甚至到中午才来。

除个别例外，商店都由妇女经营。你想要什么，到哪里去买，在大叫大喊的讨价还价之后最后能同意的折扣是什么，她们都了如指掌。她们精明，敢作敢为，深知怎样敲定一场交易。当女的不得不离开商店时，她才叫丈夫来顶替。人们发现他通常在商店后面带娃娃，而他出现在商店里对生意是一场灾难，对他则是自找麻烦。他不知道火柴放在哪里，腌菜在何处，哪个坛子里有顾客要的酒。多数情况下他放弃了生意，请求顾客待他妻子回来后再来。即使那些大商店里的职业男店员也是能力低下，不懂生意经。由于他们的不专心和粗鲁，当一笔重要的交易快要失败时，他们会跑去找来主人的妻子做公断。

商品的支付用半开（在昆明特地为这个地区铸造的价值半元的中国银币，以美国币值而论，大约八个半开等于一美元）。人们不得不反复观看半开，因为有些新铸造的半开含铜量比含银量多。于是，人们要么拒绝接受半开，要么打很低的折扣才肯接受。在民国政权垮台前的最后几年里，中国纸币有了进入丽江的途径。鹤庆商贩和政府银行将纸币传入丽江。人们不情愿地接受这些钞票，况且也不是人人都接受纸币。相对来说，能读汉字的人很少，对他们来说一张钞票看上去完全和另一张一样。对某些头脑简单的山区部族人来说，香烟的包装纸看来也像钞票。许多乡下人成了来自鹤庆和大理的缺德商贩的牺牲品。10元的钞票当作百元钞票，而百元钞票当作千元钞票递给他们。我经常在街上被农民拦住，要我告诉他们手头的钱是10元钞票还是百元钞票。不管怎样，银元总是保持着基本币值，价格按照银元换算。有钞票的人总是设法赶快换成银元。兑换经纪人到处都是，她们毫无例外的都是妇女。

藏族人、彝族人和其他边远山区的部族人喜欢用他们随身携带的碎金子、金块或银锭来支付购买的东西。这个办法是最方便的，谁也不吃亏。商人自然是个女的，而买东西的人就到附近的金匠店去，对含金量做了分析，称了所需要的分量，锯下月牙形银锭的四分之一或一半。金、银和银币不存放在银行里，因为在丽江没有名副其实的银行。金银被放在坚固的木头小箱子里，用本地的大挂锁锁上，放在里屋内，或者（特别在农村）用土罐装了埋在地板下秘密的地方。

从主大街分岔出来的其中一条街通向铜器广场。街道两旁完全是铜匠铺，由于每个铜匠都在他的铺子里猛烈敲打着铜器，所以喧闹声冲天。丽江的铜器精美、沉重、相当耐用。铜器完全是手工打制和手工抛光的，具有奇异的光泽，以至整个广场铜器闪耀。铜器中金的含量很高，因为铜是从盛产黄金的离丽江有一天路程的金沙江边开采来的。铜器中有典雅、圆形且有底座的丽江铜水桶，各种大小的铜茶壶。用黄铜镶嵌边缘的凹槽形托盘，是节日送礼的佳品。每户人家至少得有一个铜茶壶，以便永远烧着开水，无数次的招待茶点。茶壶与俄国的式样不同，只有一个大手柄和一个没有塞子的喷嘴。有无数大大小小的铜火锅，就像铜茶壶一样，无论贫富，每家必须至少有一件。

铜火锅和铜茶壶都是纳西人生活幸福欢乐的象征。没有这些东西，社交宴会、结婚、送葬或野餐都是无法举行的。要是没有温暖的火锅和茶壶陪伴，在寒冷的冬天里吃饭就实在没有什么欢乐了。火锅是个中国式的炉子，像个有盖的大碗，下面有座子，中央是个烟囱。大碗里放上水，炭火在烟囱里燃烧，蔬菜、肉和零星杂食放入水中，不久一顿鲜美的杂锅菜就炖好了。人们吃着时，火锅里加入更多的水、配料，同时也加炭，以便吃多久，食物就能热乎多久。火锅有各种不同的名称，但是样式和功能基本相同。从拉萨到上海，从哈尔滨到雅加达，火锅都是最普遍的炊具。日本人叫它寿喜烧（Sukiyaki）。

离铜器广场不远处，有一条讲究的街道通向木土司家的府邸。跨街的一道凯旋门是这个贵族生活区的起点。府邸是汉族式的杂乱无章的建筑，被用作地区小学的校舍。与之毗连的是一连串有围墙的房屋，那是以前的土司、他的家庭和其他王室亲戚居住的地方。土司大院前面有一个巨大的石头拱门，经过精心雕刻，上书"忠义"两个汉字，是17世纪明朝皇帝赠给一个土司的。提到木家的头人，人们仍然使用"王"和"首领"之类称号，以示尊敬。在清朝期间，土司的建封地位被废除，丽江变成流官管辖的府，有段时期木氏土司以世袭府的高级行政长官身份继续其统治，后来也改由汉族行政长官继任。木氏土司的掌权可追溯到盛唐时代，曾经出现过许多英勇正义的统治者，也出现过几个败类。到清朝末年木氏土司正在没落。他们学会了当时时兴的抽鸦片烟和其他汉族宫廷文雅的恶习，并迅速堕落了。他们被剥夺了对广阔庄园的税收特权，土司家庭的成员们转而一件一件地出售他们的祖先积累起来的艺术珍品和珍贵纪念品，以满足他们贪得无厌的鸦片烟瘾。据说有些人甚至卖掉了家具和妻子的结婚嫁妆。于是，这个名门望族的威望和地位烟消云散了。

我偶然认识的一个土司，他垂头丧气，面色惨白，身体消瘦，头脑迟钝，被人们当作傻子看待。他很少被邀请参加盛大社交宴会，即使参加，也只被安排在筵席的次要位置上。这个家族的其他成员表现得也并不好，虽然他们当中的一些人是杰出的汉学家。我雇用了木土司的一个堂弟作办公室的主要职员，他一直待到我离开丽江为止。有时他好几天都没来上班，并且，他从来都是下午才到办公室。然而他经常请求我预付他薪金，并悄悄地私吞工业合作社的利息，以饱私囊。他甚至偷了办公室的一个时钟和其他物品。他不择手段地尽力从各处榨取一元或两元钱。然而我不能解雇他。我试过，可是发觉不行，因为他是个必不可少的人。他用汉语给我的总部描述事件和写报告，总是完美无缺的。因为他是书写汉语正式公文的能手，熟知所有正规的用法和写法。

直到我在丽江设办公室以后，我才认识到真正熟悉汉语的纳西人和白族人很少。好几个人被推荐为我办公室的首席职员。他们都有中学教员和本地政府秘书等最高级的凭证。每人都得到了公正的尝试机会，可是他们的书信和报告都被总部打回来了，因为总部认为那是些莫名其妙的话，还不如一个汉族中学生的作文，事情的来龙去脉都说不清楚。上级严厉指示我要找到一个合适的人选。要是他们知道这有多难就好了！不过最后我找到了木公子，于是万事大吉。可他是个大烟鬼！鸦片是他的命根子，为了得到鸦片，他可以不顾一切。他的妻子经常悄悄地来拿走他剩下的薪金，她一直抱怨说她和孩子在挨饿。家里能卖的东西都被卖完了。他抽了一早上的烟后，下午来到办公室，就兴致勃勃地一头扎进工作中。对他来说世上无难事。他是我所碰到的纳西人中受教育最好的知识分子之一。他了解丽江的历史和事务。在丽江，能做到这样的人很少。他通晓中国历史和官场生活，并且非常健谈。他精明、文雅、逗人爱，可是烟瘾一来，一切礼仪体面都不顾了。

木氏土司府附近，有许多本地富豪的大院，房前或两座建筑物间流水潺潺，墙头上盛开着玫瑰花。房屋都是两层的，有六方或八方。所有木制部分都漆成牛血色或栗色，精美的雕刻镀上金粉或银粉，用石板铺成的院子里遍地都是花卉和开花的灌木。纳西人酷爱花草，上街常戴着一朵花或一束花。他们在屋子旁边或沿着大路边种植玫瑰花、大丽花和美人蕉，并且经常在搜寻新的花种。我时常收到来自美国的花种和菜种，所以我的院子里鲜花夺目。来要花苗或花朵的人很多。有时我的小花园简直被成群的参观者掠夺了。这点我并不在意，可是有一天他们挖走了我从玉龙雪山上找来的雪上一支蒿和黑草乌，我真的生气了。这些是本地花种，他们往山边上走几步不费吹灰之力就可以采到成百上千。后来我怀疑黑草乌是否被偷去作紧急谋杀或自杀用。像爪叶菊和蒲包花之类的盆栽植物很受人们欣赏和垂涎。有一次，我送给我的朋友李大妈一盆蒲包花，李大妈在大街上开了一家最好的酒店，她把花摆在酒店的柜台上展览，每天都有成群结队的人前来观赏。特别受人崇拜的是牡丹花。有几个专门种植牡丹花的花园，那里的牡丹花开得最好。巨大的花朵用纸包遮盖住，等到有足够的花朵开了，为了庆祝，主人通常会组织赏花酒会。

在高楼大院的那边，丽江城的尽头突然出现连绵的绿色田野，城市不断地被溪流分割。丽江没有贫民窟。城里没有供穷人居住的专门区域。没有东倒西歪的单层建筑，没有用煤油桶、干草和包装箱拼凑成的茅舍，也没有简陋肮脏未铺砌的巷道。没有伦敦的东区和西区之分，丽江的一个城区和另一个城区都一样地整洁高雅。每户有自尊心的人家都养猪，然而猪圈与房屋的距离很近。的确，猪在城里可以到处游走，然而它们很守规矩，是令人尊敬的动物。它们会注意不要太妨碍交通，并且总是在街边最温暖的太阳地里睡觉。猪粪很快就被人拾去作为田里的肥料高价出售。猪似乎也懂得这一点，街道很少被弄脏。这些非常聪明的动物，包括我的猪，一大早就离开家，到附近的草地上去吃草，或者在阳光下睡觉。它们要到下午很晚才回来，哼叫着，试图用嘴拱开门。无论何时主任提前需要它们，女主人（或是男主人）高叫一声"努——乃——"，总可以把它们叱回来。正如在中国其他地方，猪是纳西人经济的主要依靠和骄傲。在农村，当家里其他的所有人都外出时，猪是家庭妇女的好伙伴。它总是哼得那么好听，两只小眼睛闪烁着，用嘴轻轻碰一下勤劳的主妇，点点头表示对她的同情。

丽江就是这个样子，街道铺砌整齐，用水非常方便，没有灰尘，没有臭味。烧煮和取暖用栗炭和松木。栗炭和松木是市场上的大宗商品,是村民们收入的可观财源。明子——浸透松脂的松木碎片——是另一项重要商品,照明和烧火都需要它。由于四周都是无止境的松树林,任何村民上山找明子,带到城里去卖,都是非常容易的。他们要么用马驮,要么由丈夫或妻子背。清晨在城市上空,总有一股芳香的松木烟料袅袅升起。

丽江没有小汽车、马车或人力车。不论贫富,不论将军或士兵,也不分社会等级,大家都走路。百万富翁没有机会显示他的凯迪拉克轿车或劳斯莱斯轿车,没有一个汉族将军能驾驶他的高级装甲轿车从宁静的丽江街上轰鸣而过。运动方式的一致对各阶层的人有一种奇妙的平衡作用,从而在人际关系上促进了真正的民主。一个步行的长官或将军看起来不是那么令人生畏,难于接近,即使最低贱的农夫也可以随便亲热地向他打个招呼。

城外有通到下关的汽车路轮廓,是数年前修筑的,可是一直未能完工;一路上还没有桥,暴雨又冲毁了山区的许多路段。这条道路是在中央政府的驱动下,由省政府开工修建的,可是,这个计划被纳西人通过他们在昆明的强权人物成功地阻止了。纳西族还不想要太多的西方文明。他们说汽车路给他们宁静的家乡带来的坏处比好处多。正像下关一样，小小的丽江城会被伪装成小商贩、司机和机械师的成群的汉族骗子以及懒汉塞满。本地的工商业会被激烈的竞争搞垮，家庭生活会被恶劣的影响破坏。他们安宁自由的生活会受到汉族军事当局和其他政府部门的干扰。某种管辖形式可能会强加在他们头上，当然还有那一文不值的纸币。唉，后来的结果表明他们说对了。丽江人对西方并非无知。他们当中许多人做生意到过印度和缅甸。他们与昆明有频繁的商业联系，许多纳西人在中国军队中服役。他们明确地赞成为丽江城及其附近农村修大型水电站，因为丽江没有电。他们欢迎与昆明建立航空联系，可是不欢迎一条新公路带来的破坏性后果。

丽江没有大工厂，可是在最近几年里，随着中国工业合作社运动的到来，小规模的工业有了长足的发展。许多用手工进行毛纺、织布和编织的小工厂散布在全城。漂亮的西式鞋袜和运动用品都用本地原料制成，陈列在许多商店里。白族家具店能生产出任何东西，从麻将桌到相当现代化的衣橱都行。成千上万的藏靴和鞍囊被生产出来，实际上真正的好藏靴不是在西藏生产的，而是从丽江运到那里的。除了这些，还有红铜器、黄铜器和精湛的手工镂刻黄铜挂锁。战争期间，由于通过西藏进行的巨额贸易和新发展的工业，丽江变得很繁荣，新的建筑物开始像雨后春笋般出现在各处。

在我对丽江作初步调查的过程中，我发觉被介绍给我的人都可爱而热情好客，他们还为我举行过筵席和一次野餐会。这样，当我接到正式任命时，我昂首挺胸向丽江城进发。我如此急于投入到我体验过的亲切友好的气氛中去，所以路途上的每次拖延我都感到焦躁，甚至最快的马帮也显得走得太慢了。我完全确信，当我到那时，又会被友善和援助之手包围，我的工作像儿戏一样，可是天哪！我很快意识到我起初的印象是错的。所有初到那里的外地人要想长期居住下去，不论他们职位高低，纳西人对他们都表现得好斗，不友好，适度的敌意，并且相当多疑。我发觉接待一个过路客人是一回事，而要定居下来在他们当中工作则完全是另一回事。他们特别不相信像我一样从重庆来的政府官员。他们总认为那些人来只为一个目的——调查他们的财产资源，悄悄做出附加税的建议或进行剥夺他们的特权和自由的改革。他们认为每个官员都是来获取什么的。而竟然有一个官员，他乐于给他们点什么，并且不期望得到丰厚的回报地帮助他们，这是不可思议而荒唐的。他们想这个新官员想留下来，他是个高级军官，比县长还大，所以我们必须对他客客气气，但是不必过分热情，并让我们团结在一起，偷偷地阻碍他的工作，不管是什么工作，等他发觉自己处在困境中时，他会自愿离去。这就是他们的推理。

之后很久我才充分认识到纳西人是多么狡猾。纳西人绝不像某些作家所断言的那样，仍然生存在远离世界的角落里，是简单、无知、天真无邪的部族人。可能的确有这样的部族存在，可是凭我长期生活在这个足够遥远的地区和我时常到东南亚旅行，我已得出如下的结论：没有一个地方可以找到传奇式游记中所描写的可爱而又天真的土著。在这些人中只待了几个星期或几个月的探险家和旅游者，是不可能准确地评估这些"大自然的孩子"的气质的。只有长期生活在他们当中，密切地与他们的思维方式相联系，了解他们的喜怒哀乐，遵循他们的风俗，人们才可能最终瞥见事实的真谛。

我到达后不久就清醒过来了。幸运的是，有一段时间，我们被准许暂时住在洛克曾经住过的一个房间里。洛克博士长期居住在这里，很受人尊敬。在其他所有的住所都坚决而又礼貌地拒绝我之后，我意外地找到了那所闹鬼的房子。后来我们费了很多周折才弄到了办公室设备。本地木匠店里没有什么可买的，当我们请木匠给我们做办公桌和其他设计最简单的办公设备时，他们拒绝帮助我们。经过艰难的努力和巨大的花销后，我们请剑川白族木匠做了办公用具。

　　下一步是争取最接近的邻居，与他们建立友好关系。这一步得到了顺利的发展，这主要归功于我的上海厨师老王。老王是我带来的。他是个高大强壮的小伙子，满脸麻子。像所有没文化的人一样，他很精明，此外他还是一位天生的外交家。可是他只会讲特殊的方言——上海话，这是长江北岸汉族的方言。他被马帮旅行和西部地区的"野蛮"人吓得头昏眼花。以前他只是通过冗长不堪的传统京戏《西游记》（到西域旅行）对西部地区有一知半解。当我们在这所闹鬼的房子里安家落户的时候，他非常不高兴，听到一点嘈杂声就吓得发抖，预想有一天会被两个恶鬼掐死。晚上睡觉前，他在每个房间角落里插上燃烧的香柱。相貌威猛、身穿兽皮的山地人，腰间挎着大刀来回于四方街，都会把他吓出一身冷汗。不过看到我们都没有被匕首刺死或遭当头棒击，不久后他就鼓起勇气开始外出了。

绝大多数纳西人都会讲点汉语，可是直到我离开丽江时，他们都不断地跟我说，他们从来都听不懂我的厨师在讲些什么。然而他毫不气馁地说了又说。他滔滔不绝，尖声叫喊，以致当我从城里回来时，我能在小山顶上听到他的声音。他经常访问邻居，跟小孩说话，给他们小礼物，很快气氛就融洽了。邻居们开始随便来访，早上来要个火，借这借那，或只因好奇而来。后来他们会从园子里采几个桃子带来，或带几个洋芋、一束野花或玫瑰。不久我们和他们就互相熟悉了，他们知道我们是谁，是干什么的。最后我们深感自己是乌托村人了。

沿街下去，在标明城区边界的大门前，有一所装饰堂皇的大院。主人是一个白族富商杨先生。杨先生由于长期生活在丽江，已经把自己当作是纳西人了。他有很多儿女。他自己早就退休了，不过他的两个儿子在大街上各自开了棉纱商店，生意很兴隆。他们在下关、昆明和拉萨都有分店。杨先生的二太太生的两个男孩在上学。我的厨师和这两个做生意的儿子成了要好的朋友，很快我被告知杨先生想和我认识。一天早上我就去登门拜访。他是个清秀的老人，魁梧庄严，一副贵族相貌，蓄着花白长胡须，一身完全是汉族绅士的穿着,长袍加黑丝绸马褂,头戴一顶有一个红纽扣的黑色瓜皮帽。他从坐着的轮椅里站起来向我打招呼。那是在院子里,空气中充满了花香,大理石台阶上摆着一排又一排盆栽的罕见兰花、报春花和矮牵牛花。到处是玫瑰花和其他开花灌木,大理石镶砌的池子里和玻璃缸里养着非常漂亮的金鱼。我被待以茶和特制的酒。老人抽着长杆白银烟斗,呷着茶,慢慢地、默默地打量着我。我们轻松地交谈,然后我提到我来丽江的使命。他听着,可是没说什么。不一会儿我起身准备告辞;杨先生也站起来,轻轻地扶着我的手肘,领我进入一个大厅。一张圆形的大理石桌上摆开了丰盛的筵席,有象牙筷、银酒壶和银酒杯。他的儿子和孙子们进来了。我说我初次来就被设宴款待太过意不去了,可是他轻轻地把我推到一张椅子上坐下,大家就开始吃饭。房间用中国古老的诗词画卷装饰得很优雅。所有家具都是黑檀香木做的。架子上摆着稀有瓷器,镶嵌绿松石的藏族铜壶和一个明亮的黄铜香炉,从中冒出股股香烟,袅袅上升直达描龙画凤的天花板。

杨先生喜欢我,邀请过我许多次。有时是正式的宴会,招待一两个高僧贵客,其他则是节日筵席,有一次是他的一个儿子的婚礼。通常我们只是在一起交谈丽江和它的人民,本地的风土人情以及在远方仍然进行中的激烈战事;他时常会送我礼物,一些水果、稀有的精美食品或大块鲜猪肉。我们的友谊高雅而持久。我们心心相印无须多言,我们满足于舒适地休息,享受小花园中的宁静。他早就察觉我是个道家,而他自己通过长期的生活经历,对道教已达到娴熟的程度。

几年后的一次拜访期间,他带我到房背后,给我看一只单独喂养的小猪。

"这只小猪是特为我的葬礼养的。"他说,并抿着嘴轻声地笑。然后他带我到一个闲置的角屋去,把门打开,给我看一口结实的棺材,最近才漆好的。我感到很难过,可是他却微笑着。一年多过去了,我去了趟昆明,一个月后才返回。当我步入房中时,我的厨师很激动。"杨先生一直在问你哪天会回来。"他告诉我。"他明天会邀请你吃午饭。"他补充说。

第二天我走进老人的家时,有种不祥的预感。见到我他很高兴,可是我察觉他很虚弱。他脸色带奇异光辉。他的两个大儿子服侍着他。

"你走后我就病了。"他招呼我说。他邀请我去看猪。"可是我虚弱得走不动了,"他说,"我儿子带你去看猪。"猪已长得好大,已是一头特别肥大的牲畜。

"我的儿子们日夜守护着我。"杨先生轻声地说,不过我知道这是多么不吉利。老人用枕头支撑着,虽然他几乎吃不下任何东西,但我们还是吃了顿团圆午餐。那次告别是感人的。

"又见到你我很高兴,"老人说,"再见吧!或许我们不会再相见了。"他无力地握着我的手。第二天中午我的厨师冲上楼到我的房间。

"杨老先生死了。"他冲动地宣布道。我十分惊愕。老王打开话头,滔滔不绝地告诉我他过世的许多细节。似乎是老人突然觉得他已经不行了。他家里人围在他身旁,给他穿上礼服长袍。然后他镇静地向众人说话。然后他躺下来,头靠在枕头上,向他儿子招手。当他咽下最后一口气时,儿子放一枚小银币在他舌头上。他很快就入了棺。

按照纳西族风俗，当一个人要断气时，必须很快放一枚银币在他的舌头上。如果不这样做，这人将永远不能进入他先辈们居住的天堂。因此当一个人生病了，身体虚弱或很老时，总有一个家里人在床边日夜看守。家里人轮流看守，老人过世时不在面前的儿女将遭受灾难。由于此种信仰，在事故中暴死或战死被认为是一种灾难。这些不幸者的亡魂注定要永远游荡在炼狱中，直到举行了特别而又破费的东巴仪式后，才能确保他们进入天堂。

丽江的集市和酒店

一大早，几股由农民形成的人流从远处的村子出发，十点钟左右，沿着五条大道，开始向丽江城集中。街道上挤满了驮着柴火的马匹，有的人背上背着木炭篮子，有的人背着蔬菜、鸡蛋和家禽。猪要么被捆起来，由两个男人用杠子扛着，要么由女人牵着，她们一手拿着绳子，另一手拿着树枝条轻轻地催赶着。其他许多种货物要么由人背，要么用马驮到城里来。石头铺成的路上马蹄声嘈杂，人声鼎沸。市场上喧闹声很高，人群都拼命挤过去，抢占四方街广场上最好的位置。头天晚上，人们就从普通房屋中或从周围商店里拖出结实的货摊，成排地摆放在广场中央。妇女和姑娘们背来沉重的棉纱包，把布匹摊开在货架上。男子服饰用品、佐料和蔬菜各自摆成行。中午过后不久集市到了热火朝天的程度,人和牲口乱作一团,开了锅似的。

高大的藏人在拥挤的人群中夺路先行。披着蘑菇状羊毛毡的普米族村民故意使篮子里的蔓菁叶一闪一闪的。仲家族人穿着粗麻布衫和裤子,奇特的小辫子从修剪过的头上垂下来,懒洋洋地在街上溜达,狭窄而粗糙的麻布条拖到地上。纳西族妇女狂乱地在倔强的顾客后面追赶。许多奇怪的民族男女站在那里,目瞪口呆地凝视着许许多多引人注目的货物和丽江城里的风流人物。大约在下午三点钟集市到达高潮,然后开始回落。到四点光景,"鸡尾酒会"正处于热闹中。

大街两边有许多家"高级酒店",来自远处口渴难耐的男女村民都朝酒店走去。通常这类事在中国不为人所知。不是因为汉族不喝酒,而是喝酒更多地与吃东西连在一起,喝酒的最佳时间是与朋友共进晚餐的时候。在中国,妇女不与男子一起坐下喝酒,因此这类筵席完全是男子的事。一般来说,为了礼节上的缘故,汉族妇女不在公开场合饮酒,而喜欢私下在她们的房间里呷上一两口。在中国,当人们缔结长期交易时,通常的饮料是不放糖和牛奶的茶。经过一天的劳苦之后,汉族地区的乡镇上，无数的茶馆里挤满了成群结队的男女，喝茶歇息。在这方面，丽江的风俗截然不同。丽江没有茶馆，如果有人要整天喝茶的话，就用一个很小的土罐煨在盆火上，隐藏在后屋。无论男人、女人或小孩，大家都饮酒，白酒或窨酒。两岁以上有自尊心的孩子不喝杯窨酒就不肯去睡觉。

所谓"高级酒店"，既不是酒吧，也不高级。它们是一般商店，除了卖盐、糖、腌菜和服饰品外，也有酒。酒既可用顾客自带的坛子装了带走，也可当堂饮用。丽江的商店都很小。除了面对街道的柜台外，在右角落还有一个较长的柜台，这样，从门口到商店里屋，就留下了一条狭窄的通道。柜台前放着一两条很窄的长凳，人们坐在长凳上饮酒。住在屋里的人畜，包括狗在内，都得过这条通道，有时打翻了顾客的酒，但这并不要紧。这些小事在丽江是无人计较的。

人人都可以在任何一个酒店喝酒。可是有些村民喜欢在特定的酒店饮酒。这些忠实的常客与酒店老板娘处熟了，总是让她先挑选他们带来卖的东西。同样他们在她的店里买东西，老板娘就特地打折扣给予优惠。实际上常客与店主之间的这种关系不止于此。老板娘还充当他们的代理人、管钱人、邮递员和知己的朋友。当顾客出去买更多的东西时，购买来的满篮子货物就请她保管着。有时会用他们下次带来市场上卖的东西或者活的猪鸡做担保，和老板娘议定小笔贷款。当顾客付不起酒钱或所购物品的价钱时，老板娘就进行赊销交易，并且叫丈夫或儿子用简单的汉字记录下来。农民们有时为安全起见，把装有现金的钱包存放在商店里，因为他们村里有强盗不安全。由于遥远的村子里没有邮电服务，酒店就成了人们很方便的通信地址。信件由可靠的人按期送达收信人手里。顾客们就订婚、结婚、生孩子和送葬等问题向老板娘请教令人信赖的建议。当然每一个酒店老板娘就是一个高级新闻情报员。她熟知方圆一百英里内每一个人的全部个人简历。我怀疑丽江是否还有她不知道的秘密。

我使自己恭顺地隶属于三个酒店。一个是李大妈的酒店，在大街最漂亮的路段上。另一个是杨大妈的酒店，就在四方街市场。第三家是和大妈的酒店，在双石桥附近藏族居住区。当我在城里活动时，我几乎每天都忠诚地拜访这三家酒店。大约下午五点钟我下山到杨大妈家酒店，在那待上一小时。六点钟我在李大妈家酒店。通常晚饭后到和大妈家酒店。然而直到过了很久，到她们确信我是一个高尚正直的人时，才把我当作圈内的顾客对待。

我欠了这些聪明而有魅力的太太很多债,使我感到痛苦的是,也许我永远不能偿还了。我在丽江生活上和工作上的成功,主要依靠这几位太太提供给我的明智的忠告和可靠的情报。要不是她们警觉和及时提醒,我可能铸成大错,导致倒台。对我来说,对这个难于了解的地区及其人民的知识和经验,在她们的酒店里每天都在增添可贵的一页。

丽江酒店供应的酒既不是进口货,也不是玻璃瓶装的。它完全是各家酒店用特别的家庭酿酒法,按照古老而保密的配方制成。酒有三个品种。清白酒被称作 Zhi(日),用小麦酿成,酒力和味道与杜松子酒相当。甜的窨酒用糖、蜂蜜、小麦和其他东西酿成,呈琥珀黄色,而且透明,味道相当像托考伊葡萄酒或甜雪利,越陈越香。还有一种是梅子酒,红色,相当浓,使我想起巴尔干半岛的李子白兰地酒,酒力很大,我喝不了几口。我喜欢酿造期特别长的窨酒。李大妈家的窨酒最好,也特别贵,但是最高价钱也不过每杯五分。任何一个想把酒带回家的人都得自带酒壶或酒瓶。在丽江瓶子很贵,一个空瓶价钱可能高达两元。

李大妈是个老年妇女，身材挺直、雄伟而俊秀，鹰钩鼻上有一对明亮的大眼睛。她属于丽江社会的精英，不管在城里或在村里，她都很受人尊敬。大家都认识她，她也认识大家。她丈夫高大英俊，留着长长的花白胡须。他非常讲究，从来不过问商店里的事。无论何时李大妈有事外出，他不得不接管家务时，他就变得茫然不知所措，像个小孩似的不中用。他甚至找不到哪个是窨酒壶，我和酒友们只得自己动手了。夫妻俩有个儿子，是个教员，已经结婚，有一个女儿和一个小儿子。儿媳妇是个强壮而朴实的人，本分地待在屋后拼命干活。照料小女孩和喂养男婴则是这位老头的事。婴儿总是在他怀里，当母亲把婴儿抱过去喂奶时，婴儿就号啕大哭。老李先生也帮着烧煮，所有丽江的丈夫都有这个习惯。在后屋里，你总是可以发现他要么懒洋洋地靠在床上，要么煨着很小的土罐茶。茶是他很喜欢的东西。或许他也抽点鸦片烟，但那主要是社交的需要。

李大妈是我所见过的最有能力最勤劳的妇女之一，除了从早到晚主持商店事务外，她也做存货的准备工作，包括一大堆土罐，里面装泡菜、腌黄瓜、泡梅子、桃子、橘子和榅桲果酱，更不用说酒了。一切东西都是在儿媳妇的帮助下在

李大妈早晨在她的铺子里,她的顾客面对酒吧坐着。

家里制作的。如果人们遇见李大妈一大早背着沉重的一袋麦子或一篮梅子，从附近的村子回来，完全不用惊讶。除了这一切家庭杂务外，还有每年冬季杀肥猪、腌火腿、猪头和腊肉，或为家里食用，或为出售。她有时诉苦说她太劳累了，但同时也会说她63岁还能干活，感到很高兴。

李大妈做的一切东西都是第一流的，既干净，味道又好，比如她做的腌菜和果酱、鲜嫩的火腿、像洛克伏特豆腐似的奶酪和令人垂涎的酸甜大蒜。

丽江是个奇妙的自由世界，特别是在商业和工业方面。家制的酒或其他任何在家里或在工厂里制作的东西，都不用交货物税，也不用为出售货物取得执照或许可证。人们完全自由地想制造什么就制造什么，想出售什么就出售什么，想在哪里出售就在哪里出售，在市场、街道或在屋前。

虽然李大妈的酒店上午9点或10点就开了，但是她太忙，以致很晚才出来。商店无人照料，任何人都可以进来，取用他需要的东西，再把购物的钱留在里面柜台上。丽江的其他商店也是如此，我从来没有听说这种特权被人滥用或留的钱被偷的事。

到下晌，要在李大妈家酒店找到一个座位是不容易的。在紧急情况下她让我坐在柜台后面一个小凳子上，与其他顾客相对。男男女女在步行回村之前，来酒店喝上一两杯酒。可是按照纳西族的习俗，女人不坐下来陪男人喝酒。妇女一般站在柜台前喝酒，同时跟李大妈闲聊。女人请男人喝酒是很普通的事。没有人会阻止她付酒钱。男人一喝完酒就走了，另一个男人就坐下来。我坐在柜台后面较暗的地方，通过宽大的窗子观察狭窄街道上的活动，的确是一件趣事，就像在银幕上看着无比美丽的彩色电影。或早或迟，每一个来赶集的人至少要路过大街一至两次。见到老朋友，邀请进来喝杯酒，或结识新朋友。你可以向任何陌生人打招呼，邀请他共饮一壶酒，完全用不着作介绍。我有时在街上被完全陌生的人拦住，要我抽支烟或喝杯酒。妇女可不能这样随便，可是偶尔她们当中有熟悉我的人，会拍拍我的肩头并且说："来，让我们干一杯！"她不得不站着喝酒，以避免在本地传成丑闻。

深蓝的天空，灿烂的阳光，街道上显出五光十色，当我们坐在李大妈的酒店里用瓷杯喝酒时，充满生活乐趣的山区青年，口里吹着像潘神（人身羊足、头上有角的希腊畜牧神）之箫的笛子，沿街跳舞而过。他们身穿没有袖子的皮褂和短皮裤。妇女慢慢地用绳子牵着几只好斗的猪，这些猪走得又慢又乱。它们会和过路的马匹缠在一起，或者从人的双脚之间窜过去，于是从愤怒的过路人群中发出尖叫声、大笑声和诅咒声。马帮会突然从拐弯处上来，女店主们就冲出去收拾和保护她们的货物。骡马都满载柴火，用驮着的篮子推撞男女行人，不时停在商店前面，此时，马帮主正在努力与店主做成交易。

我在李大妈家酒店遇到的人群行色各异，非常有趣。有时我坐在由一个有钱的喇嘛、一个贫穷的普米人、一个更贫穷的仲家人、鲁甸人，附近村子里来的富有的纳西族地主和一个白族马帮头合成的人群中。在其他时候，可能是由富有的藏人、白彝和其他民族类别混合起来的。有钱有势的人并不显得势利，而穷人也不显得阿谀奉承。他们各自静静地喝酒、抽烟，如果他们互相听得懂的话，还会闲谈。多半是他们邀请我喝一轮酒，然后我同样邀请他们喝一轮。开头我对那些看来很穷的人有些失礼，我抢着付酒钱。每次他们的反应都迅速而令人震惊。

"你的意思是我付不起招待朋友的酒钱吗？"一个人愤慨地大声说。

"你以为我是叫花子？"另一个人怒气冲冲地说。

"我和你一样，如果我付酒钱，我是真心的。"第三个反驳道。

此后，我非常小心，以免得罪这些骄傲而无拘无束的人们的自尊心。没有什么比显示优越感更能激怒他们的了。

可是，我得承认李大妈有点势利，她不欢迎原始的部族人和她认为是臭名远扬的坏人和有偷窃行为的人在她的酒店喝酒。她自有惊人的智力，准确地知道谁好谁坏。有时我带某个村里新结识的人去喝酒，李大妈就会责骂我，劝告我不要跟"那个无赖"有任何来往。起初我怀疑她的判断力，可是后来我学会非常尊重她的意见。如果她说某人是坏的，过些时候她说的话肯定得到验证。她逐渐向我指出丽江和周围农村中所有的不良人物。他们当中有些是富家子弟，已经变成声名狼藉的浪子、鸦片烟鬼、赌徒甚至是小偷。有的在村里横行霸道，也抽鸦片烟、赌博，有机会就行窃偷盗。当这些无赖借口有病痛需要治疗来访时，有时我家里也丢失东西。

但是有时李大妈对坐在酒店里的某些奇异的部族人变得十分热情。多亏她的介绍，我结下了许多友情。

在丽江的酒店里，我从来没有见过吵架，当然在李大妈的酒店里也从来没有。可是这不是说丽江城里没有吵架的事，因为丽江人非常敏感，很容易得罪的。不时两个女人或两个男人之间发生激烈的争吵，邻居们也会加入争吵之中。女人们会喊出可怕的话语互相咒骂，然后就突然痛哭起来。接着邻居就插手，双方很快就被劝解开了。然而有些争吵从白天持续到夜晚，不断发出尖叫声、诅咒声甚至打起来。互相如此大加侮辱，以致我无法理解双方怎么能再见面。

偶尔会发生震惊或轰动全城的事。我记得有一次，一个一丝不挂的男人出现在市场上，他悠闲地在大街上游荡。我那时坐在李大妈家酒店里。他从一个商店走到另一个商店，乞求给他一杯酒或一支香烟。妇女们见了吐唾沫，并把脸转过去。可是没有人采取措施阻止他。事实是，几乎任何东西都吓不着大方率真的丽江妇女。可是她们得表现出一点羞怯和为难，以避免男人尖酸刻薄的嘲笑。街上从来见不到警察。直到这天很晚的时候，有人不嫌麻烦从警察局喊来警察时，这个疯子才被带走。他并没有被监禁，因为在丽江没有制定惩罚在公众面前耍下流行为的法律或条例。这类事情主要靠公众舆论来决定。人们只要朝公园走几百码远，就会看见几十个赤身裸体的藏族人和纳西族人在河里游泳，或躺在阳光下的草坪上，完全暴露在过路人面前和人家前面。过路的妇女和姑娘们见了，就咯咯发笑，低声议论，可是没有抱怨。然而必须明确地反对在公共市场上赤身裸体。

一天下午，另一件麻烦事发生在李大妈家酒店里，那时我已经劳碌一天，在那里歇息了。我和伙伴们坐着喝酒，而李大妈忙着做杂务事。一个贫穷的山里人走来站在酒店门口。李大妈问他要什么东西。他说他要我给他检查身体，并给他一些药。由于我的医药知识，已使我名声远扬，大家都知道我在办公室里办着一个必备药品医务室。但在酒店，我总是拒绝做医疗服务的，因为我不想把酒店变成医务室，从而干扰正常的经营。李大妈告诉他，第二天到我的办公室来找我。

"你有什么病？"她随便问。我们还不知是怎么回事，那个人就脱下裤子，显露出下身。李大妈的脸都红了。她很快拿起鸡毛掸帚去打那个人。

"滚出去,你这个憨包!"她断然地命令道。然而羞辱已经造成。在街对面开糖果店的和大妈大笑着轰赶他。李大妈装出非常生气的样子,辱骂着那个愚蠢的人。这件事在全城传开了,我在李大妈的竞争对手杨大妈的酒店和在和大妈的酒店里,都被人问及这件事的详情。

与李大妈的酒店相比,杨大妈的酒店肯定是低档的。它甚至根本谈不上是个酒店,它只不过是一所正在建盖的新房子的拱形大门内的一块小地方。它在一座小石桥旁边,石桥跨过清澈的大河,而市场广场正好开办在石桥台阶下面。右前方正好是繁华的大街,一头到我们村小山的那边,另一头则到双石桥。这是个很热闹、很有战略地位的拐角。一张小矮桌正好安在石桥旁边的墙根下,还有几个矮凳子。其余的地方堆放着杨大妈经营的新篮子、木桶和木盆。背后是院子和部分已盖好的房子。我习惯坐在桌子旁边,而杨大妈坐在石头台阶上,缝衣服或整理东西。起初,我在她那里喝酒,她感到很难为情。她认为这样对我不够尊重,对她的生意也不好,因为我在那里可能会吓跑羞怯的顾客。然而几个星期以后,大家都熟悉我了,我成了那个地方的一道风景。

杨大妈是个怕羞的中年妇女。她是个寡妇，靠拼命干活来维持一大家人的生活。可是由于她的生意特点，她获利不多，她经常抱怨资金不足。有一次她向我贷款50元，我借给她了。她专门为最穷最原始的部族人备办伙食，这些部族人居住在鲁甸和鲜为人知的长江支流上的遥远山村里。她熟悉所有普米人、仲家人、苗人、白彝人和傈僳人，她对垦荒种地的矮个子四川移民很友好。他们居住在雪山森林中和有11000英尺深的可怕的虎跳峡中神奇的村子里，大江从永远半明半暗的峡谷中咆哮而下。从九河和剑川来的白族姑娘在她的顾客中也是相当多的。杨大妈心地善良，她不忍心向那些身体半裸露、冷得颤抖的男女杀价太多，他们来自几乎连本地人都不知道地名的偏远地带，他们要卖的货物只是满满一小篮奇怪的草根或几条制作粗糙的长凳。我喜欢杨大妈的酒店胜过喜欢丽江任何其他酒店。因为在这里我就处在那些绝望没落的部族人中，可以观察他们的希望和失望，有时可以默默地帮助他们一点。

对这些愚钝的人们来说，生存是很艰难的。他们早已失去支配生活的能力，而现在仍然不知怎样才能恢复。他们缺衣少吃，饥寒交迫，他们所做的事情中没有一件能使他们适

一个藏族人在杨大妈家大门口内的铺子里买陶器。

应当今的社会。他们为生存所做的努力是令人同情，但是徒劳无益的。因为他们生产制造的东西没有一件对于当今变化着的经济有任何重要性。丽江就是他们的活动领域，而丽江不再是原始落后的了。谁想要他们那些粗糙的长凳和草药呢？即使有人要，也几乎赚不了分文。在毛毛细雨或刺骨寒风中行进数日后所挣得的几文钱，能给家里人买点什么呢？当然不幸者不仅是来杨大妈家酒店的人们，还有其他人，他们更富有生气，尽管他们衣着落后外貌原始，像来自南山的神秘的阿托里人，虽然他们只穿兽皮，却是高大、英俊、精力充沛，眼睛炯炯有神。他们就像森林之神，从林间空地下来，在凡人中狂欢一场，无法克制地吹笛子和箫管，并且总是蹦蹦跳跳的。

起初阿托里人完全不理睬我。他们非常敏感，又像黑彝一样自豪。我经常观察他们来市场赶集。男人先骑着膘肥体壮的骡子来，妇女随后到来，身上背着要卖的新篮子和木桶。她们戴头巾，穿厚实的肩头上有红色羊毛披肩的羊皮斗篷，这种斗篷有时男人也穿。后来我得知，这就意味着他们打算在丽江城里或在某个半路上的村子过夜，用这些斗篷做睡袋。妇女们把货物存放在杨大妈家酒店里，不时地带着很可能要买东西的顾客回来。一天之内她们卖不完手中货物时，她们就把剩余货物留在杨大妈手里。到下午晚些时候男人女人都回来到杨大妈家酒店，大家喝上一杯酒。之后男人骑马离去，妇女们开始疲劳地步行，她们的篮子里装满买来的东西，一个灌满了酒的沉重的白酒坛子放在顶上。她们很少能当天回到村子里，只能在湖边的拉市坝过夜。

一天晚上，一个阿托里人羞怯地递给我一杯酒，我们闲谈时我知道他的名字叫吾金，他是从南山最深处的村子来的。他家人很多，他的一个叔叔是云南省军队中的一名上校，有时会寄给他们钱和礼物。通过吾金我很快认识了许多阿托里人。他和他的伙伴们（有时还有他们的女人相陪伴）常到我家过夜。我的医疗设备对他们有很大的吸引力，并且广泛地为他们服务。吾金和他的伙伴们喜爱音乐，能跟着西方留声唱片的音乐起舞，还能吹奏长笛和箫管。我总是同情阿托里妇女，她们背着沉重的装满食品和酒的篮子，而她们的男人骑着马得意扬扬地走了。有一天我问其中的一个妇女，那时她刚把一个沉重的篮子抬起来背到背上。

"太太，你们为什么不得不背所有这些沉重的东西，而你们的男人几乎总是空着手骑马回去呢？"

她转过脸来对我说："晚上哪个女人会喜欢一个疲惫不堪的丈夫呢？"

我经常奇怪地看到，每天晚上大量的酒被妇女们背到她们村里。有一天我向一个妇女提出这个问题。

"啊，"她叹气道，"必须逗丈夫喜欢，没有丈夫，一个女人什么也弄不成，不管她多么有钱有势。"

由于几百年来人畜在市场上和大街上行走，市场上的石板路面和大街上的大石块路面，已经被磨滑了。可怜的藏族人穿着生皮做成的软鞋底高筒靴，就像牛一样在冰上行走。如果一个人要想走快的话，他就会两脚朝天地跌倒在地上。这类不幸事件引起市场上人们的哄堂大笑和拍手称快。如果一个人跌下马来或被推进河沟里去，或一个妇女把一篮子鸡蛋摔在石头上，大家的第一个反应是大笑一场。人们对不幸事件的这种欢笑，我总是感到惊讶，可是人们心里的确不是真的残忍，他们会马上帮助受害者。

事实上，不是所有的事都是好笑的。有一次我去杨大妈家邻居那里买一盒火柴，我在那家商店的角落里看见一个人，我以为他是来自某个遥远的地方，也许是乡城。这个人畏缩胆怯，以怯懦的眼光望着我。一些姑娘发出一声警告。当我靠着柜台取火柴时，他发出一声尖叫并且拿着匕首向我扑来。由于姑娘们以闪电般的速度抓住了他，我才没有被严重地刺伤。他一生中从来没有见过洋人，他以为我是邪恶的伊达神的化身。

杨大妈家酒店周围的商店里挤满了欢乐的姑娘。她们在协助母亲和结了婚的姐姐管理商店，同时凭着她们的本事充当交易中间人。空闲时，她们坐在门口台阶上，打着颜色俗艳的羊毛衫或在用各种颜色的丝线绣着七星花盘。每一个已婚的或未婚的纳西族妇女，背上都披着一块传统的羊皮——狭长的女式披肩，用来保护背部，以免被她永远背着的篮子磨伤。羊毛在里面，而外面肩头上盖有深蓝色的羊毛布披肩。这些美丽的小圆盘直径大约有二英寸。原来有两个更大的圆盘，代表太阳和月亮，可是现在已经没有人戴了。

这些姑娘无忧无虑、不知害羞，永远高高兴兴。有时她们还很调皮。可是她们心地善良，做生意的本领也很惊人。大约有八人的一伙姑娘，组成了某种形式的俱乐部，总是坐在一起讲闲话。其中最年轻的一个叫阿崇仙，大约有16岁。她漂亮，皮肤白皙，很顽皮。她表姐阿妮仙大约有20岁。阿妮仙的脸圆而白皙，金黄的头发，碧绿的眼睛。她老于世故，对于城里的人和事无不知晓。另一个姑娘满头乌发，胸部丰满，名叫阿翠仙，一双大眼睛闪闪发亮。还有面貌特别秀丽而体形强壮的阿荷华，温柔的丽迪娅（作者用西方美女名字来形容纳西族姑娘——译者注）。

对其他姑娘我不太了解，可是美丽的菲多西亚（作者用西方美女名字来形容纳西族姑娘——译者注）总是叫我羡慕，她在市场上开一个佐料货摊。她已经结婚，头上戴着黑色圆形套头，这是已婚妇女特有的头饰。她看上去完全像妮菲蒂蒂王后（埃及王后——译者注）。我把著名的但早已去世的埃及王后的半身像拿给她看。她自己也承认她和相片极为相像。杨大妈的已到结婚年龄的女儿阿福仙与这些姑娘是一伙的。可是阿福仙忙着帮助她母亲，很少有时间参与姑娘们的闲谈或胡闹。她面色灰黄，对人不友好，对她母亲的顾客总是尖声大叫。我想她不喜欢我到她家商店来，我们长期不和，

丽江市场上，一个乡城的藏族女子在购物。

但是表面上客客气气。无论何时她吵吵嚷嚷，我常提醒她没有一个丈夫会喜欢她这种脾气的姑娘，这话通常能让她克制一会儿。

阿翠仙和阿妮仙时常看着我到杨大妈家来，她们求我给她们一杯窨酒喝。之后其他姑娘也过来了，你很难拒绝给她们也喝一杯。最后我发觉我的经济负担太大了。

"听着，阿翠仙，"有一天我说，"天天给你们付酒钱，我实在付不起了。"
"可是你很有钱。"她撅起嘴说。
"我并不富有，"我说，"我想我没钱来这里喝酒了。"

阿妮仙来了。

"让我们订个契约，"她说，"今天你招待我们，明天我们招待你。"于是我们达成协议。可是实行起来并不如此。所以只有星期六我答应给她们买饮料，甚至这个安排也没有得到严格遵守。当我为听到某些好消息感到高兴时，我会邀请她们多喝两杯。傍晚，阿荷华的祖母路过市场时，我敬她一杯酒，她很高兴。她已85岁，然而还健壮，她会给我一个桃子或苹果作为交换。

像所有纳西族妇女和姑娘一样，阿翠仙和阿妮仙完全无拘无束，坦率到有点野性的程度。她们深深地牵连在本地方的轶事丑闻之中，她们如此兴致勃勃、满腔热情地向我讲述这些丑闻，尽管我听得都麻木了，却止不住地脸红了。不久她们抓住了我到李大妈家酒店去的时间。

"你在跟她谈情说爱，就是这样。"她们有一天胜利地宣布道。"你小心！她丈夫是很嫉妒的。"她们警告说。尽管这个玩笑是荒唐的，但全城人都在打听，当我说我要到李大妈家喝一杯酒时，有些人会下意识地向我眨眼睛。

阿翠仙和阿妮仙都不相信我没有结过婚。"我还在找媳妇。"我开玩笑地向她们保证说。

"阿翠仙，为什么不嫁给我呢？"有一天我问她。

"呸！"她唾了一声，"情愿做小伙子的奴隶，也不做老头子的情人。"她说。"我真的那么老那么难看吗？"我坚持说。"当然啰，你那光头加上眼镜，看起来足有80岁。"

丽江市场广场，杨大妈的女儿阿福仙坐在她的摊位左边，卖着糕饼和香烟，杨大妈的铺子在对面。

她粗鲁地答道。"阿妮仙怎么样?"我继续说。"阿妮仙已经有丈夫,很快就要结婚了。"她向我吐露说。

的确,几星期以后阿妮仙就不见了,好久之后我见了她一次,她穿着已婚妇女的服装。她看上去很不高兴,也瘦多了。一个月以后她又回到石桥边她的老地方。

"发生了什么事?"我问阿翠仙。"我告诉你,"她说,"可是别告诉她是我说的。"然后她低声说,"阿妮仙离婚了。"我感到惊讶。

一两个星期后,我的一个朋友——吾汉告诉我这场离婚案已经告到法院,他了解这些姑娘的事。

"你为什么要与丈夫离婚?"法官问。阿妮仙勇敢地站出来说:"尊敬的法官先生,我的丈夫才是个小男孩,等到他长大。我已是个老太婆了,我不能等。"由于这或多或少是事实,法官立刻同意了她的请求书。然后他走下高台来,到阿妮仙跟前,按照吾汉的话,法官说:"阿妮仙,我这一辈子就等着像你这样的女子,我是个鳏夫,我想娶你。"婚礼两星期后举行，这一次阿妮仙永远地抛弃了我们这小伙人。可是有时我们看见她，成了一个衣着华丽的少妇，法官的妻子，从市场穿过时，向她的老伙伴们打招呼。

下午6点以后市场逐渐空荡了，到7点钟商店都上了窗板。市场上的货摊都收捡起来堆放着。街道上空空荡荡的，已是吃晚饭的时间了。

直到傍晚8点钟后，大街上又开始挤满了人，商店又重新开门。有些商店点着普通的油灯，红色的灯光忽隐忽现。其他商店则用汽灯或煤石灯照明。不时人们举着明子火把，在街上来回走动，嘴里吃着葵花子或南瓜子。在月光皎洁的夜晚，街上挤满了人。未婚的姑娘，本地叫潘金妹（大姑娘的意思——译者注）穿着盛装，手挽手地走着，四五个姑娘成一排，正好把街道横拦住。她们就这样在街上冲上冲下，咯咯发笑，放声歌唱，吃着葵花子。粗心大意的小伙子很快被这些魁梧而有男子气概的女子征服，被她们领走，命运成了未知数。比较老练的小伙子们沿商店的墙和门站着，评论行进中的美女们。不时一群姑娘在一个小伙子跟前停住，做一场扭打，短暂而徒劳无益的挣扎之后，这个小伙子就被领走，被围困在姑娘们狂笑声和尖叫声之中。这些"囚犯"的目的地是河边草地（也许他们更情愿是公园），在河边草地上，烧起明亮的篝火，跳舞一直跳到半夜。

李大妈的酒店晚上通常都开着，只是换了顾客，主要是本地名门富豪子弟在那里饮酒作乐，然后独自冒险地在街上溜达。普通的村民和藏人，由于敬畏这些风流的谈情说爱的人群，慢慢地走着，同样手挽手走成排。当姑娘们的队伍有意闯过来时，他们一般都散开。有人尖叫或大笑，可是没人介意。银色的月亮从高空向下微笑，从松明子火把发出的芳香的烟雾直升九霄。后来四方街上竖起几个大帐篷，逐渐把广场变成了营地。架起了火炉，石头地面上摆开长凳和方桌，芬芳的气味开始从许多锅和盘里升起。

有时候我坐在其中一个帐篷里直到半夜，吃着一碗饺子或面条，观看着全副武装的藏族赶马人或部族人。然而更为稳重的城里人认为，在这些帐篷里吃东西有点危险。有时土匪以奇异的装束出现，喝醉酒的人之间的吵闹是寻常事。在伸手不见五指的黑夜，杨大妈家酒店附近的一个姑娘，会给我一把明亮的明子火把，以便照亮我翻山回家的路。

藏族居住区下面是和大妈家的酒店，从某种意义上说是高级的，她主要为藏族商人备办伙食。她家的房子在藏族居住区是最宏伟的大楼之一。她的两个儿子在拉萨，并在那里办了一个生意兴隆的进出口公司。最小的儿子在学校读书，是个又傻又没有礼貌的青年，经常用些愚蠢的问题挑逗我。她丈夫是个矮胖的中年人，他整天抽鸦片烟，在酒店里很少见到他。主要帮她忙的是她那个已长大了的脸红得像苹果般的女儿，名字也叫阿妮仙。

和大妈是个身材丰满、慈母般的中年妇女，整天欢欢喜喜，开着有伤风化的玩笑。她的酒店是李大妈的酒店的翻版，除了做正常的生意外，她实际上把它办成一个疲劳归来时的歇息处。她家的房子是城里最大的房子之一，共有三块间隔的院子，用石板镶得很整齐，用大瓷盆种植的鲜花和灌木摆在雕花的座子上，作为装饰。整所房子里面雕刻精致，十分干净，设备完善。主楼都附设有宽大的马厩。起初她曾留我住在厢房里，后来又帮助我解决了很多难题。她提供的信息和李大妈的一样可靠，可是不像那个一本正经的老妇人，她喜欢议论丑闻，对当事双方加上耸人听闻的叙述和精辟的评论。其结果是，当我离开她的酒店时，总是笑痛了肚皮。她给我大量的礼物，有时是一块火腿或一罐特地酿造的酒，或她从阿登子（德钦城）收到的某种新的洋白菜。我给她的孩子做免费医疗或送她美国花种和菜种，尤其是甜菜种，虽然纳西族不喜欢吃甜菜，说甜菜太甜不能做菜吃。一天晚上阿妮仙红着脸来了，我说她涂了太多的胭脂。和大妈解释说，那不是胭脂，而是甜菜汁，阿妮仙优先使用了。这个古怪的做法很快传开，后来阿妮仙和她的伙伴们就种植甜菜，不是为了吃，而是为了甜菜汁的化妆价值。

去和大妈家酒店的最佳时间是晚饭后。那时酒店里挤满了住在她家的藏族商人。和大妈经常把我介绍给他们。这些聚会是非常愉快的，我们总是谈到深夜。顺从的藏族仆人不时地带来一些下酒用的精美食物。有一次来了一个东旺的喇嘛，他带着一个大马帮和许多曹巴仆人。他性格粗野，力气很大，喜欢开玩笑，每次使得和大妈放声大笑。后来我逗阿妮仙说："你为什么不嫁给他呢？你会当上喇嘛寺女主人的。"
"你为什么不娶李大妈？"她闪电般地反击我。

通过和大妈在拉萨的儿子介绍，许多有钱的马帮来到和大妈家。马帮头们受到和大妈殷勤热情地接待，并且分给他们宽敞而舒适的住所。他们的骡马和仆人也安排在同一幢房里，过得很舒适。其他的赶马人和马匹如果没有住房的话，就安排在隔壁邻居家里，或露宿在去我们村的路边。后到的马帮也同样对待，直到房子住满。然而不允许使任何客商感觉拥挤。藏人喜欢宽敞的房间，几个房间为两三个商人专门使用是常有的事。要保持一个藏族商人的尊严和保证让他过得舒适，大量贵重的铜器和银器，还有光亮的火盆和许多厚厚的褥子都是必不可少的。好的食物也是必需的。食物分别供应到每一伙人住的房间。在伙食方面仆人们随他们的心愿。

每隔一段时间，和大妈为住在她家的客商举行盛宴，通常都会邀请我参加，食品是向一个包办伙食的人订的，按照常规烹饪。饭后不久，赶马人在他们的女友陪同下来了。院子里烧起一小堆营火，院子角落里摆上小桌子，桌上放着白酒壶和酒杯。男男女女边唱歌边拍手，互相面对面，欢快地跳舞。他们不时喝上一两杯酒以振作精神。他们喝得越多舞蹈也跳得越快，直到舞蹈乱作一团，变成了公开的谈情说爱。所有的营地都在跳着类似的舞蹈，整晚有节奏的歌咏声不时传入我的窗户。

除了赶马人这种自发的舞蹈外,不时有一些小队的康巴歌舞演出队出现。他们由两三个妇女和两三个男子组成。作为一个特殊的标志,他们的腰带上挂着许多串珠子,带着单弦琴、琵琶、笛子、手鼓和小鼓。他们为了一小点施舍(通常是50分到一元),从一家到另一家做精彩表演,唱歌和跳旋风舞,历时约半小时。为了得到更多的酬金,如果主人要求的话,他们可以击鼓起舞一整天。他们在丽江停留一两个月,看生意情况而定,然后转移到别处,他们的表演很有艺术性。

住在和大妈家的藏族商人吃住不用付钱,虽然他们通常在丽江停留一两个月。不过和大妈取得了代销他们的货物的专利权,所得的好处足以弥补她殷勤接待客人的费用。每年她的其中一个儿子会带着马帮从拉萨回来一两次。如果货物不在丽江出售,就由马帮运到下关。可是和大妈并不跟随货物到下关去,因为丽江做生意的妇女没有一个想跑那么远。

居住在丽江北面大约七天马帮路程处的某个母权制部族人来到丽江时,总是要引起一场轰动。无论何时这些男女为购物而路过市场和大街时,丽江妇女和姑娘们感觉她们的尊严受了伤害,而发出愤怒的低语声、耻笑声和尖叫声,男子也发出淫荡的评论。他们就是长江大转弯处对岸永宁领地的居民。纳西族称他们为吕喜,而他们自称里喜。他们的社会结构完全是母权制。家庭财产由母亲传给女儿。每个女人有几个丈夫,于是孩子们总是说:"我们有妈妈可是没有爸爸。"母亲的丈夫们被称作叔叔。一个丈夫,只有在他使女人满意的时候,才能留下。如果他不能满足她,无须什么仪式她就可以把男的抛弃。

永宁领地实行婚姻自由,除了丈夫之外,永宁女子的全部精力都集中在引诱更多的情人上。无论何时藏族马帮或其他陌生人路过永宁,这些女子就聚在一起商量,并秘密地决定每个男子应该住在哪里。接着这位女子指示她的丈夫们避开,直到她来叫之前不要再来。她和女儿们为客人准备盛宴,为他跳舞。之后这位老妇人让他在成熟和年少之间做选择。

吕喜是个英俊的种族,他们身材雄伟高大,体格魁梧,面貌迷人。不是说他们不像黑彝,而是说黑彝人具有严肃而像鹰一样的相貌,更像古代罗马人,吕喜更多地属于古代希腊人类型。他们的外貌和举止温文尔雅,很少粗鲁。像彝族妇女一样,她们穿拖到地上的长裙,系红色腰带,穿黑色羊皮褂，头戴帽子或头巾。有时她们不戴帽子，留着罗马发型，用发网固定住。她们打着很浓的口红，画了眉，她们有时走得慢，有时走得相当起伏波动，穿行于街道上，扭着屁股，微笑着，向这个男子或那个男子投以俏情的眼光。就这一点足以激怒不那么世故的纳西族妇女了。但是当她们手搂着一个丈夫或情人的脖子慢慢地走时，同时还被男的搂着腰，即使是纳西族妇女也觉得太过分了，于是她们神经质地吐唾沫或傻笑。

吕喜男子看来是爱慕虚荣的人，总是喜欢照着镜子收拾打扮自己。他们也涂脂抹粉，有时他们来我家，倒不是时常来求我医治，而是来问我是否可以给他们一点香水、香粉或便宜的装饰品。

与纳西人的深入交往

我们在本村牢固地树立了地位之后,现在我决心要让其他纳西人和部族人消除对我的疑心。我要使他们明白,我的使命和我的工作的价值,我要赢得他们的友谊。我需要的不是富商和店主组成的丽江社会,而是那些靠小手工业和做生意勉强糊口的村民和普通老百姓的心。我想只有赢得他们的友谊,我才能开展我的工作,对派我来的中央政府履行我的职责。我做对了。现在回顾当年我在丽江度过的岁月,可以说是成功的,并且成就辉煌,超出了我的预想。从下关到远在北面的木里王国,从西面的拉萨到东面的永北,我结识了成百上千的朋友和祝福者。

我深深地懂得了一件事。纳西人的友谊是不会随便白送的，必须去争取。友谊也不是可以用礼物买到的，因为礼物是互换的，礼物越珍贵，纳西人送回礼时也要尽力买到价值相当的礼品，于是给他带来更大的负担。然而送礼收礼在丽江的交谊和社交中有重要作用。可是当友好关系牢固树立起来之后，送礼就是次要的了。当一个纳西族农民获得好收成，或杀了一头大肥猪或当他酿的酒特别芳香时，他会感到欢欣鼓舞。当他欢乐满足的时候，他总是想起他的朋友。于是他要送去一小篮洋芋，或一块猪肉，或野味，或一小坛酒。他不希望立即得到丰厚的回报。可是在友谊中，作为伙伴关系，总会有机会用他喜欢的东西得到回报。

在与纳西人的交往中，很多的真诚、同情和真爱，还有耐心，都是必要的。纳西人非常敏感。他们没有自卑感，不过他们也不能忍受任何人表现出来的优越感。他们不巴结人，即使在高级官员和富商面前，也不阿谀奉承。他们不像某些地方的汉族，觉得其他部族陌生人的来访打搅了他们的生活，因而感觉不快。洋人并不使纳西族敬畏，或激起他们的反感和仇恨。他不会被当作白鬼子或西方蛮子，他正像纳西人中的另一个人一样，会得到相应的对待，没有任何特殊照顾或好奇感。这个人是好是坏,是小气或是大方,是富是穷,人们凭他接下来的行动和态度来判断,并采取相应的态度对待他。也许这种宽容的态度是由于这个广阔地区居住着各种各样的部族。纳西族习惯于与奇怪的部族相处,经常与他们混在一起。洋人不会讲纳西语或汉语,并不使他成为被嘲笑的对象,反而得到相当的同情,因为许多其他部族人也不会讲这两种语言。就此而言,如果一个洋人采取优越者或保护者的态度,纳西族对他在态度上没有明显的变化。他得到彬彬有礼的接待,然而更加拘泥了,他不久会发觉自己孤身一人,除了千载难逢地得到正式邀请出席一次聚会外,只有他的仆人做伴了。美丽的坝子和繁荣的城市就像全幅风景画,他环视再三,但是并不属于他。丰富多彩的生活与他就形同陌路了。

纳西族不能忍受任何人(更不用说陌生人)的粗暴的命令和辱骂的语言,一句特别恶毒的话可能立即以同样的方式得到报复,或用系在腰带上的匕首猛刺,或投来一个瞄得很准的石头。我警告动辄发怒的厨师,用上海话骂人时要特别小心,特别对本地的仆人。后来他变得话多而态度傲慢时,由于他随便乱说吃了不少亏。

在丽江找仆人是个非常棘手的问题，爱好自由和独立的纳西族不想干任何卑贱的工作。中国内地和西方概念上的失业，在丽江是不存在的。所有纳西族，不管在城里或在乡下，首先是小土地所有者，其次才是商人和工人。所有纳西族人都全力以赴地耕种祖传的土地。那些在城里不可能或不想亲自照料田园的人，把土地租给远亲和朋友。然而，来自土地贫瘠的山区的贫穷农家的男孩，有时愿意在农闲期间到城里干活，或者当他们的家庭需要额外的钱用于特殊用途，如盖新房，购买更多的骡马牲口，举行婚礼或萨满教仪式。从这些需要干活的年轻人里，我们经常能找到厨师的助手。首先我们让一些朋友知道，我们需要一个仆人。后来我们听说，村里有一个男孩愿意来，接着就商量条件，主要条件是这个男孩要得到照顾和优待。

后来这个男孩在他父亲或叔叔的陪伴下来了。这些男孩很好很勤劳，有时在小事情上不那么诚实，不过为了家里的和谐，就不计较了。有时他们想家就走掉了，有时我的厨师忍不住说了贬低他们的话，他们就罢工。"我们和你一样，"他们说，"我们不是你的奴隶，我们是有家的。"说完就走掉了。按照传统观念他们不算穷，因为他们有自己的农舍，有吃有住，太阳落山后有朋友伙伴一起跳舞。

我到达丽江几个月之后，在一个阳光明媚的早晨，我正走过一条街，来到有一棵古老的树的小广场，大朵的红玫瑰花从缠绕着藤蔓的树枝上似瀑布般往下坠着。玫瑰花气味芳香。一群纳西族伙子站在树周围赏花。他们都微笑着凝视我。

"多好看的花啊！"我用汉语评论道。立刻他们跟我攀谈起来。我注意到他们当中的一个眼睛红肿着。

"来我家吧，我给你一点眼药。"我最后说。"可是我们没有带钱。"他们声明道。

"谁说我要钱呢？"我说。"你家在哪里？"他们怀疑地问。

"啊，就在山背后乌托村，很近。"我再次向他们做保证说，接着我们就翻过山去。我使用了弱蛋白银，并且给他们一小瓶带回去用。他们极为高兴。"不要钱，还这么有情意。"他们说道。其中一个高大得像运动员的青年，有一双明亮的大眼睛和卷曲的栗色头发。他看上去很聪明，对人特别友好。我给他用中文写的名片，他说他的名字叫吾汉，有眼疾的男孩是他的堂弟吾耀理。他们居住在坝子下头东山脚下的一个村里。他们是省立中学的学生,他补充说。表示深深的感谢后他们走了。一星期后吾汉来了,带来一小罐蜂蜜和几个鲜鸡蛋。

"我不能接受医疗费。"我声明说。

"这不是付医药钱,"他温和地微笑着,"我母亲送这些小东西做礼物。她说你心肠好。"他补充道。吾汉说他喜欢我并且想跟我交朋友。尽管他强烈地拒绝,我还是说服了他留下来吃午饭。后来我才得知,他拒绝的原因是他害怕吃一顿用刀叉的西餐,因为他不知道如何用刀叉。当我们坐下来用筷子吃一顿平常的汉族便饭时,他放心了。吃着饭他开始使用他在学校里学到的英语说话,起初说得吞吞吐吐的。实际上他的英语讲得很好。最后说好在一个星期天我去访问他家。

对这次计划中的旅行,我感到很激动。因为那将是我第一次作为客人访问一个纳西族村子。大家都告诉我获准进入一个农家有多困难。

星期天一早,吾汉就来接我。我们立刻出发,只是在李大妈家酒店停了一下,打了一壶窨酒作为午饭饮料。接着我们走出城,沿着去鹤庆的大道走,朝正南方。不久道路分岔朝左边,我们走在绿色田野间,沿途是芳香的玫瑰树篱和野花。我们遇到背上背着烧柴、牵着驮子沉重的马匹去赶集的农民。他们都认识吾汉,向他打招呼。他们村离城15华里,我们走了几小时才到达,在路上停下来与喇嘛们闲谈,他们来自附近一座小山上的喇嘛寺。这个村只有几户人家,房屋建筑像城里的,不过院子里有很高的粮架,这些粮架是用来晒干打谷脱粒前的庄稼的。

吾汉的母亲是个和蔼的老人,当我进门时她满面笑容。她为不会讲汉语表示深深的歉意。吾汉带我进堂屋,安排我坐在长凳上。他是个独子,父亲早已去世。娘儿俩耕种田地,必要时请亲友和邻居来帮忙。他们有几头水牛、三匹马,还有猪和鸡。角落里拴着一只凶狠的小狗。我被带上楼,那里地板上堆放着金黄的小麦,屋角堆放着小堆的扁豆和豌豆。巨大的土缸子里盛着大米、面粉和香油,还有若干罐家里酿的白酒。像马车轮一样的石盐板斜靠着墙。椽子上挂着腌猪肉——火腿和肉条。窗子边是蛋窝。他们每样东西都有很多,供自己享用或出售。不一会儿吾汉留下我独自坐着,他下厨房帮他母亲去了。其他客人陆续到来——吾耀理和吾汉的另一个堂弟吾甲，吾甲的父亲和哥哥，还有吾汉的几个同学。

花了很长时间准备的这顿饭，摆在打扫得很干净的院子里。纳西族村民们喜欢用低矮的餐桌吃家常便饭，客人坐在狭窄的只有几英寸高的长凳上。只在更为正式的场合才使用标准的一般高度的四方桌。我们先从像西鲱的小油炸鱼和做得很漂亮的褐色洋芋片吃起，什么菜都用碟子盛。接着是红烧鸡肉，其次是油炸核桃、腌鸭蛋、炖茄子、泡菜、火腿片和其他许多好吃的东西，每一次大妈上一道新菜，我以为就完了，可是不，一道菜一吃完，另一道菜就摆上桌了。我们一直在喝酒，欢笑着互相祝酒。我和吾汉喝着甜蜜的窨酒。其他人喜欢喝白酒——小麦酿的烈性白色饮料。它的样子和味道都像杜松子酒，酒力也一样的强烈。我感觉吃得很饱，而且有点醉了。我请求大妈不要再上菜了，说这已完全像宫廷宴会了。她只是笑笑，厨房里有食品在发出吱吱声，更多的东西端来了。最后，这顿饭还包括炖猪肉、鸡肉汤和一大铜盆红米饭，纳西族吃米饭时同时吃粑粑（面包）。只有城里的富裕人家才用舂得很细的白米举办宴席。然而红米饭味道更好，营养价值高，而且有益于防止脚气病。

午饭后有些老人退去，吾汉向其他客人建议到山里去散步。从房背后走几步就进入茂密的松林，有各种开花灌木点缀其间，主要是几种杜鹃花，林中也有其他古怪而优美的花卉。我们碰到的一种植物纳西语叫作拉麻拉色根，它像一棵用红色和蓝色铃子装饰起来的微型圣诞树。慢慢地我们沿着树林越爬越高，直到吾甲宣布这已是长蘑菇的地带。的确，人们可以看到各种各样的蘑菇长在矮草和灌木丛中。小伙子们告诉我哪些蘑菇能食用，哪些有毒。有些蘑菇短粗肥大，分支丛生，看上去完全像红色的珊瑚。这些是人们最喜欢找的蘑菇。有些蘑菇看上去像煮熟的鸡蛋栽在地上，裂开的外壳隐约显露出里面的橘黄色。这些是最好吃的蘑菇。在蘑菇和鲜花篮子的重压下，我们只好坐下休息，或躺在带来的藏式褥子上。这孤独的大山里相当寂静，除了松树的沙沙声和鸟儿的啼叫声，别无声响。他们要我确信，在这无边无际的丛林中，有许多龙和神灵居住着。后来我们下到一个小喷泉边，泉水从一个巨大的岩石下汩汩而出。指着岩石上方一块迷人的草地，小伙子们告诉我他们的一个邻居曾经在夜间到这个喷泉边喝着泉水时，他看见三个相貌端庄、服饰鲜艳蓄着长须的古代人，他们坐在草地上，显然是在商量什么事，然而老人们已注意到他的出现，他们把他召唤到他们跟前并且说，一个凡人看见他们，对他是不吉利的，这个人非常忧伤地回到村里，告诉邻居们他所看见的东西。之后不久，他就生病死了。

太阳落山时，我们回到家里，夜幕降临时，我们点起油灯。点的不是煤油灯，而是黄铜灯碗里盛满核桃香油，棉花灯芯从灯嘴边伸出。这些灯有像烛台一样的黄铜灯脚支撑。厨房里多烟的松明子火把在石头灯台上燃烧。晚饭由吾甲家招待，虽然不像吾汉家的午餐那样精心制作，但也是一顿美餐。之后在吾汉家里为我铺好了一张床。床板上铺有藏式褥子、床单和棉被。纳西人晚上睡觉时，总是门窗紧闭，床前放一盆装满栗炭的盆火。我得承认丽江的夜晚是寒冷的，可是在一个紧紧封闭的小屋里，燃着一盆明亮的盆火是无法忍受的，很可能有一氧化碳中毒的危险。我移开盆火，打开门窗时，总会吓着我的纳西族朋友，因为他们说那会冒着得致命的伤风或被妖魔鬼怪侵入的危险。第二天早上的早餐有火腿片、煎鸡蛋、粑粑和酥油茶。早饭后我步行回家。

后来我访问过吾汉家许多次，不过是为了休息或参加吾汉作为家长不得不举行的一些仪式。几年以后我也参加了他的婚礼，不久，他的散居在丽江坝子下面的村子里的亲友们也开始邀请我。这样我的朋友增多了,在大坝子上从东到西、从北到南,几乎到木土司辖区和鹤庆县接壤的地方,人们都请我到家里去做客了。

开办合作社

我们的门口挂着一块字写得很漂亮的招牌,是由一位本地的书法先生刻写的。我们开张营业了,动作如此迅速,给全城人留下了一个很深的印象。可是我猜想,我们的昆明总部收到我们的电报,宣布商店已开张时,肯定吃了一惊。

现在我已抽出空来,全力以赴地投身于开办工业合作社。自然大家认为,今后我们只需要整天大模大样地坐在办公桌背后,期待着盼望中的合作者来访。如果我们遵循这条行动路线,或者干脆坐着不动的话,我们只能抱着两手一直空坐着。恰恰相反,每天早上我在一个职员的陪同下,步行到所有我们找得到的毛纺厂去。慢慢地我用极大的耐心,尽力向这些朴实的人们解释：开办合作社的意义，怎样才能扩大他们的小工厂，改进生产并且变得兴旺发达。起初，虽然一切都用纳西话解释，但他们一句话也不能理解。他们的头脑不能掌握或吸收这一切技术术语。我一天天坚持下去。当我提到可以提供贷款帮助她们改进织布机，购买更多的纱线原料和颜料时，这个消息似乎最终触动了纳西族妇女那特别讲求实际的心灵。

我们马上看出我们的优势在哪里，之后我们的注意力不再集中在男人身上，而是集中在他们的妻子和姐妹身上。这方法十分奏效。妇女是首先明白合作社这个概念，并且意识到合作社将带给人们好处的人。她们成了最积极的拥护者。我们访问之后，不知道她们对丈夫说了或做了些什么，然而当我们再来时，男人们似乎不那么执拗了，谈起话来更加合乎情理了。我们知道如果我们能打破坚冰，成功地办起一个合作社来，在这个城里，其结果将是非常奏效的。因为在这个城里，街谈巷议比西方报纸上的广告或电台的广播更奏效。

我认识一个名叫和家聪的纳西族学生。在离我们的办公室只有几百码远的山上，他父亲和两个叔叔合办了一个毛纺厂。通过和家聪做工作，我们最后成功地把这个工厂转变成独立的合作社企业，其他人以投股的形式加入。后来我送和家聪到我们在甘肃省山丹办的培黎培训学校去学习，在那里他学会了如何织哔叽布和优质的毛毯。

在丽江的工业界，最伟大的事件就是我引进了毛纺车。在我到来之前，纳西族对毛纺车一无所知。我随身带来一个毛纺车模型，在引进机械化之前，这种毛纺车在欧洲使用了很久。即使这个简单的机器也难住了他们，在试了许多遍出了许多错之后，才做成了一架真正可用的毛纺车。它所引起的轰动，可能与古代建造第一辆战车引起的轰动一样大。它被成百的人一遍遍复制，不断地被制造。有的有所改变，有的一成不变。不到几个月，全城都在疯狂地纺毛线了。每个商店有两三台呼呼作响的纺车，女主人和她的女儿们或姐妹们一边在纺车旁坐下纺线，一边接待顾客。在较大的房子里，纺车在街上排列成行，人们可以看到十多架。男人、妇女和小孩，大家都开始纺毛线。在城里，妇女们用篮子把毛线背来背去，这种毛纱线过去只用来纺毛布口袋，至今在市场上也很少见。有织布用的纱线，也有编织用的纱线。现在所有大姑娘都坐下来，为她们的情人或为了出售而编织着我曾见

毛纺合作社。

过的最奇异、最精美的羊毛衫和套衫。商店堆满羊毛衫、短袜和长筒袜，压得地板嘎吱响，其中有些是那么的精细而蓬松，可以和国外最好的产品媲美。现在从西藏进来的羊毛，从我来之前的每年一百多包，上升到每年两千多包。羊毛编织品的订货单从昆明、拉萨，甚至从重庆像雪花似地飞来。丽江现在成了云南省毛纺工业的大中心。

在前途光明的毛纺织合作社开办起来后，我所经营的事业算是没问题了。我被大量的申请书包围了。然而重要的是，建立高质量、真正强大的纺织合作社，而这一点不像看起来那么容易。我得仔细观察，不让合作社的成员由同一个家族组成。这类合作社不是真正的合作社，因为在一个家族办合作社的情况下，给合作社的银行贷款完全由家族中的男长者来谈判和使用，多半用在吸鸦片烟和其他与购买毛纱和织布机毫无相干的事情上了。

因为中国工业合作社法规定，至少由7人组成一个工业合作社，我要求至少由7个互相无关系的人家组合在一起。每户指定一个人作为合作社的代表，可以是男子也可以是女子，但他们必须亲手干活。对这一点我非常严格，从来不允许任何人充当某种荣誉成员,只是借用他的名字填满成员名单。本地的名门富豪成员组成合作社是不允许的。他们已经够富的了,为什么要让他们得到本来打算借给真正贫困者的低息贷款呢?他们会用这笔贷款,比一般利息高十倍地借给其他人。我可以说我不是这些贪得无厌而毫无光彩的富商特别喜欢的宠儿。在合作社运动中,无论我多少次厉声制止他们想强行进入合作社的企图,他们仍然还是彬彬有礼,就像在讨好一个汉族官员。他们总是一再回来,耍弄各种花招。

我永远忘不掉这种花招中的一个突出例子。一天,一位本地大绅士走到我跟前,他自称是个退役将军。他有一所漂亮的房子,位于李大妈家酒店对面,丽江河的那边。关于我的"崇高而又不可比拟"的工作,他说他已听说很多。他非常想帮助我扩展事业。他的几个朋友想组织一个榨油合作社。他们需要的只是一小笔贷款,以便使榨油合作社开办起来。按照所有礼节规矩,要拒绝是不可能了,我只好同意。他通知我说,要参加的成员明天中午在他家等候我。我亲切地向他保证,我很高兴参加这个友好的聚会。

按照指定的时间,我和可信赖的助手吾先一同去参加。

我们到达后，一看见那些为我准备的酒肉饭菜，就使我产生了很不好的印象，因为我事先要求过，事务性交谈，不要任何招待。服装考究的八位老先生在屋里围坐着，抽着长烟管。他们举止文雅，身体瘦弱，留着污浊的长指甲。"我从来没有见过这样典型的一伙老鸦片烟鬼。"我设法向吾先低语。我向他们鞠躬，他们也起来向我鞠躬。我不得已喝了点酒，吃了一块糕。然后我们就开始谈正事。长者们以文雅的腔调和夸张的言辞正式地向我建议，在丽江城附近的一个村子里组织一个榨油合作社。一切几乎都准备就绪——榨油机、油菜籽等。要开办起来唯一缺乏的就是资金。他们认为请求贷款三四万银钱半开不会很过分。我再次环顾四周，镇静自己。

"先生们，你们的意思是说你们自己准备榨油吗？"我半信半疑地大声说。他们被深深地触怒了，简直在气得发抖。

"真正的意思，先生！"他们的发言人说，"当然不是，我们有足够的人手帮我们干活。"

我停了好一会儿，慢慢地呷着酒。然后我慢慢地很有礼貌地说：

"先生们，办这个合作社的'可贵的'想法是不值得称道的。"我又停下，然后继续说，"我很担心你们要求贷款的数量。如果不报告我们的重庆总部，或许不报告给孔祥熙博士本人的话，我们从来不许银行发放这样大笔的贷款。"他们恭敬地听着。孔祥熙这个名字给了他们深刻的印象。

"我将立即向总部汇报这件事。我一得到答复，就通知你们。"我鞠躬说。我们慢慢地从房子里走出来。

当然这种事情我绝不会麻烦重庆方面的。可那是拒绝的一个好方法。我以为这些长者们不会真正期待着答复。他们知道我看穿了他们的诡计，可试试又何妨呢。我认为他们甚至没跟我生气。这是一场合法的赌博，一场智斗。第一轮他们输了，可是他们还希望能赢得第二轮。

我初次来到丽江时,那里只有一个银行,并且规模相当小。那就是云南省工业合作社基金会。由于我到来之前没有任何类型的合作社，也没有什么事业可资助，因此它很少有资金存放在金库里。从昆明到丽江汇款费用达10%，100元要费掉10元，的确是一大损失。此外，由于丽江只用银元，所以运输和储藏资金成了严重的问题，人们或者用马帮的行囊带银元，或者，如果他们有联系的话，通过当地的商人进行过户，这些商人在昆明和丽江都有大量的银元，所以，比如说三万元这样一笔贷款，正像那些长者们想要的，就得要相当大的马帮来运送，需要30匹马，此外需要一支小部队从下关开始护送。土匪们不是傻子，他们有自己的情报来源。为了这样丰厚的横财，他们会动员全体伙伴和有联系的人，做一次联合的攻击。

在没有保险箱的情况下，在木屋的卧室里，要保管如此珍贵的货物又是个问题。丽江过去曾被大伙的匪帮抢劫过多次，几百个本地民团团丁恐怕提供不了多少保护。由于这个缘故，工业合作社金库保存资金极少，并且本地商人窖藏的银元总是设法保持在最低数，所以在丽江总是短缺现金。因此银元的购买价惊人地高。贷款的利息更令人惊奇：月息达10%还被认为很合理，金库收费4.5%或5%被人们认为收费极低，因而有很多人追求这类贷款。

由于我只带来为数不多的银元，而丽江除了工业合作社基金会外，没有其他政府开办的银行，

我们的昆明总部可能以为，即使我在丽江真的设法站住了脚跟，银元短缺将成为我发展工业合作社的主要绊脚石。

他们没有料想到我与省工业合作社基金会总部和某些云南省银行有密切联系。例如，大约在省工业合作社基金会组成大会后两星期，我办的第一个羊毛纺织合作社就收到省工业合作社的贷款。其他的合作社一成立，它们也获得了贷款，虽然与欧洲国家甚至与货币贬值的昆明、重庆这样的地方的标准相比，贷款数目很小。第一笔贷款只有三百银元，其后的贷款从二百银元到五百银元，贷款期限为一年。贷款无须用作工资或任何这类非生产性的用途，因为合作社社员住在自己的家里，吃自己生产的食品，不领工资薪水而在尽他们的职责，到年底分红的时候，按照各人所做的工作，领取报酬。只要花几百银元，他们就可以买到大量羊毛，制造许多台织布机和纺纱车。他们的产品销售得很快，在年内挣到足够的利润偿清贷款，是毫不困难的。在纳西人偿还贷款方面，我从来没有遇到过麻烦。他们越穷，在偿付债务方面他们越发认真。我给朋友的私人贷款也从来没有损失过。

显然我很幸运，不久后发生的一些事极大地巩固和加强了我的地位，给我的工作增添了希望。我收到一份中国银行昆明分行的电报，说他们乘包机前来丽江开办一个支行，请求我接待和提供帮助。这的确是个大好消息。在这点上我必须提及，中国银行昆明分行的总经理是我的一位朋友，并且我也非常熟悉中国银行重庆总行的秘书。我立即找到一座小庙宇供银行人员居住。然后我协助他们弄到一所好房子供银行专用，这在丽江是相当困难的事。昆明和重庆支行的人员相当感激我，让我以3.5%的月利率随便商谈我办工业合作社的所需贷款，这是令人难以置信的低利率。然而不幸的是，银行发放的贷款都是纸币，贷款人可以随意把贷款转变成物资或银元。由于纸币在逐月贬值，即使到期偿还大宗贷款，工业合作社也毫无困难。工业合作社的人获得巨额利润，因为在许多情况下，到年底他们偿还的少于原来借的一半。但这并不影响个别的支行。因为它只是在法律范围内尽职责而已。那是全国性的重大灾难，甚至中央政府也难于应付。只有银元能保持稳定。由于在丽江流通银元，所以丽江的生活是稳定的，而且物价也比较低。

中国银行在丽江办到抗日战争胜利之后才撤走。可是到那时，我的所有工业合作社都成了工业合作社基金会和其他几个匆忙在丽江设支行的省商业银行的宠儿。与拉萨方面进行的繁荣的马帮贸易，吸引了这些银行。而且那时，我们已经开始直接从重庆总部收到些资金。

大约在两年的时间里，我的地位变得相当稳固，而且那时又有那么多第一流的工业合作社，以至根本不存在从丽江撤退的问题。孔祥熙博士对我的工作很满意，他授予我"特派员"的光荣称号，并且送我一份证书以示此意。在我后来访问昆明期间，我在云南总部几乎是大受奉承，在中国工业合作社运动中，人们似乎把我当作强权人物了。

为了中国中央政府对工业合作社运动的关注和同情，我必须慷慨地向中央政府进贡。它制定了切实而易懂的法规。工业合作社在组织账目和管理上都很简明，这就是规则。收益的分配非常合理，在分配上留有相当大的余地。他们坚持留有备用资金，可这不是由中央政府随便结留的。任何合作社解散时，如果贷款已还清，各方面的要求已满足的话，备用资金就按照社员的股份和他们入社时间的长短，发还给合作社社员。基本原则不是要强迫工业合作社永远办下去，而是要帮助那些贫困的没有资金开办合作社使自己富裕起来的手工业者，通过工业合作社让他们在社会上重新找到立足点。当他们达到富裕安康的顶峰时，继续把大有收益的合作社办下去，或者如果他们希望解散，各自享受劳动成果，或许有其他方面的能力，就由他们自己决定。这样以便让另一群较为不幸的人们，能享受同样的过程。工业合作社是个持续不断的运动，它正在慢慢地然而确确实实地改造着丽江及其周围地区，使其社会繁荣，人民心满意足。工业合作社的结果和证据摆在那里，是大家有目共睹的。

如果有许多人懂得同一种工业，要开办工业合作社是不困难的。账簿的准备工作费用不大。账簿用中国软绵纸做成，全套账簿费用不过两三银元。法律并无规定说要用印刷的并且已装订好的分类账本，或使用昂贵的纸制的小型账本。反正那些东西在丽江是买不到的。而在西方严格统一的法律下，一个合作社与一个银行或一个大的有限公司同等对待，必须注意和遵守无数的法定条款，需雇用高级的秘书和经理。中国的工业合作社，在事实上被当作是穷苦人的组织，其成员大多数情况下是目不识丁的，对他们没有什么好讲究的。像丽江和其他地方的许多工业合作社，其成员用小石子或豆子来计算原材料和产品的费用，一辈子都没有写过一个字，怎能要求他们拿出试算表和资产负债表呢？即使不比那些有更多有文化的成员的合作社办得更好的话，他们也同样能管理他们的债务。当然监督措施是完全必要的。

在小心避免形成富人和家族合作社的同时，我得同样警惕我的经济制裁不要伤害师徒合作社。有几个师徒小铜匠铺，特别是打制挂锁的铜匠铺。在那里，业主带着几个年轻学徒，有些是他的亲戚，主持业务。他们愿意宣布他们的小工厂为工业合作社，以便从银行得到贷款，他们做出异常坚持不懈的努力，邀请我经常视察他们提议中的合作社，反复派未来的合作社成员，即他们的学徒和邻居来说。我对他们从来不说"不"字，只说眼下银行没有钱做贷款。

实际上，在丽江办工业合作社需用的人才方面，我是幸运的。纳西人喜欢独立自主，从来不赞成师徒关系的概念。他们有头脑，虽然以西方标准来衡量不算很好，不过还是能独立思考和判断。正是这个缘故，在丽江办大工厂是不可能的。没有一个纳西人会长期忍受经理或监工独断专横的命令。当我的工业合作社运动已经铺开时，许多学徒离开老板，他们自己组成了合作社。

每个合作社成员不多。在一大群人中，意见很难达到必要的一致和合作共事。此外，纳西人家族观念重，从来不能和他们不熟悉的人一起工作，一个成功的合作社只能由生活在同一个村或同一条街道上的人组成。组织一个由纳西人、白族人和其他民族人合办的合作社的计划，只成功过一次。

我在丽江的医务工作

丽江没有医院。只有一个法国人培训的纳西族医生。谗言者说，他在昆明一家医院当了几年男护士后才得到医生这个称号的。他出身本地名门，光这点名声就为他打开了进入本地"社会"的门路。他是个和蔼可亲、很讲礼貌的人，我们成了朋友。他弟弟是个军官，活像一个魔鬼，还是个土匪。他残忍地枪杀了好几个村民，抢劫了官府警卫队的枪支，并且几乎要了我的命。有一次他哥哥邀请我到他家正式赴宴，客人很多，我和他坐在餐桌的两对面，按惯例，我们不时地互相祝酒。虽然我已经醉了，那家伙还奚落我说，我无法再喝一杯了。我告诉他我再喝三杯也没问题。他向我祝酒，递给我一杯，我把它干了。我什么也记不得了。直到第二天下午我才恢复了知觉。我醉得要死,在床上待了三天。因为城里没有什么秘密保守得住,迟早要被人知道,所以我得知这个卑鄙的家伙在我的酒中放了氯仿。很幸运我终究恢复了健康。从此我不再到那户人家里去。

由于那位纳西族医生总是忙于照料那些富有的病人,从来不照顾一下村里人,所以贫苦人除了去庸医假药店外,没有地方可以求医找药。由于先前我是合格的医生助理,我从昆明的美国红十字会获得了少量的药品供应,我的楼上私用办公室也就成了我的医务室。

我让远近的人们都知道,我乐于治疗所有简单而容易辨认的疾病,但无法治疗复杂或需要做外科手术的疾病。治疗完全是免费的,因为药品由美国红十字会捐赠。医务工作作为促进工业合作社运动的有效补充,得到总部的鼓励和支持。如果我期待病人会一窝蜂地拥来,那我完全错了。即使请他们来,他们也不愿意来。治疗和药品都免费这个事实本身就是个严重的威慑。谁会白送呢?人们辩论道。他们猜想任何免费的药都是无用的,或者,甚至可能是有毒的。不过我已经在我的朋友吾汉的堂弟身上开了个头,他的眼睛痊愈了,他在村里大肆吹嘘我。

几天之后几个妇女带着小孩来了。她们有些有眼疾,小孩有肠道寄生虫。她们都及时得到治疗,并且给了药。一个星期内,神医妙药的传说轰动了四方街。很长的蛔虫用树叶包着,向那些想亲眼看一看的人们展览。我的名声大振。不久,从清早到天黑,都有病人来,每天平均大约有50人,不管是工作时间或节假日。我的绝大多数病人是贫穷的乡村妇女,她们患有各种眼疾,这些眼疾是由于污物和辛辣的木柴烟雾造成的。然而不久她们就开始抱怨了。

"真的,"她们说,"我们的眼睛好多了,可是你放进眼睛的这种黑色的药,看来并不好,因为我们一点感觉都没有。真正的好药是很辣痛的——我们这才真正地觉得我们正在得到医治。"

当然我主要用弱蛋白银,用来治疗这些病很有效,而且无疼痛感。为了安抚这些动摇的病人,我在弱蛋白银中渗入一些奎诺索尔。它同样可以用作眼药,可是它会造成一会儿强烈的疼痛。当她们第二次来时,我把这种她们想要的药滴入她们的眼中。她们倒在地上,痛苦地扭动。她们恢复之后,我等候她们的反应,心里有点惊慌。她们用围裙揩着流泪的眼睛,齐声叫:"辣得很!好得很!"

她们十分欢喜,都说这是一次奇妙的经历。"就是这种药!好极了!"接着她们就成群结队地来了,带着她们的伙伴,来要那种药或者不要任何药。她们排成长龙坐在院子里,我一给她们滴上眼药,她们就倒下,犹如被雷电击中一般。之后她们总是笑着,高兴得喋喋不休。

同时,这种眼疾几乎为妇女所独有。而接连不断来的男子,大腿和臀部满是疥疮。疥疮密密麻麻,看上去就像鱼鳞。我存有大量治疗这种疾病的硫黄药膏。起初我常用小瓶装了发给他们,告诉他们晚上把药膏擦上。一两个星期后他们回来抱怨,说药膏完全无用。的确,那可怕的疥疮疤仍然还在。我得改变医术了。我拉下他们的裤子,叫他们趴睡在一条低矮的宽大的长凳上。我给他们擦上硫黄粉和凡士林,然后用尽全力搓擦,需要的地方加以挤压。我一直擦到所有的疥疮疤都成堆地掉在地上。擦掉了皮,流血的肌肉暴露出来。然后我擦上更多的硫黄。受害者们尖叫呻吟,摇摇摆摆地回家去,几乎不能行走了。这样治疗两三次以后，他们的皮肤像新生婴儿的皮肤一样干净了。他们非常高兴，不知怎样感谢我才好。那是费力而又肮脏的工作，这类病人我一天处理不了五个以上，多么令人精疲力竭啊！

这些皮肤病当然是肮脏和缺乏个人卫生所致。纳西族，不论男女，从来不洗澡。他们一生才洗三次澡——出生时洗一次，结婚前一次，还有死时一次。除了西藏和丽江外，在任何其他气候条件下，这种状态是无法忍受的。人的身体闻起来会像腐烂的尸体，人们会因传染病而死亡。可是在这里，海拔高，空气干燥，情况倒不那么严重。身上的污物只会变得干燥，形成鳞屑而脱落。城里人身上从来没有刺人的气味，乡下人身上则发出一股松木火烟味。至于我自己，我请人做了一个木盆，在我们房子背后的小园子里洗热水澡。越过墙头人们可以看见我的部分身体，沿着山脊过路的妇女，总是放声大笑，喊出粗鲁的言语。由于懒得另外烧一盆水，我的厨师在我之后用同一盆水洗澡。而在他之后，大约十个他的纳西族朋友轮着洗，直到水看上去像豆汤一样浓。或许干脆不洗澡倒还好些。

作为药物或治疗良好的验证,纳西族男子也喜欢忍受疼痛。经我治疗过疥疮的男病人,向他们的伙伴们欣喜若狂地描述他们在我手下所忍受的极度痛苦,并且极力劝告他们来我的医务所治病。有些病人腿部已形成极深的溃疡。他们说由于这些疥疮他们不知受了多少罪,希望我能把他们治好。当然啰,他们补充说,如果治疗措施得当,那肯定是疼痛得可怕,可是他们不在意。我完全明白他们的意思。我用大镊子钳撕开他们的疮疤,用蘸酒精的药棉,把伤疤取出,几乎挖到有骨头处。他们大叫、扭动。我用磺胺噻唑填满空洞,包扎后用胶布封起来。他们走路歪歪倒倒,然而面带微笑,总是说这是一场奇迹般的经历。三个星期或一个月以后,他们的病都治愈了,而我的医务所挤满了其他患重病的人。

甲状腺肿(俗称瘿袋)是一种普遍的疾病。纳西族害此病者不多,居住在长江两岸的各民族和来自四川的汉族移民中有很多人得这种病,四川移民散居在森林中,那里虎跳峡有11000英尺深,汹涌的长江切开雪山,夺路向前。有些瘿袋相当大,垂挂在喉头的两侧,形成令人厌恶的屁股状物。当然,甲状腺肿的最好疗法是做外科手术,把它切除。要做到这点,这些穷苦人将不得不做长途旅行到昆明去,在医院

长江进入 11000 英尺深的虎跳峡，穿过峡谷的道路。

里付出很高的费用。对于一个把他的全部家当加起来也只值几元钱的人，建议他做这种旅行是毫无用处的。即使无事到丽江一游，对他们来说也是昂贵的。他们在城里不能待那么长时间治病。所以得想出一个很快的办法。我叫他们服用我认为可以容许的大剂量的碘化钾，只要不害命就行。我坦白有几回是侥幸脱险。一个傈僳族巫医服药后躺倒两天，处在半昏迷状态中。其他人有碘中毒症状。不过所有的人都活下来了，一个月后我又见到了他们。他们的瘿袋缩小了一半，再做几次治疗后，就变得很小，几乎看不见了，可是我得承认瘿袋还存在，我从来没能够成功地除去它们。

麻风病在纳西人中不常见。有些人相信只要换个名称，这种病就不那么可怕了。为了不伤害他们的情感，现在雅称这种病为"亨森病"。如果纳西人中有这种病的话，那是外边带进来的。纳西人对这种病是很警惕的。我记得一个病例，那是一个多年来居住在下关那边的纳西人，他回到村里和家人团聚。人们发现他处在麻风病前期，全体村民来到他跟前，问他回下关去还是举行自杀仪式。他选择了后者。人们给他一碗可怕的油煮黑草乌。后来他们把他的尸体焚毁了。

白族、傈僳族和四川来的汉族移民中有少数人害麻风病，藏族的情况也如此。可是没有传教士们的报告里写的那样严重。在丽江以南150英里处，在白族居住的地方，洱源附近有一个小麻风病收容所，可是病人只住了一半。我不是科学家，对麻风病的起因没有进行过系统的研究，也没有读过多少这方面的书。然而我在中国居住和旅行了许多年，到过西藏边地，有时我会去观察和比较在什么条件下哪些人麻风发病率最高，哪些人发病率最低。有些翠绿肥沃的坝子，一眼望去像名副其实的天堂，不过那里的人们正好患麻风病。为什么呢？其他一些地方，看来不那么肥沃和富有，而那里的居民却很健康。这又为什么呢？我时常访问西康省磨石棉坝，那里有一个很大的罗马天主教办的麻风病收容所，住有五百个患者。这个暗藏的坝子肯定是世界上最美丽的地方之一。坝子海拔至少八千英尺，四周有大雪山拥抱，气候四季如春。坝子两边有两条由冰川雪水构成的咆哮的急流，像瀑布般猛冲下去。四周小山丛林密布，高山草地上和林中空旷处鲜花遍地。某些世界上稀有的百合花生长在山梁上。空气中充满浓郁的花香，无数蜜蜂在花丛中嗡嗡叫着，土壤黑黝黝的，极为肥沃。天主教传教团在果园里栽了各种果树，经过认真平整并且有水浇灌和园子里各种蔬菜应有尽有。香甜的番茄和大辣椒成行地和洋白菜、菜豆间种在一起。

然而这块坝子是不幸的。坝子上可能大约有三百多户四川移民，每家都至少有一个麻风病患者。由于麻风病，磨石棉的名声很坏，以致在贡嘎雪山那边省会打箭炉的人，如果他们知道鸡和鸡蛋来自磨石棉，无论价格多低，没有人会买一只鸡或一个蛋。

为了对这欢乐的边远地方有这种可怕的疾病的原因至少形成一个假设，我决定对人们的习惯和饮食做一番周密的观察。居民们比一般人还更不讲卫生，住房肮脏污秽。为什么呢？我问道。他们告诉我，水太冷而不能洗澡。说到饮食，他们一天吃两餐，上午十点多吃一餐，下午太阳落山后吃一餐。他们吃豆腐，加上辣椒面使其可口，喝洋芋片汤，当然还有米饭。他们日复一日地吃着同样糟糕的食物。有时是萝卜汤，而不是洋芋汤，或者菜谱上还有煮蚕豆。每周一次洋芋汤中加入一两块老腊肉。我问到吃鸡、鸡蛋、新鲜猪肉以及像吃种在传教士团园子里的那些蔬菜的情况，这些蔬菜他们同样可以种的。不，他们说，吃鸡、鸡蛋和新鲜猪肉太奢侈了——那些都是要卖的，他们急需要钱。是啊，我想，他们肯定需要钱去购买他们一天抽到晚的鸦片。至于传教士园子里那些新奇的蔬菜，他们的祖先不吃那些东西，照样活得好好的，他们说对祖先有好处的东西对我们也有好处。此外，他们补充说，某些蔬菜，特别是番茄，被认为是有毒的，因为番茄是来源于两只狗之间的罪恶行径之果。那传教士怎么样？我反驳说。他们当中没有一个因为吃这些菜而死去。"啊"，男人们会意地回答，"你们洋人身体与我们不同，对你们好的东西，对我们是要命的。"

他们看上去都很虚弱、消瘦，脸色黄得像羊皮纸，眼睛因抽鸦片而发红。人们有什么办法帮助他们、说服他们呢？天主教徒们肯定是尽了他们之所能，可是这些人迟钝而执拗，狂热地固守着他们封闭和无知的思想。碰上他们，一切努力都付之东流。

由于受到黑彝人的邀请，我从磨石棉到美丽的大渡河下游一个名叫黑鲁凹的村子去。从那里我得登上有 11000 英尺高的神秘的野沙坪高地，彝人们就住在这里。他们的住房差，却很干净，彝人们看上去都很强壮。我跟他们住了几天。即使撇开他们为我特意安排的宴席，他们自己还是吃得很好的。

他们经常吃猪肉、鸡和牛肉——有红烧、油炸和清炖。他们吃洋芋和荞麦饼,每顿饭都喝荞麦和蜂蜜酿成的酒,名叫芝吾。他们不抽鸦片烟。他们也不讲卫生,却很健康。他们当中没有人患麻风病。一提起麻风病,就使他们不寒而栗。

丽江周围的白族靠单调的饮食生活,米饭加上一点豆腐或相当于豆腐的东西,或者只吃辣椒和米饭。他们也患麻风病。四川移民和白傈僳吃得也很简单,他们同样害麻风病。只有纳西族以及丽江周围各民族,不论贫富,饮食多种多样,很有营养,所以他们不害麻风病。

不管其他什么因素造成麻风病,这种疾病似乎在营养差而饮食生活单调的人们中找到了温床。肮脏可能是也可能不是一个起作用的因素。由于固定不变的饮食而造成的营养不良,肯定是一个因素。藏人同样吃固定不变的饮食,由常年吃的糌粑(烘烤的大麦或小麦面粉)和喝的酥油茶组成,他们也害麻风病。

麻风病的治疗,即使用当今最新的磺胺类药物,其疗效也很缓慢,不明显。我感到我没有资格来处理这类病例,但使他们无比高兴的是，我把病人交给南方的传教士团。

我认为西藏及其边地的真正瘟疫不是麻风病，而是性病。从所有报告和旅游者的叙述来判断，西藏和永宁地区至少有90%的人口染上了这样那样的性病。性病如此广泛的流行，当然是由于那些地区仍然盛行的自由婚姻造成。由于严格实行婚姻制度并且有禁令：即所有纳西男子应该把爱情集中在本民族女子身上。如果任何纳西人染上这些不宜说出口的疾病，他们肯定是在丽江以外感染上的。退役老兵是感染这些疾病的最可疑分子。

藏人，某种程度上说，还有生活在永宁地区的处于母系氏族社会的吕喜人，在几十年甚至在几百年的时间里，他们的身体对梅毒有了相当强的免疫力。对绝大多数人来说，现在的性病已只有很微弱的反应，即使到了第三期，也不像在其他民族中那样具有毁灭性了。然而这种藏族类型的温和的梅毒，不会传染给其他民族，尤其不会传染给欧洲洋人。一个欧洲人如果从一个藏人身上传染了这种病毒的话，则毒性就很厉害，不立即治疗，大约三个月就会致命。

西藏和永宁流行的梅毒和淋病对婴儿的出生率有显著的影响。西藏的人口肯定在减少，永宁的小孩害角膜炎，那是先天性梅毒的后果。西藏地方政府极为关注此事，计划大规模地治疗性病。然而由于工程庞大，未取得什么效果。由于粗心大意和对患病者的漠不关心，这个令人伤心的大问题就进一步恶化了。例如他们从来不认为梅毒比普通感冒有什么更严重的地方。既然梅毒的初期反应实际上像得了感冒或流感，无知者认为他的判断是正确的。因此他们来治疗的时候，他们总是说只不过是感冒了，没有什么要担心的。当我告诉他们那是别的病时，他们吓了一跳。我记得一个富有的藏人，带着这种要保密的疾病的明显症状来找我。我告诉他真实情况，他大为震惊。

"不会，不会，"他嚷着，"只是一场感冒。""你怎么感染上的？"我问。

"我骑马时得的。"他回答。

"哦，"我说，"怕是骑错了马。"

他们连续不断地来了——藏人，吕喜人，偶尔也会有其他民族的人。可是我真的记不得当中有任何害梅毒和淋病的纳西人。正像我说过，藏人的梅毒是良性的，注射两三次后他们一般就恢复了健康。可是在许多情况下，治疗已是白费力气，毫无希望了。两三个星期后他们带着新的感染回到医务所来。绝大部分工作是费力不讨好，我得承认我对治疗性病厌倦了。我的医务所就是这样。病人不断地来，日复一日，年复一年。病人中也有来看其他疾病的。我尽最大努力给他们诊断治疗。有人甚至试图要我去处理妇女难产，可是我到此止步，因为这类事我完全没有经验。我一直极为小心，如果我的病人死了一个，那我将会被人杀害的。

医务室使我远近都有熟人，许多令人愉快的长久的友谊建立起来了。对于护理和医药，我分文不取。可是有时候人们会带来几个鸡蛋，或一罐蜂蜜，要拒绝这些简单的礼物是不容易的。我记得我试图拒绝一位老妇人带给我的几个鸡蛋，结果她十分生气了。

"你为什么不要？"她尖声地问道，"这几个鸡蛋是新鲜的。我不是在给你任何脏东西。"我能说什么呢？

然而办这个医务所也不是一帆风顺的，因为丽江狡猾的商人和店主们总是在盘算我的药品。有些十分坦率，毫无顾虑。他们说："你从美国红十字会（美国红十字会后来改为国际红十字会）得到，免费供应，你同样免费地把药品给出去。这些药是珍贵的好药，在黑市上值很多钱，为什么不至少卖给我们一半呢？不会有人知道的。我们准备好付高价，颇大的一笔现金不会有害于你吧。"并且他们摩拳擦掌地期待着生意能成交。我既不生气，也不把他们送出门外。我的中国礼仪几乎已达到一个外国人所能做到的最高程度了。我不能确切地记起我说了什么，不过总之是些相当礼貌的话语，把我不能把药品让给他们的原因说得十分令人满意。

接着出人意料的攻击从其他方面来了。妇女开始天天随意进来讨药，为家里的小孩讨 10 片山道年、为生病的丈夫讨 20 片阿司匹林，为某个卧床不起的人讨 10 至 20 片磺胺利眠灵，如此等等，名目繁多。起初我毫不犹豫，我钦佩她们为帮助亲戚朋友肯走那么远的路翻过山来。直到我的厨师告诉我，他看见我们的山道年、磺胺利眠灵和阿司匹林每片五角在市场上出售时，我才警觉起来，加以注意。我们立即出了通知贴在门上，要求所有病人，如果他们想要取药的话，得亲自到我的医务所来。这个办法奏效了。后来，除了我确信的病人外，我尽量少给他们继续服用的药。当我直截了当地拒绝某位贵妇人要几包药的请求时，她就会当众发脾气，骂开了。

出于同样目的的另一种惯用伎俩是，地位很高的官员发来通知，要多少某种特殊药品，并需由带信人（通常是勤务兵）送到他那里。我总是送去几粒药，并且深深地道歉说，眼下那种药品快用完了。甚至我那位可爱的纳西族医生朋友，也很快熟悉了到我家门口的路，向我借这样或那样的药品，答应几天后还我同样的药品，不过从来没有什么东西还来过。不久我就得制造各种借口防止他们耗尽我的药品储备，这些药品是打算完全用来治疗贫苦村民的病痛的。

我眼中的纳西族

纳西人有奇怪的信仰，认为有些地方风水好，有些地方风水不好。起初我不相信这种风行的看法。然而随着时间的推移，我认识到他们的说法基本上是对的。例如，束河是个"好"地方，白沙则是个"坏"地方。这两个村都在坝子的北头。有一个湖的拉市坝，位于我来丽江的路上，肯定是"坏"地方了。但是在大坝子上的所有村庄都是"好"的。我问我的纳西族朋友，怎么可能全村的人都是"坏"的呢？狼挨狼，狗跟狗，他们说，坏人跟好人在一起不自在：实际上这是"物以类聚，人以群分"的意思。总的来说，丽江被认为是个"好"城镇，而鹤庆和剑川则是"坏"的。

不知怎么地，白沙村的坏名声总叫我苦恼。北头的坝子终究见证了大部分纳西族历史，丽江的保护神"三朵"的大庙就在白沙村。白沙这个名字本身，"崩诗"原来的意思是"崩族人死"，寓含着一部英雄史诗。就在这里，来自永宁的入侵者被打败被消灭，入侵者由一个背叛了纳西族王的妹子带领，这个妹子是嫁给永宁王子的。这女子被抓获，用铁笼装着拘留在附近一个湖泊里的小岛上。她可以尽情地吃各种干硬食品。虽然她四周都是水，可是不给她喝一滴。她遭受极大痛苦，死于干渴。她哥哥就是这样报仇的。

许多世纪以前，纳西人可能是通过束河和白沙附近的通道，从北面进入丽江坝的。在汉朝以及更早的史料里，已经提到丽江和纳西族，可是那时他们不称为纳西，当今丽江的名字和地址几经更改。约瑟夫·洛克在他的关于丽江及其周围地区的不朽著作《中国西南部的古纳西王国》里论述过这些古代史料，由于这些史料太长太复杂，即使一部分也不能在这里引证。但有一个事实清楚地说明了纳西族的确是从西藏来的。在他们用象形文字写成的史诗中，提到马纳萨洛湖和凯拉斯山，提到牦牛和居住在高山草地上的帐篷里。他们称藏族为大哥，称白族为弟弟。他们的祖先与印度万神殿里的众神有奇怪的联系,他们宣称绝大多数祖先和英雄是从鸡蛋里魔术般地变化出来的,是大山和湖泊,松树和石头,龙和人类女性进行一系列交配的结果。

纳西人、缅甸人、黑彝人以及藏人,属于种族上的一个分支,叫藏缅人种(语族——译者注)。在一定程度上,他们相貌相似,他们的语言和方言有共同的根源,只是穿着和饮食有明显的不同。自从唐朝以来,纳西族自愿地采纳汉族的文明,学习汉族的文化,这个过程至今尚未结束。在男子服装方面,实际上已无法区别纳西人和汉人。不过幸运的是,妇女保持了她们美丽如画的纳西族服装和头饰。纳西族早已接受汉族的礼仪和风俗,并发扬光大。很难发现比纳西族更有礼貌和更加自制的民族了。为确保对正确行为的了解,他们通过陌生人的举止做严格地判断。即使去拜访村子里最穷苦的人家时,不管这个人职位有多高,忘记礼貌对每个人来说都是不合适的。

当然孔夫子的伦理道德已经取代和改变了纳西族原来的风俗,可是纳西族的某些习俗仍然保留着。妇女不能在男子面前坐下或与他们一起吃饭。同样妇女从来不睡楼上或在那

老纳西族村民穿着正式服装。

里待很长时间。纳西族的传统观念认为女性不干净，在男人头上走动是错的。本地法规很少保护妇女，买卖妻子的事件时有发生；寡妇可以由长子加以处置——虽然这种事很少发生，并且被人们斥为堕落。妇女的命运就是没完没了的体力劳动。但她们并不反抗，甚至没有怨言。相反，她们默默无言，坚持不懈，就像正在成长的树的根，她们把自己培养成强壮的人种，直到完全奴役了男子。她们学习商业的各种复杂情况，并且当商人、土地和货币兑换经纪人、店主和生意人。她们鼓励自己的丈夫闲游浪荡和领娃娃。正是她们获得了事业的辉煌成就，她们的丈夫和儿子们不得不向她们讨钱，即使是买香烟的几分钱。在丽江，是女的向男的求爱，然后用金钱的力量牢牢地控制住他们。是姑娘给她们的情人送衣服香烟等礼物，为他们支付喝酒吃饭的账。没有妇女的干预和帮助，在丽江什么也不能获得或什么也买不到。男人根本不懂自家商店里的货物放在什么地方，应以什么价格出售。租房子或买地，人们不得不去找那些懂行的女经纪人。因为害怕吃亏，没有女经纪人内行的劝告，主人是不会直接进行洽谈的，兑换货币你得去找面色红润的姑娘——潘金妹（纳西语译音）。藏族马帮到达时，通常把货物交给妇女去处理，否则就要冒吃大亏的危险。

由于她们多方面的劳动，她们从房子里到商店里，或从一个市场到另一个市场背运沉重的货物，丽江妇女已造就了优越的体格特征。妇女高大结实，胸宽大，臂力强。她们自信、果断、勇敢。她们是当家人，是家庭繁荣的唯一基础。娶个纳西族女子就获得了人生保险，余生可以过安闲懒散的日子了。因此纳西族新娘身价百倍。又由于纳西族男女比例超过四或五比一，一个男子娶到一个妻子算是幸运的了。几乎娶到任何年龄的单身女子都可以；有18岁的小伙子娶35岁老大姐的。这有什么关系呢？小伙子得到了人生保障。她是他的妻子、母亲，更有甚者，她让他养尊处优。一个男子还想要什么呢？

在丽江，没有一个女子或姑娘是懒惰的。她们从早到晚都在做事。没有人家会养女仆，那是不可思议的。一个女子每天的创造价值那么高，何必为了每月几块钱而去做人家的女仆呢？纳西族县长和其他高级官员、富商和地主的妻子和女儿，像贫贱的农村妇女一样努力干活。她们或者专门从事在本地市场上销售藏人的货物，或者用篮子背着货物，去赶鹤庆每周一次的集市。或者她们可能获悉某些村里有便宜的洋芋和猪，于是她们奔去那里，满载而归，赚一笔小钱。我

阿合海，穿着日常正式服装的丽江姑娘（潘金妹）。

多次碰见县长的妻子习大妈，背上背着沉重的一篮子洋芋或一袋粮食。在西方的"社会"领袖之中，这种劳动观念将引起一场轰动，也许比假想的火星人入侵引起的轰动还要大。试想，一个叫阿斯特夫人或芳德比尔特夫人的女子，背上背着一口袋洋芋，从纽约第五大道走过将会是怎样一种情景！然而第二天却又在某位将军家的婚礼上见到她们，满身绫罗绸缎和珍贵珠宝，习大妈就是如此。

这个小小的纳西人社会里，妇女在理论上受鄙视，可是在实际上她们受人尊敬。男子享有特权，但是他们软弱，在经济生活中无足轻重。即使在体格上，他们也很少比得上他们结实的配偶。年轻时他们依赖母亲和姐妹，把时间花费在野餐、赌博和调情上。年老时他们待在家里，照料小孩，与老朋友闲聊，抽鸦片烟。要是妻子停止找钱的话，他们会像雄蜂一样很快饿死。

赞扬纳西族妇女体格健壮精于商业时，我并不是说纳西族男子百无一用。从最古老的时代以来，他们以忠诚勇敢著称，从西藏一路下来，打败了那时居住在丽江坝上的土著部落，肯定需要勇气和智谋。纳西族士兵组成的小分队一直是滇军的主力，一声召唤，就殊死战斗。正是由于纳西族部队的参战，有名的台儿庄战役打败了日军。他们从不回避敌人，故幸存者极少。他们是勇猛的骑兵，是不知疲劳的行者，他们靠着贫乏而单调的饮食能生存数月。

从外表看，纳西族男子一般都仪表堂堂，体格健壮。多数人中等身材，有些相当高，当然很少有人接近康姆藏人那种巨大身材的。无论男女肤色总的来说比汉人黑，不过也有许多例外。有些情况下他们可能像南欧人一样白。其他特征则使他们与汉族人种有联系的错觉破灭。虽然颧骨高些，但是面形轮廓基本上是欧洲形。鼻子长，造型美观，有突出的鼻梁。不像汉人，如果纳西族绅士想戴夹鼻眼镜的话，他可以戴上。眼睛淡褐色，略呈绿色的极少。它们不是杏仁眼形，而是宽大明亮。头发是黑的，但是略带微红光泽。在多数情况下，是淡褐色，柔软而卷曲。总而言之，一个纳西人的形象使人强烈地想起意大利南部或西班牙的农民。

纳西人热情、率直，这几乎成了一种缺点。还有暴躁脾气。后一种性格特征肯定是由海拔高度造成的。据我观察，所有生活在海拔八千英尺以上地区的人都性情暴躁。这种暴躁脾气随时发作并且是毫无道理的。空气稀薄对睡眠不利，在某种程度上，或许这个因素造成脾气暴躁。要不然纳西人像藏人一样，是世界上最欢乐的民族之一。他们整天欢声笑语，喜形于色，只要一有机会，晚上就跳舞。

不论男女，他们天生爱讲闲话。他们就是闭不住嘴。没有什么秘密，不管是有关家庭的或军事的，几天或甚至几小时之内，全城就尽人皆知。特别有趣的是那些家庭丑事，而且经常发生。在所有酒店里和在市场上，丑闻越是妙趣横生，越是有人议论，谈得兴高采烈。丽江毕竟不是个很小的城市，然而我观察到它的居民相互间是多么熟悉，真是令我吃惊。最后我们全家人都融入在这个快乐的社会中了。大家对我都直呼其名，拦住我闲聊或以微笑向我致意；奇怪的是，我似乎也认识每一个人。甚至每一个城里人似乎都知道附近村子里的人，当他们来赶集时，互相都热情地打招呼。

像藏人一样，纳西人令西方传教士绝望。他们是不可皈依的。多年来罗马天主教和其他教派枉费心机地设法立足于这个地区，一个英国教派传教团曾在短期内设法在城里保留了一个不稳定的立足点。有一对英国夫妇在管理。他们有一所舒适的房子和一个小教堂，奠基石上刻着"签号1等上帝降临"。他们用上端印有标题为"院长——上帝；副院长——耶稣基督；司库——×先生（传教士）"的特别信笺进行通信。生意清淡，只是在来自四川的汉族移民中有几个皈依者。然而他们常到扬子江上游的大山里旅行，在原始的白傈僳部族中取得一些成功，从而得到补偿。

传教于纳西人失败了。纳西人信奉的宗教，其中一个是喇嘛教，要使纳西人信奉基督教，就像向藏人宣讲福音一样，必然失败。传教士从西藏东部和西部边界传播福音，如果正确地评价的话，失败的原因是清楚的。西藏喇嘛教就像罗马天主教一样，组织严密，势力强大。它的信条扎根于佛教——一种具有高度哲理的大宗教。这个宗教由喇嘛控制。在西方，喇嘛这个词不加区别地泛指西藏所有的和尚。在西藏和在纳西人中，喇嘛是个荣誉称号，用来称呼教士，但是实际上如果他想当喇嘛，一个普通的和尚（通常叫曹巴）要勤奋好学、花费大半辈子的精力，才能达到喇嘛的地位。所以真正的喇嘛都受过很高的教育，精通佛教的哲学和神学。他们可能是活佛，也可能不是，但是可以肯定的是，他们都很精明，通常是能干的管理员和组织者。做个比较的话，可以把下层喇嘛比作执事和副主教，上层喇嘛比作主教、大主教、鼻祖。喇嘛会是活佛的化身，也可能不是，但是每一个灵童都是喇嘛，并且教会务必使他受到严格的教育，与授予的头衔相对应。每一座有名望的喇嘛寺，都必须有几个真正的喇嘛进行指导，提高其威信，训练新喇嘛。这些新喇嘛以后可以到拉萨附近的大寺院去，在那里他们有机会参加考试，成为喇嘛。

西方传教士必须打交道的就是这样的对手。向人们宣传喇嘛寺里的佛和圣人是神像，喇嘛引导人们相信迷信，最终会被地狱的大火毁灭等等之类的话是容易的，可是很难证明情况就是这样。这样得传教士到西藏边界去向无知的"野蛮人"显示真正的拯救灵光，除少数例外，都毫无成就。他们都自称应圣灵的感召而来，但是他们才疏学浅，不能起实际作用。他们往往出身于欧洲社会里很少受教育的阶层。他们连自己的语言都没学好，要学藏语和当地方言就更难了。他们很少能用清楚连贯的藏语或当地的语言传道。也许他们不自觉地想尽办法保持他们的优越感，这在边界上引起了不满。他们过着欧洲式的舒适生活，只是偶尔出去散发小册子，与人们交谈。他们邀请当地杰出人物来赴宴，而把其他人留在大门外目瞪口呆地往里面凝视。边界上的本地人中广为流传着一个笑话,说传教士把头等天堂留给自己,只把三等天堂许给异教徒。喇嘛和传教士在神学竞赛中,在两种宗教的神学和玄学方面,喇嘛们具有更多的知识,竞赛只会提高他们的威信。同样得承认的是,西藏教会不允许信徒皈依基督教,就像罗马天主教会不允许在西班牙和哥伦比亚的新教传教士引诱人们脱离天主教一样。任何一个信奉基督教的藏人,都会自动地成为被抛弃者,从家里被赶走,生命处于危险之中,唯一能皈依的藏人是那些藏族母亲和经商的汉族父亲生下的后裔,没有人要这些后裔,传教士把他们捡了去养在教堂里。

至于说到纳西族信奉基督教则情况有所不同。他们在许多方面与汉族相同,而汉族在西方人看来,本质上不是一个信教的民族。汉族同时虔诚地相信佛教、道教、儒教、万物有灵论,如有必要也愿意接受基督教。纳西族也同样,除了他们古老的万物有灵论和萨满教之外,接受了喇嘛教大乘佛教、道教和儒教。用个新词语来说,他们有"分门别类"的信仰,每一种宗教为某种特殊需要服务。举行葬礼和为死者的安息做祷告,佛教很有用。道教则满足神秘感和美学上的渴望。而与去世的人保持接触,则祖传的宗教适用而且必要。多神教承认自然界有看不见的力量和智力,并提供一种对付它们的方法。要保护活着的人和死者不受妖魔鬼怪的伤害，萨满教是必不可少的。在所有这些宗教信仰之上，他们从祖先那里继承了根深蒂固的相当适用的伊壁鸠鲁哲学。这种哲学教导他们，今生短暂，却实实在在。今世并非完美无缺，无忧无虑，但是总的来说，世道不算坏，只要生命犹存，每一个纳西人义不容辞地要充分利用它。虽然传说和经典都断言，来生极为快乐和宁静，这必然存在疑问，那些少数通过中介暂时回到人间的人们很少讲那里的情况。纳西人不求来生的快乐而要尽量过好今生今世，他们追求的幸福可以描绘为：有大量的田地果园，牛马成群，房屋宽敞，妻子迷人，儿孙满堂，粮食酥油和其他食品堆满仓，酒坛满地，性欲强旺，身体健康，在鲜花遍野的高原草地上，与情投意合的伙伴们接二连三举行野餐和舞会。

我们必须记住纳西族是个简朴的民族，对他们来说，这些质朴的享乐已达到生存的顶点。从这个角度来看，必须承认，总的来说，按照纳西人的人生观，他们的确已经达到了人生的目的。周围几百英里之内没有一个地方像丽江坝这样繁荣幸福，也没有任何地方的人们过得比这更好。在丽江站住了脚跟的传教士们，能给这些人什么呢？他们坚持要纳西人放弃所有心爱的东西；禁酒禁烟；在漫长的野餐期间与漂亮的姑娘嬉戏跳舞也被禁止。所有降神会，与敬爱而有助的神灵之间的交往都成了禁忌。祖传的崇拜被禁止，跟美丽的喇嘛寺和庙宇的所有关系要切断。"那我们还有什么？"纳西人问道，"这只是活着受死罪"这些爱开玩笑、热爱生活的人们争辩道。因此，没有一个纳西人成了基督教徒。

丽江及其周围地区的藏族

丽江的藏族人口数量可观。虽然藏人可随意地居住在城里各处，但是他们总喜欢住在离公园不远处横跨丽江河的双石桥附近的房子里。僻静的小路连接了我住的村子和城里藏人住的地区，路边有一片草地，这片草地通常是刚到的马帮的宿营地。丽江的藏人社会，人少名声大。藏族商人和显贵们住着最好的房屋，无论大小事纳西人都为他们服务，尽量使他们舒适满意。当然，这种特殊的照顾和亲热的关系是由于藏族和纳西族之间的异族亲姻关系造成的。纳西族总是称藏族为"我们的大哥"。纳西族中至少有一个支系仍然保持着绝对的独立，享有公认的文明地位,这个事实对纳西族的"正当的爱"有很强的吸引力。然而我很怀疑，兄弟情谊不是这样热情招待的主要原因。

当几乎所有中国沿海地区被日本侵占,且缅甸正在迅速陷落时,中国与外部世界的商业往来,就只有两个"入口"了,即云南的丽江和西康的打箭炉。另一端是印度的卡里姆邦,货物从加尔各答和孟买用火车运到那里。拉萨是货物集散地,而天生是商人的西藏政府官员们、大小喇嘛、寺院长老和更小的头面人物,他们毫不犹豫地抓住这个自然而来的极好机会,迅速动员其所有财力。信用证、汇款单和普通的货到付款书源源流入印度。藏族商人和其他小商贩组成的大军从冰天雪地的西藏高原下来,进入加尔各答闷热的商场和旅店。一切都订契约、立合同,能用牦牛和骡子运走的东西就立即购买。缝纫机、棉布、高级香烟,不管是英国造的或是美国造的,威士忌和名牌杜松子酒,染料、化工品、罐装煤油、梳妆用品和罐头,以及成千上万的各种小商品开始汇成一条源源不断的河流,用火车和汽车运到卡里姆邦,迅速重新包装分发,用马帮运到拉萨。在那里这股商品流涌进宫殿和喇嘛寺的院子和厅堂,转交给一大群分类工和职业包装工。最不易碎的货物挑出来放在一边,由北路用牦牛运到打箭炉;其他货物打包后运到丽江,特别是到昆明,那里挤满了干渴

一个藏族女子在丽江市场购买男子服饰用品。

的美军和英军。为了让商货越过世界上最高的大山，经受风雨和烈日，在山石路上拖拉三个月而能存留下来，商货必须包装精巧而仔细。情况就是这样。特别要注意每包的重量要均匀。在长途跋涉中，骡马不能驮60斤以上的，牦牛不能驮50斤以上的，首先把商货组织成紧密的堆数，然后用毛毡，有的甚至用褥子裹起来，再用湿牛皮包裹缝好。牛皮一干就收缩，把里面的东西压挤成一个整体，这样的包裹可以丢下去，到处甩、摇动或坐在上面，里面的货物丝毫无损，它能防止山石和灌木的摩擦，而且能防水，能避风雨和日晒。装香烟的盒子和装缝纫机的板条箱也同样用湿牛皮条做网状加固，缝在一起。

牦牛运输比骡马运输更危险，所以商人们设法避免用牦牛运送易碎的货物。虽然有人提到"牦牛马帮"，但是我却怀疑这样的定义。在我的脑海里，马帮总是指驮运东西的牲畜或车辆成一纵列有秩序地前进。到丽江的骡马马帮就是那样出现的。然而牦牛却无秩序可谈，它们从来不会以单列纵队行进，它们不过是愚蠢而原始的牛而已，并且它们像黄牛一样行动，毫无规律地分散成一片前进。有时它们慢下来，有时它们朝前冲，互相拥挤推撞。它们似乎不知道也不管要去哪儿，尽管周围有空处，它们还是尽力夹在两个大山石或两棵树之间。我记得我的一位朋友是怎样失去了他期待着从印度买来的珍贵的铸铁炉灶的。炉灶快要到达打箭炉之前，驮着炉灶的牦牛有意要从两个大石头之间穿过。这头牦牛以非常快的速度穿过，力量很大，行动很果断。之后主人只能找到一些铁块、底盘和脚架。可以说牦牛并不是温顺的动物。它们多疑好斗，总是以最具有威胁性的姿态，跟在马匹和陌生人后面，我曾多次在毫无防备的情况下遭遇到牦牛群擦身而过的情况。牦牛不能忍受热天，因此它们的运输局限在海拔一万英尺的高山上。当它们在海拔12000英尺的高山草地上啃草时，它们是最自在的了。

据估计，战争期间所有进入中国的路线被阻时，"马帮运输"曾使用了八千匹骡马和两万头牦牛。几乎每周都有长途马帮到达丽江。生意如此兴隆，甚至多雨的季节也无法阻止那些具有冒险精神的商人。这是极大的冒险，出于贪婪，他们才这样干。西藏雨季很可怕，在边界上所有的马帮和香客来往交通常常要停止一段时间。山路变成泥潭沼泽，江河暴涨，大山为云雾所笼罩，冰雪崩落和滑坡，这已是家常便饭，而非例外。许多旅行者被永远埋在几十吨重的岩石下或葬身于急流中。

很少有人认识到，这些来往于印度与中国之间的马帮运输规模的宏大和史无前例，还有它的重要性。至今，对那独一无二异常壮观的景象，还缺乏完整的描述，但是它将作为人类的一个伟大冒险而永远铭记在我的心中。此外它非常令人信服地向世界表明：即使所有现代的交通运输手段被某种灾难毁坏，这可怜的马，人类的老朋友，随时准备好在分散的人民和国家间又形成新的纽带。

雨季、疾病和其他预料不到的灾难，还不是从拉萨到丽江的长途马帮需要面对的唯一威胁。圣地西藏的东部有个被称为康巴的地区，那里是西藏三部分之一，当地有强大的强盗团伙在活动。康巴远离拉萨政府，很少为人所知或被探察过。即使对圣城里的普通藏人来说，它仍然是个谜。对其余两个属区（卫和藏，拉萨位于其中）的居民来说，他们那里的大山高原干燥贫瘠，灰尘仆仆，狂风怒号，所以康巴就成了自然美的象征，那里的生活在世界上别的地方是无法找到的。那里有世界最大的河流，河水清澈，未受污染，并排地穿过大理石的峡谷，流淌在覆盖山坡的辽阔而雄伟的森林之中。

闪烁的雪峰纯洁而高不可攀,直插蓝天,甚至神也喜爱这些天堂般的景色,因为每一个山峰都是众神的宝座或伊甸园,其中伊甸园德姆乔克(藏语地名)是最有名的。据说在康巴发现了大量黄金,那里的喇嘛寺特别富有和美丽。康巴人(即康巴地区的人)从来都使其他藏人敬畏和羡慕。男子通常是身材魁梧、面貌英俊,女子长得美丽、肤色白皙。

这个广袤地带的相当一部分在二十世纪初被分离出去,置于四川省政府管辖下,后来成了新成立的西康省的一部分。然而在古时候,西藏还没有皈依佛教之前,连丽江都在强大的藏族征服者的统治下。佛教的到来和传播削弱了这片自豪的土地并使其屈服。

在康巴,盗贼和其他不法分子成灾。它被置于双重管辖之下,肯定有利于这种不幸事件的发生。强盗们在这个省的藏族地区犯了罪,可以跑到汉族地区躲藏,反之亦然。乡下人的粗野性格,加上重重大山,走不通的原始森林,汹涌的江河,使它成为盗贼理想的藏身处。在西藏当强盗是历史悠久的职业,通常局限于某些部落和家庭的成员。然而不是所有的康巴人都是强盗,他们当中许多人品格优秀。外界对藏人的理解通常是：同一祖宗相传的人口，口语相同，穿着相同，风俗和宗教信仰相同，都一致地效忠于拉萨地方政府。其实不然，西藏划分为许多部落和家庭、小王国和领地，都属于封建制度，头人们效忠于拉萨地方政府，他们向拉萨送兵员、纳贡、送厚礼，以示效忠。康巴也不例外，还包括许多藏族地区和汉族地区双边的领地。探险家访问过的最值得一提的小王国有：木里土司、里塘领地、甘孜大领地、左所领地、永宁领地、奔子栏领地，更不用说无数的黑彝、黑僳僳和其他部落领地了。在木里、奔子栏和里塘，不是所有人口都是藏族，但他们同样是虔诚的喇嘛教徒，黄金从他们的领主手里不断流入布达拉宫的财库。顺便说一句，木里王是个蒙古人。他的始祖是忽必烈大军里的一位将军。大军经木里入侵丽江和大理，为表彰他的功绩，大汗任命他为木里世袭土司。

丽江的西北方和木里土司的西方，有一支孤独的山脉，名叫康卡岭。它有三个山峰，大约有23000英尺高。约瑟夫·洛克博士发现了它并为它拍了照片。洛克时常远涉木里，因为木里王是他的好朋友。这些大山养育出一些世界上未曾知晓的最无情的强盗。这些大山的西面，有两个辽阔的地区名叫乡城和东旺。这里住着两个部落，其成员中就有职业强盗和职业杀手。他们如此狂野，叛逆，难以制服，以致其他藏人不敢冒犯这些地区。这个广大的地域足抵得上某些欧洲大国的版图，可是还没有任何一个地区被欧洲人访问过。可能将来相当长一段时期也不会有人来访问。毫无疑问，探险者和科学家的主要兴趣正好隐藏在这些难于到达、地图上未被标明的地区。例如在乡城的雅砻江拐弯处，有一座高大的雪峰叫落日卡瓦（藏语音译）。那些得到特许的少数探险者，幸运地从远处凝视了一下，估计其高度为28000英尺，也许还可以与珠穆朗玛峰相媲美。

正是这些，东旺和乡城的强盗埋伏在那里等待拉萨来的富有的马帮。当然所有藏族马锅头都是全副武装，当马帮很大时，这些恶棍不敢进攻他们。马帮小、武装差的时候，他们的机会就来了。然而亚历山大·大卫·尼尔夫人在她的书里把藏区土匪描写成"绅士匪帮"。自从1939年我在打箭炉遇见她后，我就认识这位伟大的夫人了，并且我很尊敬她。她自然是世界上最伟大的旅行家之一，我很高兴她竟幸运地得到这些强盗的宽容，他们甚至对她表现出某种豪侠气概，因为她是一个孤弱的妇女，此外还是个令人尊敬的女修道院长。就我个人而言，我情愿和一个汉族或纳西族强盗打交道，而不愿和一个藏区强盗打交道。汉族或纳西族强盗很少杀害受害者。他抢你，但是他用某种委婉的手段，他至少留给你下身的衣服，让你有点脸面可以到最近的村子去。他通常克制自己不搜女子的身，甚至听从她不拿走她的某些梳妆品。藏区强盗就不是这样的了。他们的座右铭是"死无对证"。他们首先把人枪杀了，然后在死者身上和他的包里找任何有价值的东西。我曾听过一个故事，说一个东旺的强盗怎样枪杀一个从不远处走来的人，后来才发现那人是他自己的父亲。

我准备接受（从某种程度上说）来自于某些强盗部落的人可能是"绅士"的观点，可是从可靠的藏族和纳西族朋友处所听说的情况看，对有的东旺和乡城人不能有过多的幻想。他们有的常常肆无忌惮，以致朋友间的契约对他们来说也不算数。问题不在于这个东旺人或那个乡城人是否是强盗，而在于他是否是东旺或乡城环境中的人。

当马帮被抢劫，见证人被驱散时，货物、武器和牲畜就被掳到强盗巢穴。在那里商货又重新仔细包装。你看！强盗头子穿着华丽，就像一个爱好和平的富商，走在大队马帮的前头，进入丽江了。对此没有人感到惊奇，也不必做解释。

当然谣言会传开而且传得很快。可是谣言是谣言，事实是事实。伪装的商人明白人们对他的看法，而人们也明白他知道人们怎样看他，可是一切都按规矩行事。商人卖他的货，举行盛大宴会，给本地喇嘛寺慷慨捐赠而获得名声。

我非常惊奇地发现东旺人、乡城人是什么样子，发觉他们好多人来到丽江，有的还有妻子陪同，表示他们在做和平友好的生意。男子看起来或打扮起来完全像其他藏人。女子照牧民妻子的式样打扮，但有点不同。牧民妻子头发上缀着许多金属圆盘，把头发编成小辫子，均匀地散落在背后。富家女子的圆盘都是用纯金、银做成，而穷家女子的圆盘则用黄铜、红铜做成。这就是她们的随身携带财宝的方法，其重量都在30至60磅重，或甚至更重些。而这些朴实的女子为了时髦起见愿意忍受痛苦，正像在开化的中国和西方的姐妹们一样，她们微笑着忍受裹脚和束胸的折磨。可是乡城和东旺的女子，可能为适应迁移，都愿意戴许多小立方体组成的大串耳环，这些小立方体是由五颜六色的树皮织成的。这些耳环看来很独特，十分引人注目，非常漂亮。

我在和大妈家酒店里遇见一群东旺青年。其中一个叫多杰（藏语"霹雳"之意），后来跟我很要好，天天来拜访我。不久他的伙伴们都回去了，可是他留了下来。一天傍晚，我见他拿着一个包袱在我的门口等候。他说为了完成一笔交易他不得不留在后头。他发觉丽江的旅店都很昂贵，并且想知道我是否可以让他在我家里住几天。我的厨师和邻居对此十分惊恐，并且用他们的手掌横在喉头上清楚地表明我将招致什么样的命运。我决定冒个险，对于这些神秘的人们，我多么想了解些情况啊！

多杰才有17岁，可是看起来很高大，与他的年龄不相称。他苗条而灵巧。他的容貌像典型的希腊人，笔直的高鼻子，轮廓鲜明，凿刀形的小嘴，富于表情的眼睛。他的头发略带褐色，很长，用一块红色头巾绕在头上。左耳上戴一个银环。他穿一件胸前有口袋的灰色旧夹克，显然它先前是属于一个汉族军官的。或许这件夹克有它自己的历史，在一个如此遥远的地方它怎样为藏族少年所占有。他腰间系着一件本色羊毛织的短袖束腰外衣，这种外衣为康巴某些藏族部落所喜爱。绝不像藏人的通常做法那样把长裤脚扎在皮靴里。这个男孩穿一条很短的皮短裤。短裤短得被夹克遮盖了，他好像完全没有穿着裤子似的。当他出现在街上时，在纳西族女子中肯定会激起很大的乐趣。为配齐他的服装,他穿一双高统软皮靴、拴在膝部,上头用红羊毛布做成,靴底用未烤制的软皮革制成。他戴着好几个银和黄铜制的护身符咒盒,从脖子上用皮条吊着。腰带上插着一把藏族短大刀,曲形的匕首插在皮刀鞘里。多杰就是这个样子——一个来自东旺奥林匹斯山上的神的侍酒俊童。面色如此浅淡,如果穿上西装,没有人会猜想到他是个藏人,也不会有人以为他是亚洲人。

与人们的预料相反,他举止文雅,态度谦逊。晚饭后当我进入我的房间在煤石灯下看书时(煤石灯是仅供我使用的奢侈品),他常会上来。我们晚上常喝的酒让他开了口,我们亲切地交谈。一天晚上他卷起短袖束腰外衣,给我看许多麝香丸。

"这就是我的商货,"他解释说,"可是这里的买主们想杀我的价。这就是我比预料的日期还要多留几天的原因。我在等待时机。"

第二天傍晚他朝我弯下腰,拉出一只拴在他脖子上的小皮口袋。他一打开口袋,我就看见了好几个金块和大量的碎金子。

"请保守秘密,"他恳求道,"用这些金子我希望能买些货物带回去。"他非常虔诚和迷信,经常摸摸护身符,确保它们还在身上,同时口中咕哝着经典的咒语"唵嘛呢叭咪吽(阿弥陀佛之意)"。很明显他增强了对我的信任感,把我当作朋友了。或许是一个比在他的家乡谨慎相交的朋友更加亲密的朋友。

鼓足勇气,我开始问他关于东旺的问题,那里的人民以及强盗。我不必讲究策略或拐弯抹角地探究这个问题。他不是个汉人,对他使用汉族的礼节是无用的。如果藏人想隐瞒什么东西,就保持沉默;如果他们想说出来,他们就直截了当地说,并且希望别人也采取同样的态度。

虽然我期待着一场有趣的表白,但是当他非常坦白而镇定地向我证实东旺有强盗、窃贼,有的甚至是凶手时,我震惊了。虽然他相当羞愧,仍然承认他自己当过强盗,这就印证了"入乡随俗"这句老话。他矢口否认他参加过任何凶杀事件。"我太相信佛,不会干那种事。"见我悲伤的样子,他尽力安慰我。我问他这些麝香丸和金子是否都是抢来的，可是他既不承认，也不否认。我惊奇地凝视着这个英俊青年，他如此沉着冷静，似乎很纯洁。我和强盗土匪相处惯了。在西康的黑炉洼，我同样做过一个汉族强盗领主的客人。所有那些人一眼看去就像他们扮演的角色，这不会有错。可是我不能使自己相信眼前这个温和自尊的男孩也当过强盗。我决定和他摊牌。

"多杰朋友，你看，"我说，"这是否意味着你离开以前要把我的房子洗劫一空，或许还要把我刺死呢？"

"不，不！"他叫着，可以看得出他高兴起来了。

然后他向我保证说，这种事是永远不会发生的。首先他把我当作最好最真诚的朋友。他补充说，我给了他么多恩情，东旺人对于真正的友谊不是麻木不仁的。但主要的原因，他解释说，是他和他的部落在丽江这个自由市场的名声要紧。东旺人和乡城人都不敢在丽江犯罪，因为那将导致恶名昭彰，并且以确凿的事实说明，在偏僻的西部有两个部落确实有土匪强盗。自然丽江当局和人民知道他们声名狼藉，并且注意着他们会劫掠的谣传。然而坏名声和谣言是一回事，实际行动是另一回事。在这些边境地区强盗不算强盗，贼不算贼，除非当场抓住。无论在东旺和乡城发生什么样的抢劫杀人案，都与丽江当局无关。那是西藏政府去处理的事。可是这种行动发生在平静的丽江，那完全是另一回事了。民团、警察和愤怒的公众舆论，整个分量不仅压到个别罪犯身上，而且压到整个部落身上。个别人被枪决没什么，可是让所有在丽江生活和做生意的部落成员，或许稍做逼供之后被全体驱逐，整个部落将被禁止到这个大市场（事实上是唯一的市场）来拜访和做生意的话，那可不是开玩笑的事。情况可能是，由于一次毫无价值的抢劫或偷窃，整个东旺和乡城的经济生活会崩溃。作为一种部署，作了成功的袭击之后，东旺人到哪里去掠夺呢？肯定不能去拉萨，在那里人们都熟知他们，他们抢的货物也肯定被受伤的商人认出。他们还来不及张口，就会被逮捕起来严刑拷打。妄图向傲慢而残酷无情的西藏警察证实你没有干那种事，除非拿出倾家荡产的贿赂。是啊，丽江是独一无二的宝地，是必不可少的。这就是在丽江的这些偏僻的部落人的行为如此规范诚实的根本原因。他们实在是太了解自己的经济利益了。

多次闲谈之后，多杰和我成了更亲密的朋友，他一直催促我跟他去访问东旺。我想这个邀请就像要我到《圣经》里所说的"虎穴"去。我告诉他，他这是在设圈套引诱我，要我灭亡。他仰头大笑，然后沉思起来。最后他坦白说，他可能没有足够的能力保护我不受其他人伤害，因为那些人跟他不太友好。当他说要走时，我突然感到一阵悲痛，因为我很喜欢有他做伴。他给我一个小神龛和他的匕首做纪念品，还拿出一点碎金子付房租、伙食费，我没有接受。他答应一年以后带着拉萨褥子和其他货再回来。或许他信守了诺言，但是那时我已不在丽江了。

我与乡城部落的交往是在其他方面。一位纳西族朋友告诉我：一个相当富有、有权有势的乡城喇嘛已经来到丽江，他威风凛凛，住在木老爷宅院附近的一所宫殿般的大楼里。他认为我去会见这位喇嘛会是件有趣的事，并且认为我应该去拜访这位喇嘛，以示敬意。他压低声音补充说，这个喇嘛是乡城地区中心大喇嘛寺里的头头，更要紧的是，几个月以前这个喇嘛和他的同伴们拦路抢劫了150匹马的马帮。现在他已经把抢来的商货重新包装后带到丽江来卖，谣传城里某些商人已收到拉萨发来的信息，要他们注意这批货物，以辨认出是属于哪些拉萨发货人的。如果能查出来，一桩极为严重的丑闻就不可避免了。

正是在这样激动的心情下,朋友陪同我拜访了这位喇嘛商人。穿过弯弯曲曲的走廊,我们被带进一个宽敞的房间,见这位喇嘛盘腿坐在铺有高级褥子的高台上。前面烧着一盆火,一大壶镶花边铜壶装的酥油茶煨在火上。与我的预料相反,他没有站起来接见我,而是示意要我坐在他旁边的褥子上,他不讲究礼仪,显然没把我当作重要人物看待,如果我生气当场走出去,可能会引起一场不必要的"杯中风暴"。我总是尽力避免这类事情的发生,即使它稍稍有损我的尊严。这人极为高大强壮。他以探究的尖锐目光看着我。他穿一件金黄色的上衣,宣示他的喇嘛身份,而深红色的喇嘛袍裹在腰间。头发剃得光光的。他颇不耐烦地递给我一碗用新的银镶边木碗装的酥油茶,并且他自己也喝了几口。我们献上传统的哈达——白色薄纱巾——作为友好和尊敬的象征,并向他表示问候。我的朋友告诉他我是谁,我在丽江干什么。他得知我不是个传教士或地方政府官员之后,态度发生了转变。目光充满善意并且愉快地交谈起来。最后他向一个侍从发出严厉的命令,那侍从就从房间里冲了出去。

"我喜欢你们两个，"他高声说，"让我们喝酒。"

侍从带着一满壶白酒回来。他拿出酒杯，于是我们开始互相祝酒，用力嚼干巴（干牦牛肉）。我们至少待了一个小时，与这位不拘一格的喇嘛相处愉快。

大约一个星期以后，我们听说他的货很畅销，实际上很有才干的和大妈指导了他们的销售。和大妈能力高强，是个精明、交往广泛的商货经纪人。她在这笔交易上赚了几千块钱，她谨慎地旁敲侧击货物的来源，巧妙地杀了这个喇嘛的价。有一天我们收到去这个喇嘛家赴宴的请柬时，我和我的朋友都十分惊讶。他离开前，我又被邀请到他的住处饮酒密谈。看来他喜欢我，想要我跟他去访问他的喇嘛寺。我想起诚实为上策，于是就说我非常感谢他的邀请，虽然我一直想去看看他那神秘的家乡，可是我不能眼睁睁地去送死，因为我还想多活几年。他说他能保护我，然而他的声音显得没有足够的把握。

一天，我被双石桥附近街上出现的场面吸引住了。一个打扮得很美丽的藏族女子，由两个穿着端庄的女随从恭敬地

丽江街景，一个喇嘛在购物。

陪同着。她头戴一顶半圆锥形绣金帽，身穿锦缎上衣和一条用某种金丝银线织成的喇叭形裙子，中等身材，看上去有30多岁。面容不算漂亮也不难看，目光冷酷威严，举止端庄。我恭敬地向她鞠躬，她只是点头作答。后来我碰到过她好几次。有一次她由一个身材魁梧的藏人陪伴着，这男子也穿得很华丽。他头戴一顶相似的锦缎帽，身穿一件紫红色丝绸上衣，佩上金银头钉装饰的腰带，银套壳的短大刀和黑色的灯芯绒长裤。他的头发不是以通常的藏族式样编结，他的黑色卷发松散地披在肩头上。一张圆脸，两颊苹果红，大眼睛。他的牙齿白得发亮。童年时我几次看见彼得大帝真人一般大小的画像，给我留下深刻的印象。当我看见这个雄伟的人那高大的、运动员般的体格，同样的圆脸，面颊红润，大眼睛，黑卷发落在肩头上，酷似早已去世的沙皇时，我大为震惊。甚至服饰也符合那个时代的。当天晚上，晚饭后我跑到和大妈家酒店向她描述了这对男女。她大笑了。

"她是乡城的一个女领主，而他是她最近获得的猎物。"

"你不认为她脸色很难看吗？"我问道。回答之前，和大妈又给自己和我倒了一杯窖酒。

"是的，她沉着脸，他们说他俩已经像猫和狗一样在打架了。"

"这真有趣。他是个如此威武的男子。"我冒昧地说。

"呃,闪光的不一定都是金子。"这是和大妈含义隐晦的话。她开始上窗板。第二天,我遇见我的纳西族朋友——就是介绍我去见强盗喇嘛的那个。我向他描述了那位乡城公主。

"啊,我非常了解她,"他说,"她有钱有势。她是来丽江享乐的。"他继续说:"让我们去找她,我要把你介绍给她。"他建议:"顺便说一句,她正在和现在的丈夫离婚。或许你将是下一个适宜的人选。"他偷偷使眼色挑逗我。

公主很有礼貌地接见了我。她坐在一堆珍宝般的褥子上,侍女们围着她。她叫人拿酒来,我们闲谈了一会儿。我不时地称呼她为"王母"(强大的女子),那是个正式的头衔,意思是公主或公爵夫人。她听了很高兴。

"啊,威武的女子,"我最后说,"你已经有一个如此强壮的丈夫。"甚至在我没说完这句话之前,我意识到我已严重失礼了。她变得非常生气,双颊一片紫红。

"你是来侮辱我的吗?"她严厉地问道。我不知说什么好,我感到很为难。

"你也许收集了关于我的一些丑闻,"她大怒道,"他确实是了不起的丈夫!"她嘲弄地说:"他看起来强壮,其实没本事,"她继续大声说,"我已经给他半个月时间恢复元气,"她几乎在尖叫,"不然就滚!"

我感觉到她几乎是歇斯底里了。我接连向她道歉,我们又喝了杯酒。我提醒她说:丽江有一个外国医生和几个药店,找一个好医生看看,审慎地吃上几服滋补药,夫妻生活的幸福是可以恢复的。她怀疑地摇摇头。

大约三周以后我碰巧在街上遇见那个可怜的"彼得大帝"。他看来局促不安,头发散乱,无精打采的样子。他没有停下来跟我讲话,走进一个小旅店去了。我去拜访我的纳西族朋友。

"你还没有听到这个消息吗?"他问我。"她真的把他甩了。现在她已经走了。留下这个可怜的家伙,孤立无援,自己想尽办法混日子了。"

我喜欢康巴藏人，他们做合法的生意。这些巨人在街上或在市场上的人群中走过，很容易被辨认出来。蓬松的狐皮帽使他们显得更加高大。他们友好、欢快而大方。戴着狐皮帽，他们看上去富于男子气概，然而不戴狐皮帽，他们的面貌也显得很特殊。他们的头发编成许多小辫，用红丝带盘绕在头上。他们的模样使我想起穿着男子服装的德国布朗希尔德或克雷姆希尔德型英雄的瓦格纳女子。我家里住着好几个康巴客人。他们的脸由于高原烈日的暴晒和刺骨寒风的吹刮而变得粗糙，通常是相当黑。然而我有机会观察到他们的身子却惊人地白，皮肤似天鹅绒般柔软。他们从来不洗澡，可是每天晚上用酥油擦身。自然这就使他们的皮肤细嫩。可是他们在我家睡过之后，床单变得很黑，一大股腐败的酥油臭味，以致这些床单无法清洗，也不能再用了。好几个星期整所房子充满了烧酥油的气味。

身居高地的拉萨藏人，不顾路程的遥远，还是喜欢来丽江做生意或度假。藏人都善于旅行，而马帮旅行在那个辽阔的地区只要组织得好，是相当快乐的。有一家从拉萨来的出身高贵的藏人在丽江定居。这家人有两个男子，一个女子和一个小孩，另有一队随从。他们温文尔雅，待人相当讲究礼节,处事周到,其中一位先生稍为矮胖,蓄着胡须。他通常肩头上挎着一件紫红色短袖束腰上衣,用一根彩带系在腰间。还有一件黄色丝绸衬衫,这暗示了与一个宗教组织的联系。他的伙伴也是个矮个子。他的头发剪得短,也留一撮胡须,稍带苦相却非常聪明。他公开地身穿喇嘛服装,但不是普通的喇嘛长袍。那个女子高大、白皙,很漂亮。她打扮成出身名门的拉萨女子。穿着传统的彩色丝绸条纹围裙。小孩大约有五岁,是我见过的最好看的藏族男孩。他打扮成像个藏族小绅士,高统皮靴,小小的大刀,一切佩戴俱全。他们住在双石桥边。到了一定的时候,人们把我介绍给他们,于是我们成了好朋友,我从朋友和和大妈(和大妈已成为那个女子的知己)那里间接地得知,年长的男子实际上是个喇嘛。他是雷丁皇室的管家,雷丁皇室是白教的象征,是西藏四个有头衔的王子之一。他的伙伴,穿喇嘛衣服的男子,是雷丁皇室的法师。我正在把事情串成一个故事。

在这些人到达丽江之前好多年,雷丁在拉萨操弄了一个阴谋,因此他被政府逮捕,投入监狱。有人告诉我他在狱中慢慢地受折磨,后来受伤而死。有些人则强烈地坚持说那不是真的,他在狱中死于疾病。无论怎样,管家和法师还来得

一些康巴藏族正走过丽江大街。

及从拉萨逃走,顺便带走了大量金子和珍贵货物。他们是雷丁死后逃走的,还是雷丁作为一种防范,早就叫他们带着财宝走掉,我无法得知。那是如此不幸的悲剧,直接向这两人提问这件事,那滋味可能是最难受的。看来他们来到丽江是经过长途跋涉,绕道科科诺,在那里有他们的追随者和朋友。在路上这个管家碰上一位出身名门的迷人的康巴姑娘,把禁欲主义的誓约抛之脑后,娶了她并且有了一个儿子。似乎他们曾经想留在西藏的康巴,可是即使在那个遥远的地方,拉萨政府的触角还是会慢慢抵达。于是他们定居在安全的丽江,需要时卖点他们的金子和货物。

自然,这位老人的婚事在拉萨成了丑闻。西藏占统治地位的教派是格鲁巴,也就是黄教或改革派,其教徒喇嘛和楚巴是严格禁欲的,然而藏族是个充满热情的民族,许多人成了喇嘛,并不是由于宗教热诚,而是因为在神权政治的社会里,当喇嘛实际上是保障安全和事业的最佳途径。有两个以上儿子的家庭派一个儿子到喇嘛寺去,其目的和动机正像欧洲和美国的贫苦家庭把孩子送去上大学一样。神权政治的政府对一个贫穷,然而聪明、很有抱负的喇嘛达到这个地域里的最高地位,是没有任何限制和阻碍的。如果他才智过人的话,他甚至可以当摄政王。实际上已故的雷丁就来自一个低贱的家庭。成功所需要的素质是勤学、聪敏和干劲。

规范的生活和自制是必要的。喇嘛可能会有小过失，可是他必须小心地把过失隐瞒起来，公开地离经叛道是不可容忍的，惩罚会及时而公正。因此我的朋友管家喇嘛公开地结了婚是勇敢的一步，然而也是一种放荡，一种违法行为。我经常猜度他心中失去社会地位的滋味如何，当然在丽江他能更放宽心些。丽江的喇嘛教完全是老的未改革的红教派（卡拉玛巴），它和白教黑教都是宗教改革前藏族原有的宗教。红教喇嘛生活上是很宽容的。他们随意吃喝，可以有妻子儿女。只不过不能把妻子带到喇嘛寺同居。不过任何喇嘛都可以把年老的父亲或守寡的母亲带到喇嘛寺与他同住在设备讲究的房间里，他们帮着煮饭，扫地、洗衣服，而他们的喇嘛儿子则沉浸在事业和学问中。

两位喇嘛欢迎我的来访，而我则非常喜欢有这个贵族家庭做伴。我用磕磕巴巴的藏语和他们交谈，他们总是很高兴。通常我依靠随身携带的字典说出一个特别长的句子，那位女士都会喜欢得拍手叫好。我怀疑这种认可是否只是一种微妙的嘲笑，然而他们保证说不是嘲笑。他们说我的话把他们逗乐了，倒不是因为外国人讲他们的语言——那没有什么新奇的，因为他们已遇见过讲藏语的探险家和传教士——而是因为我讲的那几句话是真正的拉萨方言，我使用了敬语中正确的形式和表达法。在与喇嘛和藏族社会成员讲话时，才该使用这种语言。我解释说我在打箭炉时，一位有修养的拉萨绅士教我藏语，并且我和里塘的大喇嘛王子、德荣大喇嘛练习过一点对话。他们听说我认识这样伟大的喇嘛，更喜欢我了。

年纪大些的那个男子很少外出，他承受着湿疹和风湿的痒痛之苦。我用自己的药物尽力给他治疗，他总是十分感激。我一般早上来，待上一两个小时，欣赏高雅的藏族人家的环境。他们生活得很好，仆人们辛勤服侍他们。会客室用贵重的物件布置得很雅致。长沙发和椅子上铺着许多稀奇美丽的褥子，镶花边的铜壶盛着酥油茶，火盆勤于擦拭，在雕花门窗透进来的阳光照射下闪闪发亮。这家人只用玉制茶杯，配上用金银丝精工细作的盖子，祭坛上方的墙上贴着一大幅他们的已故主人年轻时的像，两边用丝绸哈达做装饰。

小男孩阿嘉平措（阿嘉王子）与他的保姆或者其他仆人

玩耍。他是个可爱的王子。在我与和大妈举行的下午"鸡尾酒会"期间，他常由保姆带着来买糖果。他喜欢坐在我的膝上，总是要求喝一两口我正在啜的甜蜜的窨酒。由于丽江的小孩子普遍是"小酒桶"，我并不忌讳给他喝上半杯。然而后来他母亲要求我不要再给他喝了。因为每次他醉了，就到处追打他母亲、父亲和保姆，把家里闹得一塌糊涂。

对于纳西人和其他藏人来说，一个名门藏族家庭出现在他们当中，是非常讨人欢喜的。管家和喇嘛经常应邀赴宴。为报答人家的热情，有一天这两位先生安排了一场宴会。我也收到了正式的请柬。按规矩宴会在下午3点钟举行。可是谁会愚蠢到3点就去呢？仆人三次来叫应邀的客人，最后我们大约在6点钟都到了。整所房子面貌一新。墙壁都用红色丝绸花毯遮盖起来，地板上铺着红色地毯。长椅和短凳上覆盖着价值连城的褥子。在七八张招待贵宾的圆桌上，摆上有金杯盘和金杯盖的玉茶杯，金子凿成的小酒杯，银制的调羹和象牙筷子。桌子中央用金银碟子盛着西瓜子、杏仁、南瓜子，供饭前享用。女主人身着宫廷盛装出来，满身缀着金银珠宝。她的丈夫和喇嘛穿金色锦缎上衣。那天还意外地来了好几个穿着漂亮、风度优雅的藏族女士和先生。这就像是《天方夜谭》

中的景象。宴席本身自然是汉族风味，是由一位也叫和大妈的本地有名的厨师包办的。定了多种烈性酒，用金壶、银壶大量斟来。

藏族饭菜没有什么烹饪法可言，由于他们的宗教所强加的限制，纯粹的藏族食品是极为单调的，通常做得很差。藏族女子可能很迷人且善于做生意管财务，却不是好厨师。她们做的东西简直不能吃。这也许太全盘否定了，然而事实如此。我有许多机会品尝藏族女子做的食品，虽然我很饿，我却一点东西也吃不下。牦牛排无法用小刀对付——只有用锋利的斧头。炒洋芋很生，汤简直像洗碗水，里面漂着难以形容的东西。在西康省的卡达，有两个月的时间，我不得不强咽了莫罗瓦部落的藏族女子做的食品，最后几乎见鬼去了。她们常用几乎没有洗过的猪肠子、干豌豆和蔓菁做日常的汤菜，我别无选择，只好吃了，还好我经常叨扰邻近的喇嘛寺，才留得这条老命。

正像英国富人靠雇用法国厨师解决烹饪问题一样，藏族社会靠雇用汉族厨师解决问题。在这个场合雷丁的管家订了汉族宴席是很自然的事。他全权委托给和大妈，上的菜则没完没了。我们7点入席，到11点以前还没有散席。虽然营养成分没有多大差别，但凡是在丽江能准备的每一道珍贵而高雅的菜都有了。有清炖鸡、油炸鸡和烤鸡，鸭、猪、鱼也做同样烹饪。剩下的食品那么多，肯定够仆人们吃几天的了。酒尽量斟，然而也许不太明智，因为许多人已经瘫到桌子底下去了。他们由仆人小心地扶着领回家去。总而言之，这场宴会是当时的一个大事件。如果客人们不为食品的质量震惊的话，他们至少会为食品的数量叫好。给客人印象最深的是一个藏族贵族所做的财富展览。

管家和喇嘛谈到拉萨，怀乡之情油然而生。他们承认十分思念家乡。而他们已被时间和空间隔离。当然他们也承认丽江的生活是自由愉快和方便的。在拉萨的高阶层人士是不得安宁的，在那里他们每天清晨与摄政王和部长们一起出席政务院听众会，不管有事无事，他们得按仪式坐在那里喝着酥油茶。他们说这套严格的章程的宗旨是要监督有权势的人物的活动。不做这样的监督，某个有权势的王爷可能溜到一个属地去发动一场暴动。

然而管家和喇嘛对所发生的事并非袖手旁观。我注意到他们在忙着寄信、拍电报,从昌都和科科诺来的信使来来往往。甚至可能有拉萨来的。很显然他们在策划什么。我没有留下来看他们家发生什么事,可是在我离开丽江前,这个文雅的家庭遭到一场残酷的打击。小王子阿嘉得了病,当时我以为只是一场感冒而已,我给他一些阿司匹林。到了周末他显得好多了。然而听了无知的邻居的话,这个可怜的孩子的父母决定加快康复的速度,接受了鹤庆来的一个庸医的建议,给小孩打了许多针。这个江湖骗子对所有丽江人许诺:只要一打他的针,各种病症都立即去除。在我毫不知情的情况下,小孩的父亲邀请了这个恶棍,早晚间给可怜的小孩打了16针,是什么药水我不知道。到夜幕降临,可怜的小王子已经死了。

那是1946年底,当时战争已成为过去。一个文质彬彬的藏族青年来到丽江。他做豪华的旅行,从加尔各答乘飞机到昆明,从昆明坐私人小汽车到下关。他住在我的一个朋友家里,我这位朋友是半纳西族半藏族血统。我被及时地介绍给这位有文化的藏人,他身着西装,英语讲得很漂亮,名叫尼玛。原来他是西藏政府的成员库索·卡索巴的私人秘书。尼玛说他来丽江办事,可是直到后来我才察觉他所办的事情的实质。

尼玛住的房东家有一个很漂亮的女儿。这个英俊的藏族青年和这个纳西族姑娘互相恋爱，最后她就被"卖"给尼玛，房东得了可观的一笔钱，换句话说，他们结婚了。他们在丽江待了几个月，然后到拉萨去了。大约一年他们又回来，于是我明白了尼玛在干的事。

如前所述，战争期间拉萨和丽江之间马帮贸易已空前发展，许多丽江商人和他们的拉萨伙伴富起来了。可是随着日本的投降，和平突然到来，上海、香港和广州等口岸重新开放，中国内地没有人再想要马帮运来的昂贵的货物了，可是停战前一两个月从拉萨出发的大批马帮，已开始到达丽江。大多数货物是急于赚钱的藏族商人以托付销售的方式送来的。丽江商人一收到货就立刻发送昆明。在昆明，商货赔了大量本钱或堆放在仓库中，在拉萨急得发狂的商人连续发电报要汇款，可是汇款未能寄出。将近50万印度卢比的资本已投资在到达丽江的商货上，拉萨的商人和政府发觉他们陷入了困境。除了商家的资本外，在马帮贸易上政府财务部、其他政府官员和卡索巴部长本人都投入了大量的本钱。

对于这场离奇地发展起来的马帮运输，拉萨人士也许有些预感。有些聪明人已经感觉到这场"金雨"不会长久。基于这些考虑，我相信首先派尼玛来确定丽江和昆明市场的容量，并且刺探某些纳西和鹤庆商人是否诚实。似乎这个青年人认真地做了他的工作，并且向他的上司禀报说情况良好。否则马帮运输就会停下来。然而可怜的尼玛不能预见日本帝国的突然崩溃和和平的迅速到来。毕竟他只是个能干的秘书和商人，而不是神使。危机当然无损于他的名誉和地位。

面对风险时，藏族人是理智的，是真正的商业王子。商业大灾难对他们的突然袭击，被看作是不可抗拒的神力，因为它本应该是那样的。当战争年复一年地继续下去看不到终止时，谁能预见到原子弹和突然休战呢？然而他们不会轻信一面之词，丽江和鹤庆发去的电报称一文钱也无法汇出，西藏政府决定调查按期到达目的地的货物不能付款的原因。尼玛拿着库索·卡索巴和首席部长给的特别委任状和代理权，又飞到丽江来，还带着妻子。同时，在拉萨的纳西人和鹤庆商人的生意受到普遍的调查，并且限制他们向印度和中国内地汇款。实际上他们被当作人质了。

尼玛第二次访问丽江时，时局已发生重大变化。纳西和鹤庆商人对藏族大哥亲热和友好的传统已不复存在，狡猾的狐狸已经闻出尼玛来访的真实用意。没有举行奢华的宴会，倒是开始了一场捉迷藏游戏。尼玛对其中一个公司的拜访得到的答复是——主人命在旦夕不能接见。在另一个地方尼玛被告知主人几天前上昆明去了。在第三处，人们告诉他因为所有董事都还在下关，无法安排会见。在别处也是同样的借口。完全按照东方人的传统，尼玛既不勃然大怒，也不以诉诸法律相威胁。他只是宣称，主要是由于他岳母的健康原因才来丽江拜访，办事情只是顺带而已，他说他要无限期地待下去，可能不时到鹤庆和昆明，拜访一些十分不幸地离开丽江的商界老朋友。同时他拜会本地政府官员，开始亲自做调查。最后"生病的"商人只好恢复"健康"，其他人也"回来"了。于是闹剧开始，这些百万富翁们套上最旧的长袍可怜地叫喊：由于生意上的巨大损失，他们已是多么穷困潦倒，家里几乎已揭不开锅。他们编造许多理由证明他们受到了倾家荡产的损失，要许多花招来挫败尼玛的使命，避免付给他一文钱。几乎每个星期尼玛都向拉萨发出长篇报告，他要我保守秘密，要我帮他把这些电文翻译成英语，使他的对手们不易看懂，他的对手们已贿赂电报职员，以取得文稿。尼玛肯定是用了一些辛辣的说法来描写这些骗子。

经过极大努力后榨出几笔付款，查出了被骗子们隐藏在朋友家里或秘密地方的几批未卖掉的货物。破产的公司主人供出一两所房屋作为赔偿。这种不动产对远方的拉萨政府来说毫无吸引力，随着贸易勃兴的结束，丽江的房价猛跌。随着战争的结束，这个城市迅速失去作为贸易中心的重要性，回到原来的状态：即被遗忘的部落王国宁静的小都城，找不到世界大事的踪迹。最后随着红色政权控制丽江，精明的尼玛中止了枉费心机收回巨额债务的努力，与他妻子和我同乘一架包机，离开了丽江。

一天早上，我坐在楼上的办公室里，听到一阵银铃的叮当声，我跑到窗口看来了什么人。或许是我的坏毛病，可是无论何时我听到石头路上的铃声、马蹄声，或下面街上有什么不寻常的吵闹声时，我总是控制不住自己要冲到窗口去。这是由于我渴望看到一切值得看的东西，不想错过发生在这个神秘小城里的任何事。我非常感激命运女神把我安排在这所房子里，它位于通向许多部落村庄、下关和拉萨的主要道路上，战略地位十分重要。从清晨到深夜，路上尽是奇特的人群和罕见的场面——真是五彩缤纷，令人眼花缭乱，无论付出多大代价，绝不可错过。

一位年轻美丽的女子，身着深蓝色百褶裙和红色上衣，头戴绯红色丝绸银币大头巾，骑在一匹大黑骡子的银鞍座上，由一个身披黑羊毛披毡，肩扛步枪的卫兵领路。两个穿着浅蓝衣裳，赤着脚，然而全身挂满银首饰的女子跟在后头。使我惊奇的是，骡子到我们的门口停住，那个卫兵走了进来。我及时下楼去接见这位女士，当时她已跨过门槛。她向我微笑并做自我介绍。

"我是鲁甸的阿娥卿女头领。"她雍容优雅地说。"我一直想来你家看看。"她用清脆悦耳的声音补充道。

她娇小美丽，而且活泼。我向她鞠躬，领她上楼。她在两个侍女和卫兵陪同下飞步上楼。她径直到我办公桌前，坐在椅子上。两个头戴深蓝色头巾的赤脚侍女与卫兵一起坐在地板上。我问她是否要喝茶。她皱皱鼻子说"不"。她要喝开水吗？我又询问道。她放声大笑起来。

"难道你没有任何比这更好的东西吗？"她说，挑战似地看着我。

我明白了。摆上酒杯，我拿出一坛子最好的窨酒。她很快喝完了一杯，我给她再斟上一杯。她硬要我陪她的卫兵喝酒，她亲自递一杯酒给那个卫兵，解释说他是她真正的"武装骑士"。两个侍女贪婪地喝着酒。大家都很快乐。不久我们开始互问身世。我告诉她我的经历、我的工作和我的年纪。她说她才18岁，刚和第六个丈夫离了婚。她来丽江买东西，并看望住在束河村附近的一些亲戚。

最后她站起来，走到我的留声机旁。

"你能放些舞蹈音乐吗？"她问道。我放上一张慢速狐步舞曲唱片。

"你会跳舞吗？"她问。我回答是。

我记不得我们跳了多久，可能一个多小时。像所有来自边远山区的藏族和纳西族一样，她跳舞跳得太好了。没有一次乱了步伐或动作。既然沿扬子江一带的纳西族、藏族和傈僳族的音乐舞蹈在旋律和演奏上基本和西方相同，就不需要做任何事先的解释和示范了。她特别喜欢我的低音连奏爵士乐唱片，我们的吉特巴舞一直跳到我快要崩溃了为止。最后她坐下来，我们又喝了几杯酒。"你该到鲁甸去，"她说。"或许我们甚至可以结婚。"她若无其事地补充。我则假装大吃一惊。

"我这年纪！"我叫起来。"跟你这么年轻的！"

她对我说的话不屑一顾。

"有个外国丈夫会大大提高我的威信，"她继续说，"你会过得很愉快，并得到许多钱。"我本能地瞟了她那英俊的骑士一眼，而他蔑视了我一下。

"你的骑士怎么办？"我低声说，向她使个眼色。她大笑："没什么，他只是个朋友。"她站起来要走。

"好吧，我会考虑的。"我说，我不想使她失望，然后送她下楼。

"我会顺便再来的。"她向我招手，两个侍女在帮她上鞍座。

我走进大办公室。木公子和吾先，我的译员和组织管理员，在捧腹大笑。

"那是鲁甸阿娥卿女王陛下。"我自豪地宣布。

"我熟悉她,"木公子说,"她是我家的远亲。"

"她才18岁,是真的吗?"我询问。他们两人都大笑起来。

"至少有26岁了。"两人齐声说。"她的丈夫呢?"我继续问。"她刚和第五或第六个丈夫离婚。"他们说。"那个卫兵呢?"我又问。"他肯定是个候补者。"吾先说,"不然她为什么拖着他呢?"第二天,那个标致的卫兵来拜访我,我感到奇怪,他径直来到我的房间,坐下来打开了一个小皮口袋。然后他拿出两个月型的银锭放在我面前。

"那是什么?"我不安地问。

"如果你放弃女头领的话,这是我给你的礼物。"他直截了当地说。我感觉我气得脸红了。

"你是什么意思?"我气呼呼地说,尽力克制大笑出来。

"我爱她,"他继续说,眼睛直瞪着我:"我希望她会挑选我做她的新丈夫。"

"可是我哪儿碍了你的事呢?"我尽力把事情弄明白。

"呃,她真的要嫁你。她想有个外国丈夫是一场新的体验,也可以增加她的权威。"他深信不疑地说。

那时我在狂笑,以致楼下的人认为我疯了。我拿起银锭放回他的口袋里。然后我把口袋递给骑士,并且斟满两杯酒。我庄严地告诉他:

"我的好朋友,我不是阿多尼斯(美少年),不要把我当作你争求王后的对手。"我们喝了口酒,然后我继续说:"我永远不会娶你的王后,不是因为她不美丽,而是因为我不想到鲁甸去生活。"

他高兴起来了。可是仍然尽力把银子送给我。

我很礼貌地陪他下楼,到傍晚他又回来了一次,送我一坛我最喜欢的酒。然而鲁甸女头领却一去不复返了。

丽江坝的普米族、彝族和白族

丽江坝的土著民族有纳西族称为"崩"的普米族。与纳西族相比,他们缺少文明,有轻微的自卑情结。他们不喜欢被人当面叫作"崩",当问及他们是什么民族时,他们几乎一致回答是纳西族。当他们与纳西族混在一起时,他们很注意在礼仪上不受歧视,唯恐别人对他们有弱势民族的印象。由于是山地人,他们总是披着黑色半僵直的羊毛毡,刚好长达膝盖,穿蓝色棉布裤子。披毡像个大钟,当我看见普米人走过来时,总是感到惊奇,因为他们看起来像移动着的大蘑菇。走长路时,他们穿很便宜的草鞋,到达后就扔掉。

我有好几个南山博诗村(猪肉之意)的普米族朋友,那地方靠近我来丽江的路上遇着强盗的地方。其中一个年轻人叫吾昌，他矮胖粗壮，圆圆的脸，对人相当客气，也很庄重。每次他来丽江，总要给我带来几个大萝卜或包心菜和一小瓶蜂蜜。他以大公爵赠送钻石头饰给公爵夫人的姿态向我送东西。然后他很礼貌地走了，到四方街把剩余的萝卜卖掉，到傍晚回来吃晚饭，还时常在这里过夜。有一次，当我正在招待一伙纳西族朋友吃晚饭时他来了。对于他是一个普米人这一点，肯定有人说了些难听的话，因为饭后他痛哭一场，直到深夜。我很难向他解释他们没有冒犯他的意思。他说他被这些狂妄的城里人污辱，受到伤害了。他的宏愿是邀请我参加他的婚礼，可惜，在这之前，我不得不离开丽江。可是有一次在我去金沙江边的石鼓镇的路上，我必须路过他住的村子，村里没有泉水和溪流，他们用的唯一水源就是雨季后留下来的池塘。吾昌在他家寒碜的住房里接待我，好像我是一位伯爵，而他像是不得不在这所简陋住房里暂避一时的封建王子。有时吾昌的邻居跟他来拜访我。吾昌不同意带他们当中的某些人来见我，低声警告我不要跟他们来往。他的话我没有放在心上，可是不久我就为此而后悔了。几周后这些普米人中的一个，赶集之后带着两个伙伴，于傍晚来到我家。他们看上去很原始，因为他们像落入陷阱的角色那样斜眼扫视我。他们都说想在我家里过夜，第二天一早就走。所以我招待他们吃饭喝酒，带他们到侧边的客房去住。我没有给他们铺盖，因为普米人和一些其他民族的人总喜欢睡在地板上，用毛毡当作毯子。第二天早上，我的厨师气得发疯似地冲到我跟前来。

"来看啊！来看啊！"他喘着气喊道。

我走进客房。我们的客人已经走了。墙四周冲了尿，满地是"名片"。此后除了吾昌，我不再让那个村里的任何普米人在我家住了。

除了纳西族、普米族和藏族之外，丽江坝和周围山区是其他许多民族的大杂烩，包括黑彝和白彝、黑傈僳和白傈僳、白族、苗族、仲家人、羌族，其中最有趣的是彝族和白族。他们在丽江的生活和经济中起着重要作用。

我在中国、土耳其斯坦和西伯利亚、印度支那和泰国，以及东南亚其他地区的各民族中长期旅行和逗留，我得出结论，所有这些民族严格地说属于两大类——衰败的和正在兴起的。第一类我指的是那些似乎在地球上已生存到超过了生命期限的民族，他们似乎已失去了活力。他们已耗尽发展的动力，在生活中他们已没有更多追求进步的毅力和欲望。他们对改善生活、增长知识没有兴趣，实际上他们对身外发生的任何事情都毫无兴趣。甚至飞机和汽车的时代，耕作大为改进，现代医药出现奇迹的时代，也把他们抛在旁边。他们没有热情研究这些奇迹，也不把奇迹与他们自己联系起来。他们只是想单独地过，竭力维持他们的原始生活。当他们被有进取心的邻居包围时，他们消极地放弃了自己的土地，悄悄地胆怯地退到大山深处。他们虚弱地抵抗政府和传教士把他们吸引到文明生活的漩涡中来的努力。他们甚至会穿上外国衣服，顺从地去参加传教团办的教堂礼拜。然而这只是对礼物、劝说和压力做出反应而已。他们的心思不在这里。他们不肯动，没有任何办法来推动和提高他们。当文明的过程变得太快太猛烈时，他们就接受不了，只好死亡。他们在地球上的角色已经演完，他们肯定要消失。可能在几十年以后，更有进取心和更文明的民族，为了在地球上寻找更多的生活空间，一心要往剩下的角落里扩张，在这种汹涌浪涛的冲击下，他们肯定要消失。或者他们会静静地消亡，或者他们与其他更富有生命力的民族通婚，而本民族逐渐被忘却。我说的这类民族从堪察加半岛到新几内亚，他们遍布亚洲。他们与世界的抗争（假如曾经有过的话）过去了，尽管有政府和传教士施舍，他们的灭亡即将来临。

第二类民族，第一眼看去就可见他们处在停滞或休眠状态下，但是仔细观察和分析之后，错觉消失了。一般来说，他们高大、强壮、英俊。在他们的活动范围之内，他们精神饱满。他们毫无怯懦，因为富有进取心，且狡猾，假如不是真的聪明的话。对于文明社会的奇迹，他们起初可能敬畏，可是很快就习惯了，并且努力把现代文明为自己所用。他们不怕和先进文明的人们相混合，或和他们一起旅行。他们总是乐于学习对方耍弄的两手诀窍。他们不反对现代的教育和学校。他们随时准备接受现代医药、新的农业技术、新的蔬菜品种和家畜品种。他们学习当今商业的详情细节，并且关心政治，只要与他们的边界和眼前生活有关的。他们聪明、勇敢，当兵很出色。毫无疑问，这样朝气蓬勃的民族正在世界上得到自己应得到的地位，在亚洲将来的事务中他们将起重要作用。如果当中的一些民族在过去显得停滞不前的话，那是由于缺乏通信，落后的统治者实行暴政，性病和其他疾病所造成的孤立状态所致。随着教育的普及和医疗设施的改进，这些精力充沛、英姿飒爽的民族，在世界舞台上，马上会有惊人的崛起。由于他们的音乐和舞蹈，他们丰富的艺术天才，以及他们对生活的热情追求，可能使世界更为丰富多彩。

黑彝居住在大凉山，那里有五百英里长、一百英里宽的山地，它把汉族居住的辽阔的四川省和新成立的西康省分隔开。黑彝通常指贵族彝人，或者他们用汉语自称的"黑骨头"。实际上"罗罗"这个词是贬义的，当面永远不该用这个词，最好在交谈中称他们为"黑彝"，因为用词不当可能意味着立即死亡。我喜欢叫他们黑彝，因为作为整个民族，他们是我一生中见过的看上去最高贵的人。他们身材高大、举止端庄。他们的肤色一点也不黑，而像黑白混血儿，呈现奶油巧克力色，他们的大眼睛亮晶晶的，总是炯炯有神。他们的鼻子是鹰钩鼻，很像罗马人的。他们的头发漆黑，稍微卷曲，相当柔软。头发的编结法与其他彝族人大为不同。头发通过深蓝或黑色头巾顶上的洞收拢，然后像一撮柔软的马尾一样下垂，也经常用黑线护套撑着，像一棵小棕树那样竖起。彝族人的头发是神圣的，谁也不该冒着死亡的危险去碰它。他们相信神灵是通过那绺暴露着的头发与人谈话，那绺头发像竖直的触角或收音机的天线，把神灵的冲动传达到大脑，有如无线电波被收音机接收。

黑彝的正式服装是一件黑上衣，用珠母纽扣装饰的皮带系紧。裤子相当宽大，缝合起来裤裆几乎坠到脚后跟了。裤子通常用色彩鲜艳的丝绸——绯红、天蓝、翠绿、黄色或紫色，在脚后跟处用编织的带子扎紧。正式穿着时，男人也必须戴一个琥珀，形状大小如苹果，下面缀个樱桃大的珊瑚，作为耳环。长达脚后跟的大氅叫作"曹瓦"，用灰色或黑色柔软的绵羊毛织成，披在肩头上，这就是完整的形象。妇女在衣服上同样披上大氅。当我头次遇见黑彝妇女时，即刻间我的印象是我在一群意大利文艺复兴时期的公主和伯爵夫人面前，她们长裙曳地，上衣是漂亮的浅色锦缎，黑色的帽子美如画，银饰的高衣领，大珠母耳环缀到肩头上。

她们站在我面前，显得高大、美丽而尊贵，目光炯炯，轮廓清秀而庄严的脸泛起微笑，以致我起初的冲动是深深地向她们鞠躬，并且吻她们的手。在我被允许到他们那充满危险的故乡旅行之前，发起者给我做了苦心的训练，教我在彝族人中举止应该如何，正是这种训练使我不至于做出那种愚蠢的、可能要我老命的举动。深深鞠一躬也就够了。

黑彝没有王子，他们也不住在村镇里。每个氏族在这块辽阔大地上占有明确划定的一部分土地，而每个家庭住在各自的寨子内，寨子通常在山顶，各寨之间有一定距离。氏族的头人，按照威信和重要程度，有王子、侯爵和男爵之类的头衔。寨子与欧洲中世纪的城堡毫无相似之处。它只不过是简单的木头栅栏，用石头和泥土做护壁，牢牢加固，还有一道坚固的大门。为了防卫，寨子修在山顶上，日夜有卫兵值勤，谨防敌人接近。里面的建筑物是单一的，给人印象不深，由一群简陋低矮的棚屋组成，四周用竹篾和树枝编织着，用木板做屋顶。屋内一切东西都相当干净，在过细清扫过的土地板上甚至连一颗小针也很容易找到。家具都很简单——一张方桌、几条凳子、一两个柜子，一个石头镶砌的圆形火塘嵌入地下，火塘上一壶水总是在沸腾着。主屋里可能有一张大扶手椅，上面铺着虎豹皮，背后的墙上挂着长矛和盾牌，这就是头人的宝座。屋里没有床架，因为彝族人睡在火塘旁的光地板上，用大氅裹住身子。这真是斯巴达人式的简朴生活。

大凉山的黑彝过着定居的畜牧生活。黑彝不亲自动手耕田、播种，也不收割任何庄稼入仓，与他们的斯巴达式生活相一致，他们的社会组织是古代斯巴达社会组织的翻版。男男男女女都是英勇的战士,所有使斯巴达在古代社会成为与众不同的民族的那些气质和德性,黑彝以同样热情而认真的精神加以颂扬和实行。彝族人在战斗中如此勇猛,把死亡和折磨置之度外,战略上足智多谋,他们的闪电式偷袭如此可怕,以致在整个中国西部和往下到暹罗(现称泰国)一带,人们惧怕彝族胜过惧怕其他任何民族。

因为他们是贵族,所以严格执行等级制度,离经叛道者经常被处死。不管男女,黑彝不允许从事农耕和奴仆做的工作,甚至端饭菜也不可以。男子从小练习打仗,女子纺羊毛、织大氅、缝制衣服、绣花和料理家务。所有劳务由当奴隶的白彝(即古代斯巴达农奴)承担。白彝人耕种田地、收获谷物、饲养牲畜和做家务杂事。在商业上,他们的职责是充当主人和汉族商人之间的介绍人。黑彝虽然蔑视商业,然而商业对主人们的福利也是不可或缺的。黑彝通过白彝中间人把马匹、牛、粮食和兽皮发送到本地市场,不断指示他们要密切注意枪支弹药,对枪支弹药,黑彝是贪得无厌的买主。

黑彝最喜欢的是汉族派去征讨他们的征讨队。通过策反和诡计,他们引诱敌军分队进入森林和峡谷,在那里他们伏击消灭敌军，夺取他们的武器。自古以来，汉族经常不得不拿起武器反抗彝族。反抗彝族的战争从未取得过决定性胜利，黑彝从来没有被征服或被驱散。三国时期有名的汉族将军诸葛亮，深入中国西部地区，进行过多次成功的征讨，与彝人打过许多仗。黑彝的无比勇敢，给他留下了深刻的印象，正像他在回忆录中承认的，他的胜利都夭折了，继续与这些奇怪的人们征战是徒劳无益的，对他们进行军事惩罚无效，撤军之后，他与他们签订条约以便制约他们。

自从中华民国开始以来，虽然中国一贯保持对当今四川和西康省的宗主权。可是除了他们的主权，彝族从来不承认任何权威。因为只有他们的乡土的边缘地区被汉族官员或外国探险者访问过，他们的地形和人口也很少为人所知。在地图上大凉山地区是一片空白，标上"彝族独立区"，即使动用现代的武器和飞机，征服彝人也是极端困难，代价极大。没有城镇和乡村可进行炮击和轰炸。那些孤立的"城堡"对征服者来说或对本寨子居住者来说，都是一钱不值的。它们是故意那样建盖，以便一看情况不妙就可抛弃。入侵者将不知道朝哪个方向走，去哪里找到彝人，因为没有大路可以指明去向。而彝人自己深知山林要塞的每一个隐蔽处。他们的策略、勇敢肯定会使入侵军成为他们现成的军火库，以补充武器弹药之不足。他们躲闪如一把鬼火，并且乐于忍受许多致死的折磨，除了死于武器杀伤之外。他们是使用相当可怕的黄色毒药的能手。用这种慢性制剂在敌人使用的所有溪流和水井投上毒，对他们则毫无影响。

白彝与黑彝没有种族关系，原来他们是汉族和其他种族的人，被黑彝俘虏当奴隶的。新的受害者沦为奴隶的过程远未结束，正是害怕落得这般命运的持续性恐惧，使生活在黑彝居住的大山边缘的所有汉族经常感到不安。当我到达古代唐朝的州府越巂（管辖今西康南部和云南省北部）时，我即刻注意到这种紧张气氛。甚至在这个小小的有坚固的城墙防护的镇上行走，汉族店主和其他人在紧张地偷看在集市上做买卖的那几个彝人。没有汉族人敢在日落后或日出前离开防护墙。

我带着由两匹马和一个彝族士兵组成的马帮，黎明离开小镇，我看见一个汉族青年穿过重兵把守的城门。他每只手里拿着一把大长刀，歇斯底里地叫嚷着："来吧！来吧！我不怕！来吧！"我以为他疯了，所以问值勤的汉族卫兵那个青年出了什么事。卫兵解释说那个青年在去隔壁村子的路上，他害怕彝人怕得发狂了。这个古老小镇所在的狭长坝子，两边被彝族居住的大山包围，为了防卫，村里筑起坚固的石头高楼，家家户户龟缩其中过夜。

虽然白彝是农奴，不得不按要求为主人们干活，可是在对待他们的方式上，我没有看到任何残忍的迹象。在生活水平上，主人与农奴之间，差距不大，因为前者也并非生活得很奢华。饭食毫无差异，当黑彝设宴时，家中每人都有一份酒肉。区分在于强调等级及其作用的不同。尊贵的黑彝负责打仗、掠夺和保卫家园。农奴从事田间和家务劳动，并得到保护。黑彝不可和白彝结婚，若要这样做，就要冒生命危险。黑彝严格禁止不同等级之间发生恋爱，因为要极力维护黑骨头的纯洁性。对于不忠诚甚至违反纪律的惩罚是迅速而公正的，并且不论等级。

许多白彝通过坚韧不拔、反复请求和与汉族成功地交易，或多或少获得些解放，使自己成为无人之地那些讨厌商业的黑彝和汉族社会之间的某种中间等级。他们设法继续得到前者的恩宠，而与后者结成永久的友谊。这些幸运者如果喜欢，可以与汉族通婚，在汉族的城镇中保留一个家户，同时又在寨主家里保留一个歇脚处。有些人变得很富裕强盛，许多人在省属军队中享有高级头衔。当然他们总会小心地暗示他们实际上出身名门贵族。

在西康和云南一些彝族占统治地位的坝子上，一些汉族不嫌麻烦地与这些白彝交往，通过他们获准进入某些有名望的黑彝家庭。可是这类事例极为少见，进行这类拜访，始终存在危险因素。不论在什么场合下，这类拜访应限制在离大道不远的黑彝家。敢于深入到大山里去的汉族访问者，总要冒着危险，与他们访问的那家人不友好的那些人，会拦截捕捉他。在西康我有一个汉族朋友，他与云沙坪高原上的黑彝人关系很好，他把我介绍给好几户人家。"交朋友找彝族，做生意找汉族。"他喜欢这样说，后来我发觉他说的完全对。

在社会交往中，黑彝很讲究礼节。黑彝人不会跟陌生人讲话，没有正式的介绍信，更不会在家里接待客人。没有一封合乎体统的介绍信，外国人的生命就处在极端危险中，尤其是他对严格的彝族礼仪一窍不通的话。即使有介绍信，彝族人对外国人还是不屑一顾，除非他的穿着端庄、举止文雅。

任何优越感,任何过分的亲热或一个错误的想法——认为对待这些无知、未受教育的野蛮人用不着讲仪式,都将是致命的。因此访问黑彝人是件冒险事。他们对于来自伦敦、巴黎和纽约的人来说,可能显得野蛮些,可是事实上他们只不过是三个火枪手或圆桌骑士类型的人。他们准确地代表了那个光荣然而已被忘却的时代里的人物和情景。虽然那个多姿多彩的时代在欧洲早已过去,可是由于时间和空间的反差,它仍然原封不动地存在于遥远而险峻难达的彝族地区。这片土地、这些人民以及他们的风俗习惯和穿着完全是欧洲中世纪城堡、骑士、夫人、小姐、男爵、强盗、骑士制度、欢乐舞蹈、吟游诗人、流氓无赖和农奴制度的翻版。正像人们如果被领入那个时代的城堡就不得不有那样的举止一样,现在人们在这块迷人的土地上,也要有同样举动。

这些黑彝不是完全没有受教育。他们有自己的象形文字,笔画只有汉字的一半复杂。字体呈圆圈形、半月形和卍字形,像欧洲文字一样连笔书写。每一个黑彝男子或女子都能写信,并且有许多手抄本书籍。这些书没有多少传到外部世界,因为人们小心翼翼地保护着,很少出售。

其次，他们有一套公认的骑士制度和社交法规。在一切事务中男女一律平等。只要是在同一等级之内，任何一个姑娘都可以嫁给她喜欢的人，或有许多恋爱史。人们以最高礼节对待上了年纪、地位重要的妇女，接待客人或宴席就座，她们都在丈夫之前。见面互相鞠躬，握手不见得被认可，然而背上猛击一掌或如此之类的行动，表示特别亲热。一旦一个人得到正式介绍，并且举止端庄的话，对他的庄严身份、他的福利和安全的维护，整个家族都感到有责任。对客人的热情是惊人的。吃喝招待无以复加，离别时送他成堆的礼品。黑彝人对朋友的慷慨大方是无限的。可是他们自己接受礼物时却非常谦虚，简直无法劝他们接受真正有价值的东西，如钻石戒指、金壳手表之类。这类礼物被他们礼貌而坚决地予以谢绝，借口说东西太珍贵，在他们简朴的生活中没有用处。实用的物品如像火柴、丝线、几盒针、一壶酒或一盒药，则被他们高兴而感激地接受。

给客人举行盛大宴会，按惯例要具备如下内容：食物要丰盛可口，大家要开怀畅饮，要有翩翩舞姿和吟游歌咏以及剑术表演助兴。饮的酒来自屋子中央放在地板上的一个大坛子，每人用长竹筒从中取酒。坛中酒位下落时，又添上新酒。

彝族歌谣异常优美，委婉动听；有些男子音域宽广，声音洪亮。舞蹈和音乐几乎是西方式的，是昔日匈牙利的曲调，而舞蹈与"沙达兹"舞或高加索剑舞十分相似。

彝族在种植蔬菜和饲养牲畜方面的成就一直使我困惑不解。人们可能以为，在许多方面这些人如此落后，在遥远的大山里孤立了数世纪，恐怕完全靠吃森林里的草根树皮或射杀捕捉到的野兽为生。然而我惊奇地发现他们种植和食用白洋芋和紫洋芋，与欧洲和美洲出产的那些相比，在质量和大小上有过之而无不及。中国西部的汉族种植这些洋芋时，最初个小而多病，只有用彝族种的洋芋作种子后，他们才能提高庄稼的产量。彝族养的牛看上去相当强壮。公牛和母牛都身高体大，喂养得好，毛色红中带绿，闪闪发亮。他们的矮种马深得汉族喜爱，这种马个头适中，相当耐劳，特别适合在山地乘骑。这种马毛皮光滑，性情活泼，聪明出众，除了说话之外，几乎能做任何事情，对主人的意愿十分敏感。

在我出发到大凉山旅行前，我的彝族朋友莫里公子送我两匹矮种马。一匹是红白相间的马驹，名叫花马，另一匹是小灰马，驮着我的两只箱子和铺盖，我被告知除非不得已不要使用鞭子，也不要太依赖缰绳，最好随时吆喝着马，通过碰碰马脖子的两边来指示方向。的确，小花马十分清楚该去哪里，什么时候小跑，甚至什么时候奔驰，下多石的陡坡或蹚涉咆哮的急流时，它是小心翼翼的。无论何时我吆喝它，它轻轻嘶叫一声作答。这匹小马如此通人性，它是那么好的忠实伙伴，以致当我离开西康去重庆之前，不得不把它卖给西康省长时，我强烈地感觉到失去了一位伟大的朋友。

彝族有时在邻近的村镇举行骡马会，高级汉族军官和急于买到彝族好骡马的富商总是要来参加。大会期间人们暴饮暴食，彝族骑手站在奔驰的马上，拾起地上的物品和表演其他杂技，他们的技艺正像欧洲高加索的灵巧的哥萨克人的表演一样精彩。纯种彝族马卖得的价钱，与一般其他骡马的价钱简直无法相比。纯种彝族骡马不容易买到，因为彝人要把最好的骡马留给自己用。

彝族饲养的另一种有趣的动物是猎狗。这种狗很瘦，中等大小，一般是黑的，它们的机警聪明使汉族觉得神奇。夜间这些狗是很好的看门者，陌生人一接近，它立刻报警。彝族养的鸡很肥大，也是汉族羡慕的对象，每一个汉人都希望他的彝族朋友送给他一只大公鸡。

在欧洲人和传教士来到这里之前,彝族人原来从哪里获得优良的畜种和高级的洋芋种?这问题还没有答案。

黑彝人体格优秀的秘密在于他们吃的食物好,他们居住的地方好。他们的日常菜谱上,牛肉、猪肉、羊肉、鸡和鱼是常见的东西,洋葱土豆炖羊肉特别好吃。所有这些食品随着荞麦粑粑和粉红而闪光的荞麦酒吞下。彝族孩子知道的唯一甜食是鲜蜂蜜和红糖。

因为他们居住在海拔五千至六千英尺的山区,所以气候宜人,空气清洁而凉爽。绝大多数地区都可以描绘成一个大花园,有几百年的古老橡树和鲜花遍野的草地,有潺潺的溪流和碧蓝的小湖泊,虽然阴暗的森林覆盖着陡峭的山坡。大凉山山脉中虽然没有雪峰,可是冬季白雪覆盖山脊。各个寨子在山顶上星罗棋布,勇敢的骑士乘膘肥体壮的战马奔驰,雍容华贵的女士骑马而过,身后跟着一小伙带弓箭的侍从,还有小女孩在后头奔跑,橡树、草地、夜莺啭鸣,使人感觉好像被人用魔术运送到中世纪早期的法国。

黑骨头王子的家乡就是这个样子——美如阿卡狄亚（古希腊一个高原地区）田园牧歌式生活，然而神秘又危险。我带着两匹马和一个叫阿拉木兹的彝族士兵，莫里王子细细叮嘱他陪伴我，他穿着用珠母装饰的皮夹克和宽大的裤子，以弓箭做武装。当遇见装饰得金晃晃的黑彝马队时，我觉得自己太渺小、太无足轻重了。阿拉木兹吓得发抖，总是乞求我不要讲话，不要看，不要笑。可是我天生是个性情开朗的人，我经常向骑士们鞠躬，他们微笑还礼。只有一次我被一个骑马的人逼到干涸的河滩，他能讲几句汉语。

"拿钱来！拿钱来！"他要求道。我把我带着的几张中国钞票拿给他看。

"少得可怜！"他哼哼鼻子，骑马走了。阿拉木兹警告我，我的最后一段行程是最关键的。我们靠在旁边，给一个穿着华丽且上了年纪的太太让路，她骑在毛色发亮的黑骡子上，带着一大帮武士和使女走过。我向她鞠躬，她停住马，用微笑向我问好。阿拉木兹用吞吞吐吐的汉语翻译。"这位太太也要去泸沽（泸沽是个集镇，大凉山大道到此结束），她建议我们与她同行，她保证提供保护。"我再次向她鞠躬，向她表示谢意，于是我们跟在她的随从之后。我们休息了一两次，她从鞍囊中取出牛角酒壶，倒酒给我喝。最后我安全地到达泸沽的一家旅店投宿。后来她的一个武士来收保护费，这是我没有意料到的要求，可是这显然是当地习俗，我付了几元，他十分感激地收了。

彝族并非完全局限于世代居住的大凉山。可是正如我后来发觉的，只有在那里他们才过定居生活，而且可以说生活得最好。他们也居住在建昌坝和木里土司之间的广大地区，建昌坝是大凉山的西部边界。左所的都基和盐源直下到永胜的周围其他地区，都是彝族居住的地方。他们也居住在小凉山——一条沿着长江延伸位于丽江县对岸的山脉。许多彝族沿着山脉散居，直到暹罗（今泰国），定期袭击暹罗的彝族人在那里被称作"火火"。

那些居住在丽江玉龙雪山森林中的彝族属于白彝，而住在丽江对岸小凉山上的彝族是黑彝白彝相混杂。他们当中又杂居着许多黑猓猓。正如我到达丽江后所发觉的那样，小凉山的黑彝族不太像那些大凉山上我所遇见的，就我所知，不管有无介绍信，去那里的人，有去无回。他们不习惯定居，而习惯到处漫游。只为种一季荞麦或罂粟（鸦片），就烧毁森林。我不能肯定大凉山的黑彝是否种植罂粟，我没有发现任何迹象。可是公认的事实是，别处的彝族是这种有利可图的植物的主要种植者。

用罂粟制成的鸦片，由白彝人和某些可信任的汉族商人做媒介出售，当然这些汉族商人与中国军方狼狈为奸。对有关各方来说，这是获取暴利的买卖。云南和西康军队的主要收入，不是来自税收，更不是来自淘金，而是来自鸦片。军阀之间的战争或为了控制鸦片供应的来源，或为了控制鸦片运输收入。为这类敌对行动所编造的政治理由主要用来应付在首都的西方外交官。禁止运送和抽鸦片的法令措辞严厉，但却是自欺欺人的。那些主持实施这些法令的高级官员们，通常他们自己就是大烟鬼。一个想用四五两违禁毒品发点小财的农民，可能被抓来当作典型枪毙，然而用一队马帮或卡车运送的几吨鸦片，则得到重兵保卫护送，总是安全到达目的地。

白族人称自己"白子"或"白乌子"，而纳西族称他们"勒逋"。不管在城里或在丽江坝的东头和南头，他们和纳西族居住在一起。他们或者有自己的村子，或者在纳西族村落中一家挨一家地住着。像纳西族和藏族一样,他们也是个欢乐的民族,相当健谈,说话很随便。在相貌上,很难区分白族和汉族。男子穿的衣服与汉族相同,而女子则穿本民族美丽的服装。他们讲的芒语听起来像汉语,可是唱歌时比汉语好听,不管干活不干活,从清早到深夜他们都在唱歌。他们非常风流,无论何时都在谈情说爱。但不要紧——只是开个玩笑、使个眼色或放声歌唱而已。在向腼腆而胆怯的男子挑逗求爱方面,姑娘们总是采取主动。她们天生是风情的女子,经常设法创造一种气氛,使一个男子不管愿意不愿意都得跟她们讲话。或故意用篮子撞一下男子,姑娘就责备他笨拙,另一个姑娘则尖叫起来说这小伙子踩了她的脚,或者说他想弄翻她背着的酒瓶。小伙子做些狡辩,最后一伙人都坐下来喝酒、唱歌。

白族的主要毛病是,他们比纳西族和藏族都小气些,且斤斤计较。白族男女都劳动,可是女的更辛苦。纳西族妇女干活也很辛苦,她们以一种真正的资本主义的精神干活,期望从每一笔交易或非凡的努力中谋取暴利。纳西族妇女从来不让自己背太重的东西,她们背的都是自己要卖的商品。她们的白族姐妹则不具备这种高明的做生意本领,他们真正是为了一点小费就可从一个镇到另一个镇搬运货物,抵得上骡马。她们的体格长得比纳西族妇女更强壮,因为货主按重量付酬,所以她们尽力背得越来越重。就这样她们成了最强的搬运工,有些能背重达140磅的东西。一个白族女子背一个沉重的大衣箱从下关到丽江一点问题都没有。她们会背着有残疾的丈夫或生病的父母,走七八十里路到近处的医院去。

然而白族最大的名气不在于女子能背着丈夫或家里其他男子走完马帮走的路,直到滇缅公路边,而是他们神奇的石工和木工技术使整个民族名扬云南省,远至国外。他们建盖的任何东西,从简陋的乡村房舍直到宫殿或大寺庙,其手工之精巧一定会得到西方任何建筑师的称赞。渗透世世代代的传统,通过实例和口授,父传子、子传孙地继承下来,每一个白族都是天生的艺术家。每一所房屋、神殿或桥梁,虽然与某一种固定的格式相一致,但是都体现了艺术上的独创性。然而正是在石雕和木刻方面,白族的艺术才华得到最佳表现。即使最简陋的房屋,其门窗都要雕刻精美,院子用精细的石雕和花盆布置起来,显得非常雅致。雕刻的内容经常是古代神话,它们象征的东西已经被忘却,然而表示幸福欢乐的含意显而易见。石雕木刻是费力的工作,但雕刻品制作完美,细小之处也不马虎。在丽江只有真正贫穷的纳西人才自己建造房屋。

被富人邀请到昆明和其他大城市去建造和装修房屋的正是白族人。有人告诉我,西藏达赖喇嘛家精工雕刻和镀金的茶几和雕花涂漆的马厩,都是特地请去的白族手艺人制作的。木里土司和其他喇嘛头人,按照他们自己所需要的大小,经常请白族木匠做茶几和其他雕刻用品。

如果白族从柬埔寨的吴哥移居到云南是真的话,这种似乎是对石木雕刻艺术的天生爱好,有力地证明了他们的迁徙。如果他们是纯血统的白族,他们的面部特征与吴哥城的雕像十分相似。他们的语言是高棉语中的芒语,虽然掺杂了很多汉语词汇,仍然是一种截然不同的语言。城的名字"大理"并不是汉语,而是芒语"湖"的变音,大理位于一个大湖边。

在云南的所有民族中,白族是最接近汉族的,白族全盘接受了封建社会汉族的文明。他们没有文字,所有书信来往和记录都用汉字。他们与汉族普遍通婚,不受传统和嫉妒的妨碍。实际上很难查出或鉴定一个真正纯血统的白族人。只有与云南汉族那种闷闷不乐、懒散和相当不友好的脾气相对照时,白族欢乐轻浮的天性就变得容易辨认了。不是说白族女子被她的汉族姐妹认为放荡不羁,而是说汉族女子不敢与男子如此随和和友好地相处。如果说有的话,肯定只有极少数汉族女子会与一伙男子开含意双关的玩笑,或和他们喝一阵酒。

我与白族的交往既广泛又愉快,可是回想起来,我现在认识到,他们无论何时都不像纳西族那样真诚无私。他们的礼物总是附带条件的,他们很少邀请人到家访问,他们通常喜欢享受我的热情招待。毫无疑问,我心里觉得他们是专为自己打算、一毛不拔的人。除了少数例外,他们的热情好客还有许多有待改进之处;有一两次我愚蠢地接受了白族的邀请,我到达时才发现村里家家的门都锁着。此后,除非是主人或他的代表亲自陪同,我不再贸然到白族家去。

可是,晚上我时常去拜访我认识的一伙伙白族木匠。由于在丽江的建筑兴旺期间,他们正在盖新房,总是干到黄昏,当我到时总会在吃晚饭。惯常他们在半完工的一楼地板上坐成一圈,当我爬他们临时搭的楼梯时,总是小心翼翼。对他们来说,这类危险根本不存在。木匠的妻子经常来看他们,带来一些家里做的美味,如腌菜萝卜,她们会在城里待一两天,直到别的亲友来看望。当然看望丈夫、弟兄或情人并不是来丽江的主要目的。她们或者被雇用背东西来丽江,或者带自己的产品来卖。与自家人过夜,匆忙砌成的炉灶上壶水沸腾着,飞起的火星直冲到未盖好的屋顶,那是多么美好,多么相宜啊。他们坐在草席和木头墩子上,一壶白酒传来传去,还有一大锅豆腐、白菜汤、几小条鱼、大量的辣椒,加上红米饭。饭后人们就在草席上歇息,再喝些酒,拿出三弦琴,悦耳的怀乡曲一直唱到深夜。我喜欢这些哀怨的有韵律的歌曲。

最常来我家拜访的白族人是阿姑雅的父亲,她的两个弟兄和他们的朋友。感觉他们无拘无束,饭后总是来到我的房间多喝几杯酒,听我的留声机。他们最喜欢听歌剧唱片,其中又最喜爱《茶花女》。他们还假称当中有不少白族话。他们要我告诉他们《茶花女》是怎么回事。照字面解释给他们会很容易,可是将失去许多歌词的意义。最后我有了个好主意,随着歌剧的进展,我给他们讲下面的故事:

"你们村里的一位美丽的白族姑娘,有一天与伙伴一起去赶拥挤的九河街子,在那里她遇上一个英俊的剑川白族伙子，他也是与伙伴一起来赶街的。小伙子劝她陪他到剑川去，在那里他们举行婚礼。她就去了。人们为她的到来大加庆祝。可是她的公婆虐待她。姑娘很失望。决定逃跑回娘家。当离别势在必行时，她的咏叹调暴露了她的悲哀。小伙子唱出失去美丽的新娘的痛苦和为娶她造成的钱财损失。"

这个解释使我的朋友们很高兴，并且说他们现在能亲身体会歌手们表达的感情了。他们说这种音乐显然是白族音乐。后来成群的白族人来听这些唱片。他们说他们唯一不能理解的是，洋人怎么会创作出关于白族生活的如此逼真的戏曲。我告诉他们许多年前一位意大利探险家，也是一位作曲家，旅游这些地区并且记下了歌词和曲。我祈求意大利作曲家威尔第的在天之灵，能原谅我随便拿他的乐曲使这些朴实的人们得到快乐和享受。

喇嘛寺院

丽江有五所喇嘛寺院，它们都属于西藏喇嘛教的白教派。它们都坐落在四周森林环绕的山坡上，十分美丽。大约四百年前，喇嘛教由一个叫葛玛·曲英多杰的活佛传入丽江，他在拉市坝的海子背后建立了第一所喇嘛寺，即指云寺。密宗派佛教的神秘教义，丰富多彩的仪式和教士们与拉萨的密切联系，对纳西族很有吸引力。于是这种信仰添入他们原有的萨满教（多神教）义之中，与汉传佛教形成强烈竞争，在丽江坝传布开来。一些小的喇嘛寺院在木土司的资助下修建起来，随着木土司统治的衰落，可以说它们也就孤立无援了。从商业和朝山进香的观点看，它们没有建盖在战略要地上。这些寺院衰落了，只剩下几个喇嘛或曹巴看守着大片迅速破落中的建筑物。拉市坝那所起初盖的喇嘛寺仍然很兴旺，因为它位于丽江至拉萨的马帮路上。此外，它作为其他寺院之祖，很受人敬重。最接近城的普济寺小而优美，由庙宇和住房合成。普济寺是圣路·呼图克特大法师的化身，此人已经去世，寺院背后松树林中矗立着一座巨大的白色佛塔，正是为了纪念他而建的。1941年我在重庆时有幸见到他。这个大喇嘛非常仁慈和开明，那时他曾预言过我会来丽江。

普济寺不但外观美丽，而且寺内温暖舒适，气氛亲切。有许多隐蔽处和小院子，里面尽是鲜花和开花的藤本植物。一只大藏狗守卫着寺院。这只狗已经很老，走路蹒跚，然而对入侵者仍然能构成巨大威胁，它那深沉的叫声犹如狮子咆哮，回荡在走廊里。连接鲜花遍地的小院子和客厅的厨房，宽敞而清洁，由一个老汉族厨师主持，他也皈依喇嘛教了。他总是为来这个优美而宁静的地方过周末的常客提供美味佳肴。寺院里的喇嘛和曹巴都温文尔雅，讲究礼节。他们大多数来自山脚下一个很大的纳西族村子。由于文雅而学识渊博的圣路·呼图克特大法师之故，丽江的绅士和来访的藏族客商都给寺院送礼，礼品足够维持寺院正常活动。喇嘛们希望圣路·呼图克特大法师很快能决定他会转世于某个幸运的小孩身上，把旧时的光荣带回给他敬爱的寺院和丽江。寺院唯一严重的缺陷是缺水，因为建盖寺院的山坡是干燥的，只有在雨季有流水。

我时常去普济寺过周末，喇嘛们见到我总是很高兴。在那里休息实在妙极了，四周空荡荡的，只有周围树林的沙沙声、蓝色的天空和喇嘛念经银铃的丁丁声。

然而我最喜欢的喇嘛寺是文峰寺。它是丽江地区最大、香火最旺盛的喇嘛寺，坐落在从坝子到庄严的文笔峰的半山腰处，14000英尺高的金字塔形山峰从南面俯视着古城。非常奇怪的是，大雪峰扇子陡对纳西族具有地方性重大意义的同时，较小的文笔峰在藏族的宇宙观中占有非常重要的地位，被所有藏族当作是神圣的山峰之一——众神居住的地方。藏族相信众神轮流居住在西藏西部和东部一些奇特的山峰上。上层喇嘛保存着这些神的迁徙周期的确切记录，能说出神从一座山搬到另一座山的年和月。当神到达文笔峰和大理洱海对面神圣的鸡足山时，藏族香客调转步子朝丽江和大理走的时候就到了。他们向这些神的神圣宝座表示敬意，通过给附近的喇嘛寺和神殿做献祭和送贡品，以便获取功德。

文峰寺喇嘛长者与喇嘛住持（右边）。

文峰寺大约离城8英里，沿着一条穿过田野和村庄的狭窄道路走，跨过几条很深的溪流，爬陡坡穿过松林和杜鹃花丛，便到文峰寺。森林属于寺院，因此成了鸟兽的庇护所。爬山虽然艰苦，但是就像向天堂行进，百鸟在高大成荫的树林间啭鸣，清澈的溪流冲下山坡，无数小瀑布发出管弦乐般的响声。罕见的鲜花从灌木丛中挺身开放，空气中充满了花香。过了第一个用石头和石板砌成，刻上不朽的"唵嘛呢叭咪吽（祝菩萨保佑）"的玛尼堆（烧香台）后，道路曲曲折折穿过浓密的杉树林。接着喇嘛寺突然出现在眼前，坐落在大碗形的山坳里，前面有一片绿草地，周围古树参天。有一个巨大的圆形鱼塘，山间溪流注入其中。一排石台阶导向庄严的大门，两两相对坐着四个巨大的龇牙咧嘴的神像，代表能力的四大化身。跨过一个大院子，再爬两排石台阶，便到了大经堂。院子里摆满了盆花和石砌花台的盆景，石头砌成的槽内有玫瑰花丛和古老的肉桂树。

院子的右边有一条通道，引向一个宽敞的餐厅，里面有大镜子作装饰。餐厅前又有一个大院子，用鹅卵石铺成，院子尽头处是马厩和一个大厨房。把走廊与餐厅相连接的是一所两层楼的厢房，我的喇嘛好友就住在他手下的曹巴办事人

文峰喇嘛寺。

员下面，他是财务总管。他是个爱吃喝交际的人，眼光敏锐，前额宽大，一个大秃头。他来自离我住的村子不远的一个村子，人们说他结了婚，生有孩子，他为此感到很高兴。有一天我问他这件事，他开心地笑了。

"嗯，"他说，"如果没有人结婚，那小喇嘛从哪里来呢？"

我在李大妈家酒店里与他相识，他经常去那里，因为在城里时他喜欢开怀畅饮。他非常热情好客，时常邀请我共度周末。我总是带着医药箱和一些花种菜种给他，因为他像其他喇嘛一样，十分喜爱种园子。

我一般是星期六下午到达。喝了一阵喇嘛们特制的白酒后，这位财务总管忙他的事情去了，而我到周围树林中漫步，搜寻花卉，特别是紫色兰花。回到喇嘛寺我就去拜访其他我认识的几个喇嘛，向他们提供我所能做的医疗服务。喇嘛们经常害火眼、皮肤病、疟疾和消化不良，对我给他们的这些细小照料，他们非常感激。接着夜晚来临，在11000英尺高度上寒气袭人，我们坐在盆火跟前，等待吃晚饭的锣声。

我总是被安排在大喇嘛们坐的大圆桌旁，他们都是些尊贵的长者，有些留有花白胡须，穿着红色宽长袍。所有的食品都是喇嘛寺制作的，饭菜都很精美。有牛肉、猪肉、羊肉、腌菜、浓稠的洋芋汤，一切都伴随着一杯杯的酒咽下去。吃米饭的时候很少，我们吃的是粑粑——很厚的小麦烤饼，放了奶油和火腿片。年轻的曹巴在桌边服侍，饭前饭后大喇嘛们都做感恩祷告。

之后我躺在我的喇嘛朋友房间里的高级褥子上，酥油灯光在祭坛上的金色佛像前闪烁。外面传来猫头鹰的叫声和野兽的尖叫声，不时听到远处神殿里的钟声。黎明前一阵鼓声，接着是神秘而深沉的海螺号声。再接着是早礼拜。喇嘛们低声背诵佛祖释迦牟尼的话语，不时被钟声、海螺号声和大号的呼啸声所打断。我大约六七点钟起床，9点钟吃早餐，早餐有酥油茶、腌菜、煮鸡蛋和炒猪肉，当然还有必不可少的粑粑。大约10点钟又有念经的号声，我就去到大殿。喇嘛们以雄壮的队列走进殿来，每人戴着一顶很高的有毛边的曲形黄帽。他们盘腿坐在低矮的长凳上，开始背诵摊开在他们前面矮桌子上的经书，而大号、海螺、铃和鼓响成一片，表示念到某段或某节。提着长嘴壶的两个曹巴到每一个喇嘛跟前，把白色的小杯子斟满酒。为了不使喇嘛们在长时间的佛事活动中着凉和保持体力,在雨季和冬天经常这样做。

大殿和餐厅后面有一座小型的城,向山坡四面延伸。它由单层房屋构成,都有四面筑墙的花园。这些房屋是大喇嘛们的住所。每一院住着一两个喇嘛和他们的随从。他们的父母或男亲友可以与他们同住,给客人住几天的房间总是可以找到的。

我的朋友张德光,是一个来自奔子栏领地的汉族,时常住在他母亲的一个近亲家里,这位亲戚是个藏族喇嘛。他德高望重,掌管圣乐,他年纪并不大,可是蓄有非常漂亮的长胡须,这在藏族中实为罕见,为此他特别骄傲。他和另一个喇嘛同住一套房间,他的老父亲与他同住。他的房子有两面厢房,一面就是他们的住处,另一面供着他最敬仰的神的神龛。老人爱花草,在他珍视的小花园里,他照料着枝条弯曲的梅花和樱桃树盆景、小竹林和一簇簇玫瑰花。

来自丽江的富商和官员,来和他们的喇嘛朋友过上一周或两周。我总是回避他们,因为他们对休息的看法与我的看法截然不同，他们整天抽鸦片烟或打麻将，他们永远不能理解我爬山和访问少数民族村寨的愿望。

远在喇嘛寺的上面，在一个悬崖峭壁的山嘴上，有一个古怪的神殿，总是大门紧锁，封闭着。我爬到它跟前几次，可是没看见任何人。最后，一位朋友向我解释说，那是一个隐居处，大约有35个小喇嘛在里面闭关，他们冥思苦想，要学习三年三月三周三天三小时三分钟。在一个法师——通常是一个年老圣洁而学识渊博的喇嘛——指导下，这些小喇嘛选定一个神圣的字或一段原文进行沉思。我被告知他们最喜欢的字是"Aum"（藏语——译者注），其神秘的含义简直很少被人正确理解，然而它的含义是能力和启蒙。在冥思苦想中他们追求着大乘佛教神学的正规课程。到隐居期满时，各人凭本身的权力已是一个喇嘛。如果他喜欢，他可以到拉萨去进行深造，为加入更高级的佛教组织而参加考试。我得知在隐居处举行盛大仪式启封、小喇嘛们被放出来之前，还需两年多的时间。同时他们待在里面，严格禁止与外界接触。食物由一个老看管人从一扇小窗子递进去。

很长一段时间，我几乎忘记了小喇嘛们的事，后来突然

文峰喇嘛寺乐队正在为喇嘛舞蹈演奏。

间使我大吃一惊，喇嘛们邀请我去喇嘛寺参加隐居处开放盛典。消息很快传开，全城人都在谈论这件即将到来的大事。

我和朋友张德光在典礼前一天出发了。到喇嘛寺的路上挤满了身着盛装的人群。老绅士们穿着正规的汉族制服，骑着马，由他们的儿子或随从护送着；妇女头戴黑套头，身穿丝绸坎肩，篮子里背着火锅和各种美味佳肴。纳西语叫"潘金妹"的大姑娘们也背着篮子，成群结队地走着，本地的花花公子们跟在后头。喇嘛寺前的草地上坐满了进行野餐的人家，人们都坐在褥子上。人来得如此之多，以致只有极少数人可能在喇嘛寺或在喇嘛住房里找到过夜栖身之所。我们住在长胡须喇嘛家，可是他的住房也挤满了人，我们只好三个人睡一张床。喇嘛寺外轻歌曼舞，通宵达旦。应邀而来的上层人物和商人，在比邻的房子里打麻将或抽鸦片烟。

第二天一大早，典礼就在大殿开始了。所有大喇嘛穿上黄色丝绸上衣和新的红色裙子，在那里吟咏佛教箴言，喇嘛朋友劝我们赶紧先行前往隐居处，否则越来越拥挤的人群将使我们无法通过。

从隐居处的平台远望，迎着朝阳，风光令人屏息，喇嘛寺上空香烟缕缕，大号声、震颤的大鼓声、海螺呼啸声和铃子丁丁声在狭窄的山谷间回荡，最后大队人马向隐居处进发，大喇嘛走在前头，手里拿着闪闪发光的金制高脚圣餐杯，后面跟着服饰华丽的尊贵者和大众。这壮丽的情景难以形容，背后的扇子陡雪峰在闪闪发光，碧蓝的天空，葱绿的松林，盛开的杜鹃花，给这场壮观的宗教集会形成广阔的舞台风景。在封闭的大门前举行了一个简短的仪式后，大喇嘛用圣洁的锁眼草从金制的圣水杯里蘸些圣水，洒在大门上。当着绥靖专员和城里长者们的面，一把金钥匙插进大挂锁中，封条被取掉，大门敞开了。

我以为隐居处是个简陋而拥挤的地方，一排排的小屋像些鸟笼沿走廊排列着，里面没有灯光和新鲜空气。实际上完全不是那么回事。相反我看见一个宽大的长方形院落，里面古树成荫，繁花似锦。中央有一个高大宽敞的祷告堂，地板擦得很明亮。正是在这里新入教者得到开导。院子四周是单层的房屋，分隔成漂亮而舒适的房间。这些房间是弟子们的住处。在院子内每个房间前面有一个亭子，里面供着一尊金光闪闪的佛像，点着十多盏明亮的酥油灯。亭子前有个小摊，上面堆满了甜食供品，还有一排盛满酒的小酒杯，每个修行期满的弟子站在亭子前，向朋友和熟人鞠躬表示欢迎。我本来期待见到一伙因苦行而身体消瘦的青年人，以为他们缺乏食品，又做严格的神秘操练，身体肯定拖垮了；哪知我面对的是一群眼睛明亮、营养充足的人们，穿着鲜艳的教衣，他们谈笑风生，极力劝我们吃喝，同时他们自己也做出榜样。

餐桌很快摆开，父母和亲友带来的食品摊开。火锅摆在每桌的中央，像一座小火山喷烟吐焰，一场欢乐的盛宴就要开始了。我被人领到一个平台处，那里为重要人物摆开了好几张餐桌。我与兴高采烈的绥靖专员和高僧喇嘛们坐在一块。食品精美，酒更高级。到我们起身离席时已是下午很晚了。

喇嘛寺前的草坪上挤满了鞍辔华丽的骡马和成群的亲友，准备给成功地做了新喇嘛的人送行。每个新喇嘛都被人们热情地扶上鞍座，由家里那些十分敬佩他的人小心翼翼地牵着马，有些家里人因感到无比的欢乐和幸福抑制不住地哭了。这是一个人抱负的顶峰，对他的家庭乃至对他所属的那个地区来说，都是无上光荣。不是所有修行期满者都是丽江的。有些来自东旺、乡城、奔子栏、鲁甸和其他很少为人知道的

文峰喇嘛寺里令人尊敬的喇嘛。

地区。他们当中有藏族、纳西族和其他信奉喇嘛教的民族，他们现在已是闪耀智慧之光的火炬，即将驱散他们家乡大地上的野蛮无知。他们成为信仰王冠上闪闪发光的无价珠宝。

在这幸福的日子里，大自然向人们眉开眼笑。空气温暖而芳香，蓝色的天空万里无云，雪山挥舞着一长条羽毛状的白云，好像从闪光的最高峰上向人们致敬。全城张灯结彩，神圣的马队次日出发之前，那天晚上许多人家都举行热烈的庆祝活动。

要过好几年才会再有这样盛大的节日。人们要花费好长时间才能找到并且预备好一伙严肃而热情的新入教者，为了信念和精神上的荣耀，忍受如此长时间的隐居生活。要求学习者具有学习上的坚韧性和知识上的诚实精神，过隐居生活，一切顺从法师，脱离尘世的欲望和爱好。获得这种教养并不容易，实行起来就更难了。英明的上层喇嘛们不得不十分小心，务必使这群弟子都成为理想的人物。任何放荡行为或隐居者逃跑的丑闻，将永远毁掉这个神圣而有名的隐居处崇高的名望。生活上比较舒适，这点与中国内地某些道教隐居处相似，与强调肉体上禁欲主义的某些西藏和基督教的静修堂相比，更具有吸引力。在这所隐居院里,人们的困难得到更好的理解,人不只是个精神,他还具有肉体特征。并不是他的生命的一个方面被另一个方面所毁灭,他就结束了一生,而是两方面的协调使他变得完善。耶稣、释迦牟尼和甘地都强调这两个极端的平衡,正是因为这个缘故他们能对人类做出巨大的贡献。过分地实行禁欲主义,不管是对男子本身或还是对全人类都不好。在发展精神智慧方面,不集中精力去折磨身体,而是利用其力量和能力的人,取得了更大的成就。一棵枯萎的树结不出果子。

神圣的文笔峰不仅对藏族具有重要意义。在文笔峰背后,一个名叫白石头的巨大峭壁前,有一个大石头平台,纳西萨满教教徒即东巴们每十年在上头举行一次宗教集会。先进行吃喝盛宴,然后东巴们安排一系列宗教舞蹈,这些舞蹈代表各种祝福仪式,比如祝长寿仪式。他们穿着汉族的长袍马褂,头戴五佛冠。舞蹈速度很慢,总是一只脚旋转,同时偏向一边。舞蹈很单调,然而有惊奇的节奏感。对我来说就像催眠曲。他们一只手拿魔术宝剑,另一只手拿板铃。板铃是一种铙钹,用金、银和黄铜的合金做成,板铃上用一根绳系着一个黄铜做的小重物作为打击器。其声音最是优美,完全不像三角铁或类似西方的管弦乐器发出来的声音。

毫无疑问,这些东巴教法事非常接近于蒙古萨满教教徒们的做法。他们发源于远古时期,早在世界各大宗教之前就出现了。东巴教与苯教之间有很接近的姻亲关系,也就是说,东巴是西藏苯教或叫黑教的信奉者。在西藏确立佛教信仰之前,人们崇拜苯教。东巴们完全实行黑教巫术,通过向亡魂问卜和其他超度致病鬼、死亡鬼等仪式,与魔鬼交流思想。在某些宗教仪式中,经常见到用人的头盖骨做的杯和人骨做的长笛。在康姆地区有许多苯教喇嘛寺,常做这些法事。正是这些法事使西藏很有名气,成为恐怖的神秘仪式和其他难以形容的神秘事物的地方。

不能说东巴教像喇嘛教那样是一个确立的宗教。他们各自独立地活动,宗教艺术父子相传。他们有松散的联系,但绝不是说有公认的组织或会所。他们互相认识,有机会时他们聚合在一起,举行大型的仪式,在特殊仪式中需要东巴来驱除造成自杀和其他灾难的妖魔。因为这类事件经常发生,所以他们这一行还是有利可图的。他们声称能制服好的和坏的鬼神。由于他们的法术总是能使人进入恍惚或半恍惚状态,

文峰喇嘛寺跳喇嘛舞蹈。

他们有点像精神错乱的人,或是海量的酒徒。

我相信汉朝的汉族道教始祖张天师从苯教喇嘛那里借用了许多巫术。正是这种所有宗教中最原初的道教,让西方对道教产生无根据且轻视的看法。欧洲和美国至今还没有认识中国真正的道教。其一是遵循老子庄严教导并贯彻于一切活动中的龙门道教,其二是专门研究自然知识以及人和神灵之间关系的陈安道教。中国的文明和中国人的性格中,最优秀的素质完全来源于这两个道教的哲学和教导。

高深的道教以老子和庄子的教训为依据,认为宇宙是"道"的产物,道就是宇宙精神,独立于人类、空间和时间:换句话说,就是上帝的概念。老子明智地不用"上帝"这个词,因为汉语里没有一个像这样包含一切的词。"上帝"这个词一使用到东方,人们的心目中就幻想出一个光辉灿烂的人,在广阔无垠的空间里坐在某处一个烈焰熊熊的宝座上。在东方,基督教的导师们经常被这个最重要的定义难住,由不同教派提供的、由传教士输入中国的圣经,其中的"上帝"一词从来没有被人译成一个统一的术语。

在他的教导中，老子没有具体提到地球或世上的事情，他简单而明确地指出，宇宙是道（即伟大精神）的产物，凭着意志力，从无形中造出各种形体，通过数字和系列的流动把它们区分开。通过永恒的阴阳格律给宇宙生命力，阴阳格律使万事万物在空间和时间上互相发生关系。

因此，既然可见的和不可见的世界都是同一精神的创造物，他们的区别只是相对的，人们理解他们之间的相互作用是可能的而且是自然产生的。

捉弄人的鬼

纳西族像其他许多民族一样，还未受西方物质文明的影响，他们与鬼神世界有密切的联系。他们相信广阔的空间为大大小小的神灵所盘踞，包括死者的灵魂和许多自然界的善恶神灵。人们认为人类与这些众多神灵之间的关系不是假设和猜想出来的，而是真实可靠的。除非心理现象具有令人讨厌的特点，不然他们既不惊讶，更不恐慌。在与神灵的交往中，西方的宗教把戒律强加给人们，而在丽江没有这类的限制，当采用其他方法都失败时，人们把与神灵的交往看作是解决生活中某些复杂问题的正常而有效的办法。如果有鬼怪现形，听到有说话声，人们不是畏缩，而是同情而有趣地追究这件事。总之，一个阴间的来访者被人们当作人，以礼相待。

人们深信死者的灵魂还存在。死者不是生活在蓝天白云之外的地方，而是生活在附近，就在帷幕那边。帷幕可以被揭起，或至少可以在上面凿一个洞，以便与死者做一次简短谈话。由于两个原因，人们认为没有必要也不想太多地打搅他们。一个原因是死者已经习惯于新的生活，过多地提醒他们人间的事，因而导致他们扎根于人间，这是不好的。第二个原因是，一旦阴间的生活被展示出来，好像纳西族东巴经书所描写的那样幸福快乐，就会引诱人们急于了结残生，移居到更幸福的生活层次中去。本来丽江的自杀事件就太多太轻率了，这种启示会造成一阵自杀风潮，导致整个纳西族的夭亡。因此人们只能在出现严重的家庭危机，例如某人病危，服药已无效时，才能与死者接触。于是请来专门的关亡人"桑尼"[1]（纳西语）。桑尼的来访总是安排在深夜，人们都已熟睡时。他敲着一个小鼓，口里叨念经书上的咒语。他跳了一会儿，接着就进入阴魂附身状态。他口中不再有直接的说话声。而是气喘吁吁地说出他看见的东西。例如，那可能是个穿着紫色外衣的高大的老人，走路有点跛，拄着一根黑拐棍。"啊，那是爷爷！"全家人喊道，并且拜倒在地上。然后有人说了

---

[1] 桑尼：过去纳西族民间进行巫术活动的人，与东巴不同，多为男性，为后起男巫。——译者注

病人的病情。"老人在微笑了。"桑尼转告说,"他说这男孩要是服了这种药,七天之内会恢复健康。"接着他慢慢叙述该吃什么和什么时候吃。桑尼说到老人就要离开时,全家人又一次拜倒在地上。另一方面老人可能会说病情已经无望,三天之后这男孩将会与他在一起。

人们经常会说,这类指示或预言很灵验。或者是病人服药后恢复了健康,或者他在其祖先宣布的日期和时刻死亡。通过与死去的受害者的谈话,可以使凶手受到审判,某些家庭的纠纷得到澄清。在丽江,人们在梦中与死者谈话是经常发生的事,人们很相信这些谈话。

正如我已经说过的那样,东巴控制住了许多牛鬼蛇神。这些恶魔恶毒地作乱使人们得灾祸。他们隐藏在屋内,制造家庭不和,引起人们思想斗争,使人们胡思乱想,或产生沮丧情绪,产生复仇、凶杀和自杀的念头。这些恶魔的面貌在纳西族东巴教经书里被描绘成具有可怕的人头和蛇身。东巴们声称,在持续饮酒或精神错乱的条件下,人们会主动地看见这些蛇形的生物。这与西方的观念相当一致,即酒精中毒后人们会产生幻觉。东巴教仪式性舞蹈的全部思想就是在引诱这些恶魔，因为它们已侵入家中，可以说是叫它们从阴暗处出来。接着它们得到仪式隆重的款待，施魔法把它们驱走，要它们永远不要回来。

这些神灵自成一类，人们不可能强迫命令它们。这些魔鬼属于强大的"龙"家族。这些"龙"是巨龙或蟒中凶恶的鬼怪，很显然它们与《圣经》中的蛇身六翼天使是一致的。像天使一样，所有的龙都具有美丽的人类相貌，可以证明它们自己完全是人。许多妇女爱上了这些来自神灵世界的英俊动物，由于互相结合的结果，生下了特别聪明而好看的小孩。人们举行特别仪式，用牛奶和特别精美的食品抚慰这些鬼神。龙总是受到特别优待。"龙"崇拜不局限于丽江，在缅甸和泰国也很普遍。古代柬埔寨的大吴哥也崇拜"龙"。在印度支那和泰国的寺庙装饰中，龙的图案仍然占支配地位。在中国这种崇拜在于龙——有爪的那伽神——他们统治着海洋、江河和大山。在中国看"风水"的目的之一，是确定房屋和坟墓地址，以便合乎龙的意志和安排。

人们相信有时那伽雷加神生活在具有形体的物质层面上，当然是以蛇的形体出现。其中一条就住在我办的铁矿合作社附近，挨近山坡上树木稀疏的一个村子。这位龙神住在一个小山洞内，人们恭敬地把牛奶、鸡蛋摆在离洞口不远的地方。有时不满足于人们情愿献上的祭品，它不时地出来吞食一只鸡或一只小猪，于是它成了使人相当破费的来访者。一天晚上我有幸见了它一面。那是一条巨大的眼镜蛇王，年高德重，它高高抬起头，长有一个肉冠，形似公鸡肉冠。我们很快躲开，因为眼镜蛇王能以骏马般的速度奔驰，如果被它咬了，我们在半小时内就会死去。

除了死者的灵魂、恶魔和那伽雷加神外，丽江是名副其实的小神子的娱乐场。小神子在西方通常叫作"捉弄人的鬼"。我喜欢汉语名称，其意思是"小精灵"，或广而言之，叫"小神子"。在西方那些对心灵研究感兴趣的人，现在普遍地承认，在相信鬼神的人们中，这种心灵现象几乎是普遍存在的。似乎这些看不见的神灵喜欢证明自己处在相宜的气氛中，这环境是与大自然频繁接触的头脑简单的人们造成的，他们极易接受神灵之说。在欧洲和美洲，甚至在中国内地，这些闹鬼现象被认为是一种莫名其妙的令人讨厌的东西。当然许多人相信，这些现象是魔鬼的把戏，用来搅乱虔诚的人心。当这些不寻常的现象开始时，许多人在敬神的恐怖感中畏缩，接着冲过去把鬼怪赶走。

纳西人不喜欢阴间势力的这类表现,不过,当它们出现时,纳西人头脑是非常冷静而讲求实际的。他们无疑地相信这些现象起源于聪明的鬼怪,并由它们指导——它们不是祖先的灵魂,而是人类之下或人类之上的一个层次上的生物。人们普遍的看法是,东西移位、有敲击声和其他现象不是无目的行为,不仅仅用来吓唬和惹恼房内居住者,而是魔鬼们设计好了要引人注意的。因为没有其他的办法让别人了解它们。他们很清楚扰乱人类生活的目的在于向这家人表达点什么,或就某种迫在眉睫而又可以事先采取行动加以防范的不幸事件发出警告。这样,人们不去咒骂或污辱来自阴曹地府的入侵者,也不在他们面前畏缩,而是礼貌地与他们讲话,通过及时举行降神会,设法知道究竟是件什么事。

在丽江,"闹鬼"现象最经常最有名的事例发生在赖家老房子里。赖家老房子在李大妈家酒店附近的一条主要街道上。赖家被认为是城里最富有的人家,可是人们一致认为,他家的万贯家产似乎是在闹鬼现象开始后不久才得来的。这是一件古怪的事,费子智在他著的书《五圣塔》中做了叙述。

我到达丽江后,没几天就去看这所房子,我看见屋顶被大石头砸通了许多处,这些大石头仍然留在地板上,就像它们起初落下来的样子。墙上深深地留有不知来自何处的火舌的痕迹。这地方完全不能再居住,几年后房子就被拆毁了。

下面是朋友们告诉我的情况。赖家原来是个中等富裕人家,他们只有足够的钱盖一幢朴素的单层平房。一天晚上,当赖先生靠在睡榻上抽鸦片时,他奇怪地注意到有东西在忽隐忽现。他在床上转过身来,重新点燃长烟斗,使他大为吃惊的是,他发觉小油灯不在了。他把烟斗放在桌上,起来查看四周。他一转身,发现油灯在原处,可是这一次烟斗不在了。这些奇怪的现象与日俱增。朋友们赶来观看,只见碟子被无形的手从一张桌子搬到另一张桌子上,扑克牌撒满床,酒瓶和茶杯到处移动,还有其他许多动作,其中一些相当滑稽,都表演出来。这些现象中没有任何令人不愉快或破坏性的暗示。最后赖先生决定安排一次降神会。在降神会上,人们发现有两个"小妖精"在作怪,并且据他们说两个都是女的。这两个小妖精宣称,它们骚扰赖先生和他家里人的目的,是要求他重修梓里有名的长江铁索桥。梓里离丽江约80里,在丽江至永北繁忙的马帮路上。这座吊桥大约有150英尺长,是一对情人很早以前修建的。这对情人逃脱了在搜寻他们的暴怒的父母，他们经历千难万险，恰好及时乘船渡过汹涌的江水，到达安全处。为纪念他们几乎是奇迹般地逃离了两个致命的危险，也为了完成他们许下的愿，他们修了这座桥。随着时间的流逝，固定在山峡两岸巨石上的18股铁链已经磨损松动，随时都可能断裂，而深峡底下是翻滚的大江。

在决定命运的降神会期间，赖先生辩驳道，进行这样一项工程，说者容易做者难，而且他不是个富人。为什么两个女妖精不去找别人提出这个要求呢？女妖精回答说，她们来找他，是因为她们知道他是一个有魄力有事业心的人，至于钱财，她们会想办法的。

自从那天以后，赖家空前地富强起来。没过多久他们成了丽江最富有的商人。无人确知他家怎样富起来，可是有人断言小妖精带来或者做了金锭银锭，送到赖先生屋内。其他人认为是鸦片，因为鸦片比金子更好买卖。少数人猜想或许那些无所不知的鬼怪把某些极端重要的生意机密透露给这家人了。有一件事是肯定的——小妖精总是在房子里，她们用聪明而善意的胡闹，继续拿这位商人和他的朋友的找乐。接着算账的日子到来了，小妖精姐妹宣称，既然赖先生现在已是个很富有的人，开始修桥的时间到了。可是正像经常发生的那样，一个人变富了，他的胃口也大了。赖先生悲哀地争辩道，他还是个穷人，在他进行这样一件耗费巨资的工作之前，他还得积累更多的资金。"要么现在修，要么永远别修了！"两个发怒的妖精通过关亡人喊道。一刹那间，她们从迷人的天使变成了难以对付的充满复仇心理的魔鬼。设备舒适豪华的房子成了恐怖荒凉的住所。在意料不到的地方，在料想不到的时候，火舌卷过墙上。不时地大石头砸进会客室的正中央。饭菜中尽是小石子，陶器被粉碎，这种现象继续了许多星期。可怜的赖先生不知怎么办才好。在城里他的名字与背时倒霉联系在一起，晚上人们不敢路过他家房子前。赖家进行了各种驱邪活动，却徒劳无益。

费子智在他的书里描写一个汉族上校军官怎样参观这所房子的事，他带着两支手枪，四周有他的士兵保护。"妖精鬼怪，我不怕你们！"上校叫喊道，手里挥舞着手枪，走进会客室。他激烈的斥责声未结束，拳头大的一个圆石打在他头上，他只好赶快叫人送他去治疗。一位传教士（后来我才认识他）手里拿着十字架和《圣经》大胆地走进房子，"基督所在，"

他嚷道,"妖魔鬼怪不得停留!"一个大石头就砸在他脚边,他惊慌地跑出来。

赖先生怀着沉重的心情,他为毁了房子还要支付修桥的巨额资金而悲痛,不过他把梓里铁索桥修复了。然而那些破坏性的现象并未减少,于是又举行了一次很长的降神会,本地一位佛教徒也在场。小妖精宣称,她们厌恶赖先生的贪婪,想继续惩罚他。不过她们听从这位和尚的请求,并且定了契约,按照契约赖先生将在桥边修一座神殿,由一个和尚来供奉,并且永久地天天献上米、面、酒和其他做好的食品,赖先生不折不扣地执行了协议,然后举行盛大仪式,护送小女妖精到她们的新住所。闹鬼现象停止了,接着老房子被拆毁,就地盖起一幢新房。

在与死者交谈方面,我还没有真正感兴趣,可是"小神子"则经常吸引着我,只要一有空,我就专心观察研究,已花费了我30多年的时光,很久以前我就已经说服了我自己,这些闹鬼现象确有发生。在我长期逗留某些道教寺院期间,我有机会观察许多有趣的心理现象,可是我没有参加过那些活动。在苏州附近的一个道教寺院里,举行驱除一个妖魔附身者的漫长而艰难的仪式,给我留下了特别的印象。那是最可怕的驱鬼活动。

对闹鬼现象的观察给我留下一个坚定的信念,即它们与死者的灵魂毫无关系,闹鬼现象的参加者是"小妖精"或所谓的"捉弄人的鬼"。它们完全不是真人,甚至它们的智力不能掩盖它们缺乏许多通常与人相关的特征。首先它们没有爱情:它们是欢乐的,它们可以是友好的,可是仅此而已。它们喜怒无常。论性格,它们或恶毒,或温和。圣保罗警告道,在与这些鬼怪打交道之前,要设法知道它们是好的还是坏的。他的话非常中肯。从实践中我发觉,在降神会上举止轻浮,持怀疑态度,有意欺诈,则吸引出恶魔;然而一种热情友好的气氛一般导致与慈祥的东西接触。简短的祈祷总是击退了邪恶的势力。放声大笑会打扰了降神会。

虽然我的知识很少,但是以这点知识作武装,我来到丽江,发觉丽江是任何一个对心灵研究感兴趣者的避难所,而在丽江度过的岁月,使我积累了经验。这些经验说明,举行降神会,通过认真安排,与所涉及的鬼神代表接触,绝大多数捉弄人的鬼是可以对付的。毫不提及死者灵魂的降神会,可以造成闹鬼现象。这些骚扰不是无目的、无理性的，而是有肯定想达到的目的。事实上，如果闹鬼现象是无目的、无理性的话，那么就会有更多的闹鬼现象，因为它们既可杂乱无章，又可毫无道理。

从整体看，"小神子"对人类事务似乎不感兴趣，它们只是在特殊情况下，似乎涉及它们的某些特定的利益时，它们才现形。友情和好意似乎对它们是有影响的，也许那两个女妖精关心在长江上重建梓里桥一事，是由于它们与那对冒险的情人之间过去存在的友谊所致。

另一件事涉及从我们的住房背后向着双石桥方向延伸的小山。通过闹鬼现象和降神会，小神子们反复告诫人们，不要因采石而损毁了小山外形。然而那是个理想的采石场，成群的白族石匠总是一点一点地挖这座小山。一伙人开始在小山背后的尽头处采石。一星期之内大石头就向他们打来，砸伤了一个人的脚。后来他们搬到双石桥附近的一个地方，就在从我家到和大妈家酒店的路上。他们在路边搭起低矮的棚屋，开采石头达一两个星期，没有出事。接着警告来了：他们的酒杯里放上了小石子，大石头砸进煮饭锅。这些白族人性格欢乐,对人友好,总是唱着歌,有说有笑,当我路过他们身旁时,我经常停下来与他们闲谈、饮酒。当他们开始跟我讲闹鬼现象时,我高兴极了。一天傍晚,我被请进棚屋,围着火塘与他们坐在一起,端起他们敬的一碗酒,就等候着。我仔细看着我的酒碗,并且注意到没有人特别靠近我。当我把酒碗举到嘴边时,我看见碗中有一个小圆石。接着我对面那个人的帽子被戴到我头上。一会儿所有的帽子都被无形的手交换过了,其他的小石子接着出现在我们的酒碗里。可是没有人能确定把石子放入酒碗和交换帽子的动作。后来石头被轻轻地扔到我们的脚边。

这种现象继续了好几天。后来大石头扔进棚屋,砸烂了煮饭锅。最后落下一个大石块,砸伤了一个人的脚。第二天白族石匠们举行了一个秘密的降神会,他们被告知必须尽快离开此地,否则他们将发生更严重的事。于是采石停止了,悬崖下只留下一个小山洞,显示他们采过石。

大约一两个月以后,我傍晚路过那地方。一些贫苦的藏族进香者正准备在山洞里过夜。一个女人和一个小孩正坐在里面,男人正在喂拴在山洞旁柱子上的一匹骡子。一只要祭神的羊在路边啃草。香客在朝圣路上通常带着羊，羊身上驮着一小驮食品，紧系在一个小鞍子上。羊在到圣山和神殿的长途跋涉中立了功劳，此后永远不再遭屠杀。

第二天一早，我得到发生了一场可怕的灾难的消息，就跑到山洞跟前去。整个的山坡塌了下来，埋住这家人和骡子，只有羊若无其事地继续在路边啃草。几十吨重的岩石和泥土完全把他们埋葬了。人们在那里挖了数星期，没有发现尸体，最后放弃了挖掘工作。

殉情和东巴仪式

在旧时的丽江，殉情被看作是一种既方便而又理想的方法，用来逃避纠缠不清的爱情事件，逃避丢面子，逃避激烈争吵，逃避受到致命的羞辱，逃避不幸的婚姻生活和其他许多不幸事件。殉情并非耻辱，不幸的男子或女子没有受到威胁，说他们会被放进烈火熊熊的炉中永远受烧灼。不是因为纳西族的地狱中没有炉火，而是因为炉火留给了那些犯有滔天罪行的人。然而人们相信殉情者肯定游荡在天堂范围之外，纳西族的所有祖先都居住在天堂里，从容地享受着无数的白牦牛，成群的马匹，一望无际的肥田沃土，鲜花遍野的草地，宫殿般的房屋，还有美酒、女人和诗歌。

自杀的男子和女子，或突然死去，来不及把打开天堂大门的神奇钱币放入口中的人，留作地上的精灵，游荡在生者和死者之间几乎无人的国度里。那地方还是不错的，它的形状与大地十分相似，有山峦谷地，有河流湖泊，茂盛的高山草地上长满了美丽的殉情花。可是生活在这个欢乐的地方，是漫无目的的。他们可以吃殉情花的花蜜和饮露水，他们可以躺在浮云上，与朋友交谈，如果他们有朋友的话，他们可以尽情地影子般地做爱。可是迟早他们会对这一切都厌倦了，并且意识到他们既不是鱼类也不是禽兽。他们怀念家庭却不能到达。回到地上不可能，偶尔通过"桑尼"做媒介与亲人交流几句话是十分不够的。他们也不能加入家中去世者的行列，因为他们不知道到达天堂大门的路。天堂大门由凶恶的鬼怪把守着。殉情者通常被活着的亲戚或父母搭救，他们的亲戚或父母请来东巴举行"海拉里克"（祭风）仪式，最后打开了祖先所在的天堂大门，让他们进去。

殉情并不像在西方那样随便地以不光彩的方式进行，在西方，人们卧轨自杀，从高楼跳下，或把头伸进煤气炉中。纳西族像其他东方民族一样，认为进入彼岸世界是一件严肃而隆重的事。正像一个人蓬头散发、穿着破衣烂裳，或许手里还提着水桶和扫把,匆忙跨进门槛,加入王宫里的宾客之中,是十分不体面的。

殉情是隆重的自杀,灵魂脱离尸体有一定的规矩,以正派而庄严的方式在适当的场合进行。如果殉情是在家里进行,堂屋是最适合的地方。如果不能在家里进行,像男女私奔,那么选择大山里一个难以到达的地方,一个僻静而美丽的地点,是最普遍的。打算殉情就必须身着盛装,犹如应邀赴宴一般。如果在彼岸世界里人性以现实生活中的方式继续存留的话,毫无疑问衣冠也应如故。为了永生,穿着不整洁不适当都是愚蠢的。此外,迟早会有一条通向祖先所在的天堂的路,作为后代,衣衫褴褛地进入天宫,祖先会怎样说呢?

结束生命的方法并无定式,可是人们知晓一些肯定能致死的方法。最有把握的一种就是油煮黑草乌根,吃后自然死得很快。吃草乌确实带来极大痛苦,可是它能使喉头立即瘫痪,以便没有叫喊和呻吟,任何搜寻队也无法找到正在死亡中的殉情者所在。多数人喜欢这种方式的原因,也在于它不会像溺水、上吊或跳悬崖那样损毁尸体容貌。然而它的真正价值在于双方都殉情,它能保证两位恋人都死去,绝无例外。

而同时进行的跳悬崖、投湖跳江、刺伤或上吊，总存在盟约的一方可能会存活下来，而且也许并非不情愿。这些方法不是完全被鄙视，而是为了不给病态的邻居们提供讨论和联想的没完没了的话题。

依我看，在丽江，青年男女盟约殉情至少占自杀数的80%。其次是婚后生活不幸的妇女，其余的属于其他原因。青年人中这样不寻常且惊人地盛行殉情，完全由于纳西族的婚姻制度所致，这种制度完全不适用于这些性格热情奔放、爱好自由独立的人们。在向他们的人民热情灌输汉族文明和文化时，纳西族统治者们已经严格而坚定地引进了孔教婚姻制度，这种制度的实施，在这个本来应该快乐的坝子上造成了极端的痛苦和死亡。按照汉族的旧风俗，由父母安排儿女的婚姻，丝毫不管他们喜欢或不喜欢。实际上两家之间绝大多数的婚约，是在他们的孩子还是幼儿时，甚至他们还在母亲的肚子里就缔结了。人们坚定地认为，未来的新郎和新娘在结婚前是不应该见面的，那是没有必要。直到婚礼那天他们才头次互相见面，过了洞房花烛夜，就无人关心他们互相是否喜欢或不喜欢了。他们必须待在一起，没有什么可说的。父母缔结的婚约在任何情况下都不可破除。

至于汉族，他们在顺从和孝敬父母方面已经磨炼了几千年，这个制度是相当有效的。他们天生温顺友好，对多数人来说，真正的爱情是结婚后才逐渐有的。可是对纳西族来说，这个制度从来无效。自从他们的种族形成以来，像他们的堂弟兄藏族和至今实行自由恋爱的摩梭人一样，纳西族也实行自由恋爱。这个传统说明他们属于同一血统，并且仍然在他们的娱乐、舞蹈和自由混乱的性行为中表现出来，甚至汉族的道德也无法压制自由混合的性行为。像在丽江及其周围村庄这样小的社区内，秘密很难保守，小伙子们和姑娘们事先都十分清楚，他们将要娶谁嫁谁和在什么时候举行。有时未来的伴侣之间相互喜欢，一切进行得顺利。可是许多情况下感情得不到交流，或者互相不喜欢。从此引起永久性的三角恋爱，产生接连不断的重新组合，私下恋爱在丽江简直成了规律，而不是例外。有时到举行正式婚礼时，不幸的情人被分离，闷闷不乐地与不相恋的配偶结对成双。然而多半情况是，爱情太强烈，他们决定完全终止婚姻。女方已怀有身孕的时候情况尤其如此，因为养下私生子使人太丢脸。无论如何，姑娘要被父母诛灭，唯一的出路就是殉情，而从道义上讲，她的情人是必须参加殉情的。

盟约殉情的主张似乎是在几世纪前由一个名叫康美久命金[1]的纳西族姑娘创立的，作为她与一个英俊小伙子间爱情纠葛的唯一出路。她就要嫁给一个富有却平庸的人，可她忍受不了即将到来的婚配。按照当时盛行的礼节，她没有口头直接地向情人宣告殉情这件事，而是用口弦音乐表达了这个意思。

口弦是纳西族的民族乐器，多用于谈恋爱中。用口弦为她的低声细语伴奏，她做了漫长而哀怨的叙述，其中她用了全部的力量和魅力，劝说处于绝望境地的情人，唯一的出路就是一死了之。他根本不喜欢跟随她共赴黄泉，对她的计划提出了许多反对意见，以适当的诗句，也是用口弦伴奏表达出来。然而她是一个坚定不移而占有欲强的女子，在她的言词激励下，她把情人逼到精神错乱的程度。

最后小伙子屈服了，答应跟她一起殉情，但条件是由她提供必要的资金。他要买一套有教养的人穿的盛装和其他用品，还要买许多好食品和好酒。也许他认为女方不能筹集那么多钱，但是使他惊愕的是，无须多大困难她就把现金拿出

---

[1] 康美久命金：原为纳西族著名东巴经神话叙事诗《鲁般鲁饶》中的女主人公，这里兼指另一叙事诗《游悲》中的女主人公。——译者注

来摆在桌上，显然她是一位富有的女子。而他已上了圈套。他们去到大山中一个僻静的地方，过着田园诗般的生活，直到食品吃尽，据说最终服了毒。这个故事及诗句在一本名叫《康美久命金传》的古代经书中有记载。书的头一页做了装饰，显示出这位女子穿着深红色的短袖外衣和紫蓝色的裙子。即使在图画中，她那双明亮的大黑眼睛似乎在许诺、在召唤，强烈的眼光仍然吸引人们的注意力。

自从那时起，这个故事就在鼓励殉情，当举行"海拉里克"（祭风）仪式时，被东巴们引用来作为序曲。在缔结殉情盟约时使用口弦这个程序严格地坚持了下来。由于小伙子们自己身无分文，总是叫姑娘们筹措殉情仪式的资金。他们必须购买新衣裳、食物和酒。然后他们手拉手，悄悄溜进大山，在那里他们吃喝跳舞，尽情地做爱，直到生命结束。可是即使面临死亡，丽江姑娘仍然显出超过懦弱男性的优越性。许多小伙子并不想死，而是由于他们意志坚强的情人，才一时冲动地这样做。有人向我叙述，从前有一个姑娘用暴力威胁她的情人，吓跑了想阻止他们的人，她逼着吓得发抖的情人到了高崖的边缘，沉着地把他推下悬崖去，然后她镇静地用大刀自尽了。

集体殉情也是寻常事,有人告诉我,有一次人们发现六对青年男女吊死在文笔峰旁边的马鞍山树林中。有一次发现两个不幸的姑娘紧紧抱在一起,立身于雪山脚下的小湖中。她们的脚跟拴在一起,缒上一块大石头,跳入湖中。当一个男孩或女孩失踪两天多时,其父母总是怀疑这种可怕的事实。于是立即组织人进行彻底搜寻,几天之后,就会在某个遥远的地方找到不幸的情侣的尸体。父母号啕大哭,顿足捶胸,并且开始安排做"海拉里克"仪式。有时当愤怒的父母开始追踪时,他们的足迹还在。从父母的悲伤来判断,人们可以设想,要是在殉情之前能抓住他们的孩子,他们会欢喜若狂的。然而绝没有这类事。要是这对情侣被活着抓回来,出于保全面子的需要,他们将被辱骂,或许被父母或邻居打得半死。父母这种爱面子的行为简直比以儿童作为献祭品的莫洛克神还缺乏爱心。从某种角度说,它不考虑一切情况,要孩子付出血的代价,情侣们深知这一点,他们非常小心,绝不会活着被人发现。如果一个姑娘誓盟的情人死在远离丽江的地方,从道义上讲,她必须跟随他下阴间去。

令人惊奇的是,实际上就生活在丽江隔壁的永宁摩梭人,从来没有殉情的动向。倒是他们保持了自由恋爱的风俗,可以跟任何他们喜欢的人结婚和生活。那里没有无法补救的伤心事,直到寿岁已尽之前,人们忘记了死亡。藏族和黑彝的婚姻也基于自由选择和互相深爱,他们没有这类殉情事。

在丽江这种自由而随意的殉情,也可以追溯到东巴教的有害影响上。做"海拉里克"仪式所得到的丰厚报酬使东巴们生活富裕,鼓励和保持很高的殉情率符合他们的利益。因此他们在这些轻信宣传的人们中间,继续进行精巧而狡猾的宣传,把殉情的欲望说成是人生重大问题的合乎逻辑的解决办法。是他们不辞辛苦地讲述,殉情者所在的无人之地生活何等欢乐。他们的生意肯定做得很成功。他们几百年来的教诲已经把整个民族带到这样精明的程度,即生与死均衡。死可以是一触即发,有时一小点口角或突然动怒就把一个人送进死后的无知境界里。

像这类缺少考虑和残酷贪婪的例子不唯独局限于东巴。我记得一个可憎的辱骂事件发生在抗战时期的丽江。从缅甸来的一小队廓尔喀士兵和一些难民,他们翻越了萨尔温江和湄公河流域不可跨越的山岭和峡谷,做了要命的长途跋涉之后,来到了丽江。不幸的是,他们当中有些人害痢疾和霍乱。

过去从来没有害过这类传染病的纳西族,这次死了不少人。白族木匠做棺材几乎满足不了需要。当疾病减少,他们赚钱的生意清淡下来时,他们就在丽江的喇嘛寺庙里举办奢华的祭礼,向佛爷和其他神明祷告,请求再次保持大量的死亡,使他们的生意保持兴隆。这就使我强烈地想起托尔斯泰的一个故事,一个富商囤积了大量粮食,饥荒时以暴利出售。他向上帝起誓要盖一个新的大教堂,里面有大钟和一切设备,只要上帝继续保持地上的饥荒就好了。就在那天晚上他的所有谷仓库房被大火烧光了。

做"海拉里克"仪式是丽江生活的特色之一。不邀请陌生人参加,可是许多朋友都一定会邀请我,因为我几乎被认为是他们家中的一员。他们总使我深受感动。也许深藏于我心中的爱情,被这样一场从恋爱到死亡的壮观表现触动了。其中突出的一次,我记得很牢。

马鞍山脚下村里的一位姑娘,她的情人是个士兵,随军在台儿庄打仗,一天他家里收到一封电报,说他在作战中牺牲了。这姑娘从朋友处听到了这个消息,就痛哭流涕,但是一声不吭。后来有天晚上,她穿上盛装,化妆打扮,喷上香水，第二天早上，父母发觉她吊死在堂屋的横梁上。只有死，情人们才会得到悲痛的家人的宽恕，两家合办"海拉里克"仪式是常有的事。正是在这样一个仪式上，我被邀请到牺牲了的战士家中。

到达农家时，我发觉院子打扫得很干净，并用松枝装饰起来，全家人穿着白色丧服，四处招待来客。入口处树起两棵人工做的树，树用竹竿做柱，扎上其他树的枝叶。它们看来很像两棵圣诞树，因为它们是用小旗子和小饰物装饰起来的。一棵献给男孩，而另一棵献给女孩。男孩的树除了其他装饰之外，还展示了男式服装（上衣和裤子等）的缩样，衣服用彩纸剪成。还有他用过的和喜欢的各种小物品，如像他心爱的梳子和烟斗、烟袋、镜子、刮胡刀和其他小的私有物。而女孩的树上挂着她的粉盒和口红、梳子和针，一个简单的小手提包、便宜的装饰品和一个香水瓶，此外还有女式服装的纸样，看了真动人心弦、令人哀怜！

院子中央有一个小沙土堆，四周用木板围住。一小撮五颜六色的三角旗插在土堆的中央，旗子上写着殉情精灵们的名字和称号，他们的肖像用木炭画在一系列未染色的木牌上，插在旗子周围的沙土中。他们当中许多是可怕的动物，具有蛇的身子和兽性的人面；有些头发直竖着，其他的头上戴着小王冠和帽子。外面过道上，有一个丝绸披盖的小祭坛，上面放着死者的相片，供有瓜果甜品和一个香炉。另一边低处有一个布篷围成的亭子，里面坐着东巴，吟诵着康美久命金传和其他古代经书上的章节段落。一面锣给他们的吟诵打着点。有七个东巴，他们都穿着对襟绣花丝绸马褂，头戴五佛冠；脚穿乌靴。东巴念完经，就移动到院子里，开始围绕着那些旗子和精灵慢慢起舞，舞步合着一个小鼓和响亮的板铃的响声。他们高抬一条腿，用另一条腿慢慢转身，朝前踏步，不断重复着这些确切而单调的动作。他们念着咒语，召唤殉情的精灵们出来，于是死去的情侣又一次出现在他们的家里。舞蹈不断继续，东巴们坚持不懈，气势不可阻挡。

"来了！来了！出现了！来了！"东巴们以刺耳而又催眠的声音指示说。家里人和客人都死一般地寂静。东巴们满面汗珠，双眼开始倒转，眼光闪亮，显然他们已鬼魂附身了。

"出现了！出现了！来了！来了！"话音随着每一下铿锵的板铃声和每一下击鼓声起落。时间一小时又一小时地过去了。这种有节奏而无可忍耐的命令仍然继续着。东巴们仍然慢慢踏步，协调一致地转动。气氛越来越紧张，就要达到爆炸的程度。突然间东巴们停住了。院子里死一般地寂静，冷风嗖嗖。刚过了一会儿，顷刻间我们都感到这对情侣已回来了，以他们的肖像站立在那里。起初我以为这完全是我个人的感觉，可是随着一阵哭泣声，两家的人一齐拜倒在小祭坛前。客人们看来非常惊愕。什么也没有看见，那种印象刹那间消失了。然而情侣们已到过那里，大家都清楚这一点。

还在哭泣的主人家现在开始摆桌子，设下简朴的乡村丧事宴席，按传统每桌八个菜。专门的一张桌子摆上同样的菜肴献给精灵们，还有一长排菜肴摆放在祭坛上献给死者。随着酒的流动，人们恢复了精神，有的闲谈，有的开玩笑，就像完全不是丧事似的。饭后东巴们杀了两只黑鸡，当鸡断气时，他们把钱币放入鸡嘴中。鸡代表死去的人，于是祖先所在的天堂大门就打开了，死者与地上的联系就此了结。然后东巴们又跳一场舞，身上用小木头大刀做武装，舞蹈很轻快，很像一场精神抖擞的击剑表演，因为已经招来并加以款待和抚慰的精灵们，现在正被赶出房子，到他们的阴间去，并且念咒恳求他们不要用殉情再来折磨这两家人了。

一天早上大约10点钟，我坐在办公桌旁，邻居们喊我快下来，我去到我们对门附近的一所房子。在那里我发觉一个姑娘处在昏迷状态中，看来是在凌晨她吞下了四两生鸦片，是溶化在一碗醋里喝的，此外还吞了两三个金戒指。我给她注射了咖啡因和阿扑吗啡，并且想尽办法使她呕吐。可是大剂量的毒药已经在发生作用——她的呼吸发出呼噜声，面颊发紫。她睁着眼睛，但是已失去知觉。我继续努力，到下午3点钟她苏醒过来，能和家里人谈一会儿话了。她十分生我的气，把我手中的药打掉。"我要死！"她叫道。"我一定要死！谁也不能阻止我！"之后不久她病又发作，失去知觉。我待在她身边，直到半夜，使用咖啡因和其他复苏剂，好几次她反应过来，只是叫喊她多么想死。然后她向极度伤心的父母和弟兄姐妹说出一句非常感人的告别话。到半夜她似乎好多了，可是后来很快垮下去，4点钟时死了。

后来人们知道，她与其他姑娘一起到丽江附近一座山峰上的娘娘庙敬香。在那里她遇上一些男伙伴，一起吃了一顿饭，这顿饭是他们亲手做的。当她回到城里时，她的一个婶婶，一个坏脾气女人，臭名远扬的饶舌妇责备她。她婶婶骂她"母狗"和其他许多坏名称，在这方面纳西语言是相当丰富的。

她暗示说这个姑娘肯定已失身，到时候将会生下小孩来。正是这场在邻居面前不应该有的辱骂，使这个平常文静的姑娘失去了理智。她感到受了污辱，她决定唯一能证明她清白的办法是自杀。这个可怜的姑娘的家里人为丧失了亲人而十分愤怒，以典型的纳西族报仇方式，严惩了这个可恶的女人。他们冲进她家，把一切东西砸得粉碎。

当房子里有人被害死或妇女生小孩而死时，这房子当然成了不干不净的地方。于是请东巴来举行除秽仪式，在这个仪式中污秽和灾难精灵被召唤来，加以款待并被驱除。这是费用颇大的仪式，要杀一头黑公牛、一头山羊或绵羊，还要杀一头黑猪和一只黑鸡配上。仪式在晚间举行。

和树文是我办公室里的一个小职员。他是个粗壮而又平静的小伙子，可是有时却相当好斗。当他还小时，父亲遭受藏区强盗的伏击，尸体被砍成小块。他和守寡的母亲，还有一个父亲那方的叔叔一起，住在离我们村一华里处去拉市坝路上的一所房子里。我的厨师非常喜爱他，并且把他当作儿子，立为合法的后嗣。这男孩成了这些愚蠢的包办婚姻的牺牲品，包办婚姻在丽江很普遍。他不得不娶他一生下来就订了婚的姑娘。那时候他才有几个月,而她已有十五六岁了。结果到他们成婚时,他是个22岁的小伙子,而她是个38岁的成年妇女,老得可以当他妈了。然而她是个品行好而勤劳的女子,她很好地照顾他和婆婆。她不幸的是,和树文和婆婆都恨她。原来这老年妇人在她守寡期间得到隔壁一个男人的安慰。儿媳妇对这一点很敏感,为此看不起她。那所倒霉的房子里经常有吵架声,有时甚至以两个怒气冲冲的女人打架为了结。受母亲的怂恿,和树文也开始打这个可怜的女子。一天早上,母亲含着泪告诉她儿子,那天早上她被儿媳妇污辱了,只有给这个罪犯痛打一顿,才能恢复她的面子和荣誉。当丈夫和他母亲一起向这个没有防备的女子猛扑过去的时候,那肯定是个可怕而又可怜的场面。他们后来把她丢在厨房里,她遍体鳞伤,低声哭泣,由于已是傍晚,她进房上床去了。

到了半夜,这个被羞辱和绝望撕裂了的女子,在厨房里烧上一堆火,烧她的铺盖和嫁妆。然后她穿上盛装,打扮得像个富贵人家的已婚妇女,把打肿的脸和唇润了色,准备了一股套索,然后吊死在堂屋里。直到早上没有人听见任何响声,也没有人知道发生任何事情。他们发现时,她面色青紫,可怕地抽着气,仍然活着,可是再也没有恢复知觉,不久就死了。

接着更大的悲剧透露出来：她怀有三四个月的小孩。整所房子成了受人责骂不干不净的地方。于是赶快请来喇嘛，做了简短仪式后，棺材被护送到村外的一块草地上。棺材放在柴堆上，由召集来的喇嘛们做了另一个简短仪式后，就点火焚烧。

到傍晚这戏剧的下一幕又在和树文家展开。请来了东巴，准备了黑色牲畜，摆好了通常做丧宴用的桌凳。喇嘛们坐在楼上的各个房间里，在祈祷铃和小喇叭伴奏下，吟诵着祷文。他们的酥油灯闪闪发亮。我们上去看他们做仪式。大家很快注意到毗邻的房间里发生了什么事，有很响的敲击声，像手枪射击声，从壁橱、墙和梁上传来。桌凳都噼噼啪啪地响，在地板上轻微移动。大家逃到楼下。我留下来，正像我经常对这类事件入迷那样迷住了。

接着东巴们开始敲鼓，因为我不想错过我不熟悉的除秽仪式，我下楼去看他们做仪式。时间已是 10 点，月光明亮。

当东巴们开始召唤污秽和灾难精灵时，院子里静得可怕。他们的肖像已插在院子中央的土堆上。他们是可怕的斜眼怪物，有的没有头，全都是蛇身——这次是真正的魔鬼了。黑色牲畜被屠杀，它们的血到处污染飞溅。东巴们随着板铃的有节奏的铿锵声，慢慢旋转身子。他们已鬼魂附身，他们那极精确的动作显得有些缺乏人性和死板，看起来像行尸走肉，面色惨白，失神的眼睛朝内翻转。这次他们的咒语有所不同，显得坚强有力而充满凶兆。有一种急不可待且恶意的气氛。很明显魔鬼的力量正充满整个院子。人们打寒战，互相靠拢，缩成一团，天气变冷，明月失去光泽。为丧宴摆好的桌凳开始颤抖移动，我旁边的人看着，在恐怖中惊呆了。突然间，和树文的叔叔被抓住，他在地上打滚挣扎，口吐白沫。人们跑到他跟前，设法要抓住他，可是他把他们像打苍蝇似的撵走。他的眼球朝外鼓胀。从他抽搐的喉咙中发出一声怪叫。他转向和树文和他的姑子，用奇怪而可怕的声音，喊出他的诅咒。人们又一次向他冲去，试图阻止他，用树叶和其他能抓到的东西去塞他的嘴。半噎塞着，他平静下来。邻居们带着惊恐的神色逃走了，我也赶紧回了家。和树文晕倒了。我们没有看到除秽仪式的结束。没有人留下来吃丧宴。第二天我被告知，那个叔叔被他哥哥即和树文的父亲附了身，他用弟弟的喉咙直接说出话来。为这个可怜女子的死，他诅咒他妻子和他儿子。他说他要为她报仇，说对他们的惩罚不久就会到来。

丽江的婚俗

丽江的婚礼，不论是幸福美满的，或是不幸的，都要办得欢乐、色彩缤纷。不过，无论城里的婚礼办得怎样豪华，它们甚至比不上村里贫穷人家的婚礼。村里地方宽敞，乐趣更多。加上邻居和朋友送的礼物，食品变得更丰富。接二连三的宴席可以临时准备起来，而无须考虑备办宴席的沉重费用。远处村子来的客人可以停留数日，在城里则不然。村里有许多住处，如果新郎家住不下，可以住在邻居家里。在城里结婚是与人力无关的小事，喜庆活动局限于一小段街区内；而在农村那是一件大事，家家户户都很关心。大家都急着要参加，准备工作数月前就开始了。结婚仪式是大型的社交活动，它更新和加强了与邻村的友好，它提供了相隔很远的老朋友互相见面的机会，我参加城里的婚礼是出于尽义务，可是我得承认，我特别喜爱农村的婚礼。村子越是遥远，人们越是落后，我去参加的兴趣就越大。

城里的结婚准备工作在举行婚礼前一两星期开始。坐在李大妈家酒店里，我总是看到"送酒仪式"的小队伍。新郎家的代表正式地通知新娘家：他们的女儿何日何时结婚。大约有十个婆娘，头戴光彩夺目的新黑"姑姿"[1]，身穿丝绸外衣，腰系彩带，丝绸裤子在脚后跟处扎紧，脚穿在脚趾处朝上翘起的绣花鞋。她们成军事队列行进，四人并肩走在街上，眼睛直看前方。大约十个"潘金妹"（纳西语，大姑娘之意）尾随其后，服饰相同，不过她们头戴有红色纽扣、形状古怪的黑色汉族便帽，而头发编成长辫子。领头的姑娘提着一个擦得发亮的黄铜酒壶。壶上有红纸条装饰，纸条上写着表达吉祥如意的汉字。另一个姑娘用铜茶盘托着一对玉手镯。其他姑娘的茶盘里有木梳、香水、牙刷、香粉等等。这样，每一个婆娘或"潘金妹"各自用盘托着一样或另一样梳妆用品。她们非常端庄而又文静地走过街上，向过路人宣告即将来临

---

1 "姑姿"：纳西语，指已婚妇女所戴的帽子。——译者注

的婚期。

婚礼前,用一队人马把嫁妆送到新郎家。嫁妆包括家具、被褥和闪闪发亮的铜器炊具。男人用竹竿扛重的物品,女人用篮子背其他东西。嫁妆中有衣柜、桌椅、一对黄铜痰盂、一个时钟、两床有绣花丝绸被面的大被子,一床上绣有龙,代表新郎,另一床上绣有凤凰,代表新娘。接着是器皿:铜桶、铜盆、火锅、茶具、长柄勺、大茶壶和平底锅。长长的队伍中还包括许多有四只脚的木头箱子,箱子漆成淡红色,用镂刻精美的大挂锁锁上。里面装有这对夫妇在各种场合要穿的衣服。

在那幸福吉祥的日子,客人们络绎不绝地到新郎家去。男子不论老少,身着盛装,或单独一人,或三五成群,逍遥自在漫步而入。然而妇女和姑娘总是以军事队列行进,有一排人的规模,婆娘打头阵,"潘金妹"殿后。每人拿着一个铜茶盘,正中央突出地摆着一件礼物,虽然这礼物可能只是有几个银元的小红纸包。

客人到达新郎家时,每个客人都受到新郎很有礼貌的接待，新郎穿得像个汉族绅士，身穿深蓝色丝绸长衫，外加黑色丝绸马褂（上衣），头戴一顶汉族便帽或欧式帽，胸前别一朵巨大的红纸玫瑰花。每个客人立刻进去，到一张通常安放在屋角的桌子旁，把礼物交给账房先生，他用红纸做的喜礼簿特地记下。如果礼品是现金，其数目和送礼人的名字都要做仔细记录。如果礼物是一份米加四扇红糖（这是村里人通常的礼物），米用秤称，糖衡量大小，同样把送礼人的姓名、性别和村名记录下来。之后，新郎或他父亲给客人递上一杯茶，这客人就自由地去参与其他客人闲谈了。女子们则到毗邻的房间里与新郎的母亲闲谈。然后大家都等候着新娘的到来。新娘必须在占星术家规定的时间到达新郎家。她绝对不能迟到，可是由于城里或村里都没有可靠的时钟，她通常是来得过早。

新娘坐着由两个白族男子抬的轿子来。她通常穿中国古式的粉红色丝绸长袍，复杂的头饰用假珍珠、绒球、神奇的小鸟和其他一切东西做成。所有这一切华丽的服饰，包括轿子，一般都是从城里喜丧用品店租来的。由于来得早，在吉祥的时刻到来之前，新娘不得不在轿子里等着，有时长达一两个小时。在轿子里等候时，她要表现得很有教养，她通常用一块红色丝绸手帕把脸盖住。最后时刻到了，新娘由两个女傧相引出，带到大门口。于是燃放鞭炮，她跳过门槛边一片鞭炮火光，与新郎站在一起。此时有人往新郎新娘身上撒米。接着在一群"潘金妹"的陪伴下，新娘很快进入装饰一新的洞房。举行宴席期间，她大部分时间待在新房里。很少再举行特殊的结婚仪式。新娘进入新郎家这个事实本身，众人都看见了，这足以证明她是这个男人的合法妻子。

十几套桌椅上已经摆好传统的结婚佳肴，有筷子和酒杯，桌椅大多数从邻居家借来。用不着去敦促客人，一会儿大家都坐下来开始吃。女子与女子同桌，男子与男子同桌。新郎与新娘不时来到每张餐桌跟前，一个招待员手里托着一盘酒杯，陪伴他们。他们向客人鞠躬，大家起立喝干敬上的酒，新郎新娘又一鞠躬，离开这桌到下一桌去了。根据不成文的习俗，客人饭后不再逗留。他们一吃完饭就起身；餐桌赶紧擦洗干净、摆上酒席，又一群客人就座了。这种轮班吃饭延续达数小时。没有任何吃完饭的客人逗留在新郎家里。他们即刻动身回家。这就是城里结婚庆祝活动的通常做法。

在乡下我参加过的最好的婚礼之一是我的好朋友吾汉的。

我等候这件大喜事好多年了。有一天，吾汉的母亲告诉我，她最终付清了礼钱（"购买"吾汉妻子的分期付款），现在这对情人可以喜结良缘了，这消息使我心情激动。我知道这场婚礼会是很欢乐的，因为即将到来的婚礼具有独一无二的特点，吾汉已经认识并且喜爱他的未婚妻，而她也爱吾汉。正像我解释过那样，这样美满的婚配在纳西族的婚姻制度中实属罕见。我知道吾汉是个既富裕又慷慨的人，亲戚朋友们都喜欢他。他务必使他的婚礼办得慷慨大方，令人难忘。的确，他的请客名单看去就觉得了不起，甚至李大妈和她的丈夫也在名单上，虽然这位繁忙而重要的女人是否有空来，还是个问题。我们全家都收到了红请柬，包括厨师和全体办公人员。每人要送多少现金作礼品？穿什么衣服？怎样安排赴宴才不致丢下家不管？就这些问题我们商量了好久。

我非常期望在吾汉家住的村子待上两三天，会见老朋友，结识新朋友。那个地区的村民已经把我当作自家人，我知道我会受到亲切热情的接待。我早就劝告吾汉，我不要特殊照顾，只希望把我当作他的纳西族朋友之一。我告诉他，像其他人一样，我会带自己的铺盖来。他要我婚礼前一天就来，并且派一匹骡子来接我的行李。在婚礼上新郎穿上西装，在丽江被认为是相当高雅的事,所以我借给吾汉一套最好的西装、一件衬衫和一条领带。吾汉比我高得多,可是在村里那没多大关系,有没有比是否适合更重要。

几乎在丽江的所有日子都是令人愉快的。这里永远是春天的国度,而且我步行出发去参加吾汉婚礼那天,天气似乎比往常更晴朗。这块天堂般的坝子上,美丽的景色时时变幻着,从来不会陈旧。美景天天更新,添上新鲜、奇异的新事物。雪山不是死气沉沉,不是悬崖、冰雪一成不变的凝聚物;它是一位活的美人,有它自己的生活方式和思想感情。它从来都在瞬息变化之中。它蒙上面纱又揭开面纱,山脚下飘着白色的雾带,或向蔚蓝色的天空抛起羽毛状的白雪。其顶峰形成一个巨大而展开的扇形,闪射出金光银光。山中急流的汩汩声与百灵鸟的歌声和苍鹰的叫声交织在一起。各种鲜花多姿多彩,日新月异。空气中总是飘溢着浓郁的花香。在这个奇异的坝子上,似乎一切东西都在闪闪发光。明显地,大自然在呼吸、运动和微笑。每次出城散步都令人激动,给人启示。温暖的微风使人陶醉。青山起伏波动,似乎在舞蹈。溪流曲折湍急,小鸟和蝴蝶在空中飞舞。在这个秘密的天堂里,人们在欢笑歌唱,充满了幸福欢乐。

作者的朋友吾汉，他的第一个儿子、老母亲和妻子。（全部正式着装）

吾汉的家简直成了仙宫。马厩、谷仓和老院子都不见了。相反，有许多凉爽而高雅的房间，用雕花的隔板和珍贵的藏褥子装饰起来。沿墙摆放的宽长凳上也铺着褥子。一块宽大的条纹遮篷盖住整个院子，地面上铺着青松毛，像柔软的地毯。所有那些难看的角落和裂缝都用松树枝和野花环覆盖了。遮篷底下飘着彩纸条，中央挂着一个飘飘扬扬的吹大的玻璃球。后墙根处棚屋内搭起了临时厨房，妇女们已经在忙着为明天的盛宴烧煮了。

新郎和他的伙伴们度过了婚礼的前一天。这是他最后一个机会享受单身汉的自由，独自一人与无忧无虑的青年伙伴们在一起。明天他就是一个结了婚的男子，有新的兴趣和责任了。不像他在学校时那样，他不会经常见到同学了，并且他们之间的关系将变得更加正式。我们睡在楼上，那里原来堆放粮食和其他食品，现在把它清扫干净了。

早上，"防洪闸"——大门一开，人流涌进屋内。上了年纪的乡绅留着花白胡须，有服装艳丽的妇女，有穿着普通蓝布长衫的妇女，有小男孩、小女孩，有"潘金妹"和青年小伙。有些走路来，有些骑马来。男人送的礼钱源源不断，妇女们的礼物绝大多数是一份份的大米、麦子、红糖、瓶酒、鸡蛋、鸡鸭、猪肉和酥油饼。

大约下午两点钟，新娘用轿子抬来了。于是燃放鞭炮。她及时从火光上跳过去，进行了撒米仪式。接着宴席马上开始。首先就座的是老乡绅，按照所有礼节我都该加入他们之中，不过我事先告诉过吾汉，我不想和他们坐在一起。跟他们一起就餐当然是种荣誉，可是我从经验中得知，这些绅士非常讲究礼节。他们沉默寡言，说话讲究分寸，对吃喝步骤小题大做——谁先举杯，喝多少，还有先吃什么菜。席间所有问答都得十分正式而庄严。我想要的不是礼节和尊敬，而是要一伙志趣相投的伙伴无拘无束，谈笑风生。所以我等到长者们都吃过了，才和吾汉的朋友和亲戚们就座。这一天过得真愉快，我们边吃喝边开玩笑，多次叫新郎和新娘讲究礼节地与我们一起喝酒。吾汉的母亲喜气洋洋地在餐桌间走来走去，笑容可掬，向每位客人说几句友好的话语。饭后，我们在一个房间里喝茶。不幸的是，来了一个吾汉母亲那边的叔叔。他是个老流氓，绰号叫屎爸爸。他烂醉如泥，在全体客人面前说出难以置信的下流话。老绅士们喊叫起来，妇女们尖叫着、大笑着跑出房子。在尖叫声和笑声中，吾汉和他的表弟吾耀理开始对付这个老家伙，设法把他引开，最后他倒在一个角落里，人们把他抬到草料楼上，让他睡着恢复精神。

邻居们回家休息去了，屋里的人群变得稀少了。太阳落山后我们又吃了一顿饭。天黑下来，桌子全部集中起来，摆成平行的两长排，每边放上长凳，院子用汽灯照明。等了好久之后，老绅士们转回来了，他们围绕一张方桌就座，妇女们坐在另一张方桌旁。吾汉坐在方桌上头，杯里斟满了酒，老绅士们向他祝酒，并且吃点心和水果。不久他们都起身走了。接着我和其他友人被邀请坐在一张桌子前。小男孩混进来到我们身旁，而另一张桌子已被"潘金妹"和小姑娘占领。大家异口同声地说，新娘应该和她丈夫在一起。稍做假装反抗之后，她从新房里出来，坐在吾汉身边。接着，七嘴八舌的盘问开始了，对此我只能把它叫作精神折磨。每一个男子都向吾汉挑战喝酒。他只好凭借中原地区传来的有名的猜拳游戏来回避。输者受罚，得喝干他那杯酒。然而可怜的吾汉对划拳术一窍不通，他只好喝下许多杯酒，特别是因为那些小男孩个个是猜拳的行家。同时由于是习俗，人们向新婚夫妇喊叫下流话，他们只好耐心忍受。

不久，屋里的人开始出去了。外边草地上烧起一大堆篝火，因喝酒而面颊发红的姑娘们已经开始起舞，小伙子们马上参加进去。他们跳的舞蹈像非洲的康茄舞。小伙子把手搭在领头的"潘金妹"的肩上，另一个姑娘把手搭在这小伙子的肩上，如此连接下去，直到一条长龙围绕火堆，按照歌声的旋律，慢慢起伏波动。他们缓缓行进，每隔一定时间向旁边踏一步。舞蹈不用乐器伴奏，歌词临时凑成。如果一个小伙子或姑娘开始讲好笑的故事，大家得轮流讲下去。故事不时被"多么可怜啊！"的帮腔所打断。因为故事提到了一些不断困扰男女英雄的虚构的危险。他们继续跳着舞，彻夜拖着脚走，从不停息。不时地有人离队去休息片刻，喝点冷水，不会影响舞蹈。这种单调的行进和跳动的声波，完全成了催眠曲。除了欢乐之外，明显地他们赋予舞蹈另一种更加微妙的含义，它表现了纳西族的礼貌和修养。这些舞蹈者大约近百人，来自远处的村庄。他们很清楚新郎家和所有邻居家里能住的地方都安排满了。他们没有地方可睡觉，可是如果通过在屋里游荡，坐在方桌周围的长凳上或在角落里打瞌睡，来把这一点表示清楚，那会大大地为难新郎家里人。论道义吾汉将不得不设法为他们找到睡觉的地方。虽然舞蹈很累人，但是它造成一种假象——即他们一点也不劳累，情愿跳舞度过这夜晚。的确，舞蹈到了黎明才停下来。

包括我在内的贵客集中住在楼上和楼下的几个房间里。我们把被子和褥子铺在地板上，脱了衣服，全体一排排地挤在一起睡。不管热不热，纳西人总是脱光了睡。然而有些男孩整夜打麻将和扑克。外面有歌声笑声，里面有麻将牌的响声，所以睡眠时间不多。

这场欢乐的婚礼之后大约一年光景，吾汉已经抱着一个活泼可爱的小男孩。我不得不到扬子江边我办的铜矿合作社去，这个矿由我的朋友和叶来管理。我喜欢去那里，可是总害怕半路上无法绕开的那些悬崖峭壁。矿山离丽江城90华里（30英里），足够走一整天。在丽江地区几乎每一个地方，走过的山路就是一幅山色美丽壮观的连环画。走过比较平坦的60华里之后，我们来到一个地点，从那里可以看见大江，它在使我感到头昏目眩的深渊中流动，犹如流动的绿玉。它像一条绿色的龙，在使人无法想象的峡谷中蜿蜒、翻滚，浪花迸溅。山路直下，至少成45度，我们的骡马挣扎着往下走。山路不是规则的坡道，而是每隔一段就垂直下落。在一些地方小道如此陡直，我只好抓住路旁的树枝往下爬。观察我们的骡马如何下这种山路才精彩呢!在越过这段危险的山道期间,我时刻预料着有一匹马会跌下去,折断了腿。接着我真正害怕的事情开始了。一座吊桥高悬在下面100英尺深处一条咆哮的急流上,我们非得过吊桥不可。过桥之后小道沿着悬崖绝壁延伸,从这头到那头下落一千英尺。虽然有和叶带路,我仍感到恶心眩晕,两腿发软。

铜矿所在的村子高踞于咆哮的大江上方一块岩石平台上。为了登上平台,岩石上凿了狭窄的台阶,可是两旁没有护栏或保护设施,一跤跌下去就会粉身碎骨。午饭后,他们劝我去看一个新开的铜矿,矿山在沿江某处。他们说路程十分安全,于是我同意去。道路沿高出大江两千英尺的一个狭窄平台延伸,和叶和他的伙伴一边哄骗一边扶着我,不知怎的我走了一英里左右。有一处岩石平台已经倒塌,人们将两棵树干架在缺口上,两头插入悬崖之中,小道从树干上越过缺口。穿过缝隙我看见就在我脚底下浪花泡沫迸溅的大江。然后小路引向一个伸出大江之上的小平台,突然结束了。我头昏目眩,要不是伙伴们及时抓住,我可能掉下悬崖去了。我倒下,既不能前进,也不能后退。我至今不能清楚地记起我是怎样被拖拉着带回村子的。

铜矿合作社边的长江。

村里的居民是山地纳西族——他们简朴而好客,多数人穿着羊皮褂。因为周围土地贫瘠,所以他们都相当穷困。只有下面沸腾的大江拐弯处,有一块狭窄的圆弧形平地,有绿色的田地和"明土"(丽江橘子)树丛,橘子像黄色小灯笼挂在高大而发黑的树上。这种橘子,也许它是摩洛哥丹吉尔红橘种,是丽江有名的水果。果子相当大,像中等的热带葡萄柚,果皮有脓疱状突起,很容易掰开。果实多汁,味道非常芳香,完全不同于其他任何种类的橘子或丹吉尔红橘。

在铜矿合作社,许多人跑来看我。十分出人意料的是,有人递给我一张当天晚上的婚礼请柬,我非常高兴地接受了,因为他们向我保证,许多奇异的民族要来参加婚礼。这里纳西族的习俗与丽江大不一样,我想,一定很有意思。

新郎家在大江边,当我们手里拿着明子,穿过大戟树篱,下到大江边时,另一场考验等着我了。因为至少有一千码的一段路,我们得从一个大石头跃过湍急而打漩涡的深黑色流水,跳到另一个大石头上。当我们到达庆祝活动的场地时,我已经精疲力竭了。举行婚礼那家的房子正好在大江上方一个山包上,河岸上烧着的篝火,映射在急流水面上。我们到达时，屋里屋外，男男女女，人群如织。青年人头戴蓝色头巾，身穿羊皮褂和短裤，吹着笛子和葫芦笙取乐，葫芦笙是一种没有空腔的风笛，用竹管和葫芦制成，以便产生共鸣音。

我受到这家人热烈的欢迎，可是这一次我不得不和老人们坐在一起就餐。幸运的是，宴席时间不长。后来，和叶带着新郎到我跟前来。

"今晚这里有贵客，"和叶说，"我们想要你见见他们。"我跟着他们到上头一个房间去。一位非常尊贵的女士，穿着蓝裙子和深红色上衣，与她的丈夫一起坐在桌子旁，她丈夫有点上了年纪，小胡子长得很长。我想她肯定是个黑彝。

"请会见头人太太和头人。"和叶说着。头人太太微笑着站起来，指着她身旁一个座位。

"我们是黑傈僳，"她说，"这是我丈夫。"我鞠了一躬。

"我们住在江那边那座山顶上的寨子里。"她说，并用手指着。"最近我们有许多麻烦事。那些彝人来进攻我们，烧了我们三家人的房子。幸好我们把他们打跑了。今天我本来想带儿子和姑娘到这里来的，可是他们无法走开。他们在上头保卫着寨子。"她继续以闲谈的腔调讲着。我坐下来。

她敬我一碗白酒并表示请我吃菜，我假装吃了一些。以她的年龄而论，她还很漂亮，肯定有48岁或50岁了。她穿银饰高领、有一个扣子的衣裳，长长的银耳环顶端有形似鸡蛋的中空的银泡泡。她丈夫的脸由于喝酒而发红，他看来很困倦了。我扫视房间四周，屋角里架着好几支步枪。

"这些是我们的武器，"头人太太说，"我们必须随时把枪放在手边。"当然她说得对。这时我才意识到，我们所在的村子正好在声名狼藉的小凉山对面。那里被放逐的彝人到处活动。然而黑猓猡在气质上是他们的同胞弟兄，够他们对付的。我奇怪新郎一家人怎么会和这个贵族人家成了好朋友。我猜想那是因为武器、鸦片交易，可是这类问题绝不能提起。黑猓猡人像黑彝人一样想弄到武器，而他们有汉族人想要的鸦片。公平交易绝不是抢劫。我相信，这家人和这对危险的夫妻间的亲密友谊正是基于这个原则基础上。

院子很小，正好在这个房间下方。

"让我们去看跳舞。"头人太太说。我跟随她。由青年人和妇女组成的蛇形队列已经在围绕火堆起伏波动。这里的人跳舞时不唱歌，大约十几个山地青年吹着笛子和葫芦笙，提供了舞蹈的音乐。音乐柔和，富有节奏，在旋律上，与狐步舞别无两样。

"让我们跳吧！"头人太太发布命令。

"我能和着音乐，可是步子我没有把握。"我声明说。

"不要紧，我教你。"她说着加入了舞蹈行列。我跟随着她，把双手搭在她肩上。

"噢！你踩了我一脚！"我踏错了一步时她叫道。我道了歉。

"真丢脸，"她嘟哝道，"你看那个女子抚摸着那个小伙子，她可以当他奶奶了。"她补充说，用头指指一个上了年纪的妇女——实际上她吊在一个穿羊皮褂的英俊的山地小伙子的脖子上。这个村里的人肯定是无拘无束，谈情说爱成风。姑娘们简直跳得出了神，两手紧紧抱住男朋友的腰，眼睛脉脉传情，好像他们是小神仙似的。一阵长短笛声和葫芦笙声大作，小伙子们都冲到院子中央，吹奏着乐器，跳起某种哥萨克舞，往空中扬起他们穿便鞋的脚。接着另有一种舞蹈，完全像大苹果舞，姑娘们像小女神似地跳到小伙子们身上，她们被小伙子们拉着旋转，直到劳累为止。时间已很晚，并且大家都喝醉了。我向头人太太鞠躬，她敦促我到江那边去访问，第二天他们要回江那边去了。

早上，我们去给他们送行。三张筏子等候着他们。每张筏子用20个或30个充气的羊皮囊组成，用轻而薄的竹竿架固定在一起。羊皮筏已经拖到江最上头。头人太太和她丈夫坐一张羊皮筏，随从人员坐其他两张。赤身裸体的男子在水里游泳，一只手扶住筏子，指拨航向。急流令人心惊胆战，筏子旋转，上下波动，可是他们很快到达对岸预定的地点。家仆和马匹已在那里等待，他们随即沿光秃秃的山坡往上爬，朝着森林和寨子而去。

丽江及其周围地区的婚俗就是这样。对于一个不爱她丈夫的姑娘来说，结婚就是她的黄金时代的结束。当她还是"潘金妹"时，她和男女伙伴们一起到处漫游，跳舞，谈恋爱。纳西族姑娘和伙子之间的恋爱，在丽江是没有人真正反对的。可是如果与陌生人谈恋爱，人们就会被激怒。他们的座右铭是："纳西族姑娘嫁纳西族小伙子，不嫁别人。"在本民族的范围内，大家都是自由的。如果一个白族或汉族小伙子去和一个纳西族姑娘调情，那他的生命就处在危险之中。事实上许多人被妒忌的纳西族男子杀了。我记得一个从日本统治下逃出来的汉族小伙子，他因事来到丽江，受到纳西族"潘金妹"和小伙子自由自在相处的吸引，开始向一个漂亮的纳西族姑娘献殷勤。之后不久，在光天化日之下，他受到三个蒙面纳西人的伏击。他们用箭射他的脸并且说，"这是第一次警告。下一次要你的心。"这个人匆忙离开了丽江。

姑娘结婚以后，立刻剪去长发辫。她得永远地戴上已婚妇女的头饰黑"姑姿"。她必须睡在楼下厢房内，不允许跟着原先的伙伴们到处乱跑了。丈夫睡在堂屋（会客室）里几乎是一种规矩。白天他的床铺上褥子，作为休息处。与中国内地和其他国家截然不同的是，丽江没有双人床，丈夫和妻子不兴整夜睡在一起。如果邻居发觉他们睡在一起，他们在村里就要丢脸了。甚至被子也总是做成单人的，从来没有双人被子。这种限制不适用于朋友间。要过夜的男朋友总是和男主人睡在一起，两三个同睡一张床。如果来的人多，就把他们三三两两地安排到其他可供使用的床上。对来访的女朋友，妇女们也同样处理。人们都脱光衣服睡觉，房间用明亮的盆火加热到惊人的温度，要是被邀请与家里祖父同睡一床，这就是殊荣，这位客人算是幸运，很受尊重了。

丽江的节日

农历三月十三日,也就是阳历三月底或四月初,有一个异常热闹的节日,不会生育或想多生孩子的妇女特别喜欢。在我看来,对这个值得奋斗的目的,丽江的男人不只是同情,对这些节日活动,他们比妇女有更大的兴趣。节日的最高潮是进行一整天的朝山进香,山峰名叫振青山,在丽江城东面约6英里处,那里有一座小庙,只要烧香拜佛,就有求必应。最好在日出前爬到山顶,以便欣赏朝阳映射在雪山扇子陡冰峰上的壮丽景色。

节日的前天晚上,所有妇女和"潘金妹"(姑娘)都忙着烧煮、烤粑粑和擦洗火锅、茶具。男人们心情激动,刷整骡马鬃毛，装饰鞍辔，准备了大量好酒。凌晨两点刚过，朝山进香开始。我的朋友们举着明子火把，总会来叫我。按照这个时期的天象，四点钟才看得见月亮。一旦出了城，壮观美丽的景象令人难以置信。无数路闪烁的火光掠过坝子，向着黑暗而寂静的大山脚下集中。人们沿山坡攀登、盘绕，像一条由无数小火点组成的火龙。火光反射在沟渠水面上，与宁静而明亮的月光交相辉映。每个妇女背着一个火焰熊熊燃烧的火锅，烈焰和火星从烟囱冒出。看起来像几百个小火车头在田野里赛跑。等我们到达山脚下时，那里已是游人如织，谈笑风生。草地上和树林间搭起帐篷，褥子已铺开，火锅正冒出食品的美味。同时大队人马正往上爬，手中举着照路火把。

山路陡峭。我们到达山顶时，已精疲力竭。在高山顶上天气还冰冷，草上和灌木丛上有白霜，水塘上结了厚厚的冰。东方生金辉，雪山在我们还无法看见的朝阳中闪耀。最后阳光照到我们身上，岩石开始爆裂，发出音乐般的声响。我们进入一座挤满人的小庙宇。妇女们拜倒在让她们生儿育女的娘娘神面前，匆忙地在神像前烧香点蜡烛。一尊长有阴茎的小神像，全身金色而裸体，被渴望生孩子的妇女抚摸亲嘴。它立在女神像前，像一个要撒尿的男孩。姑娘们路过这尊小神像时咯咯发笑，把羞红的脸转过去。现在没有轮到她们举行这类仪式呢。

要想在山顶小平台上多逗留是不可能的，因为新来的人群太拥挤了。于是我们开始慢慢下山。我们拐过一个弯时，突然听到音乐和歌声，那是一伙上山的白族妇女和姑娘。姑娘们穿着鲜艳的绣花上衣，没有衣袖。她们头戴艳丽的丝绸头巾，上有次等宝石做成的闪亮的王冠状饰物。与她们一起的男子吹奏长笛，敲击镲钹，他们都在哼着"南无阿弥陀佛"（菩萨保佑），慢慢地往上爬，一只手拿着蜡烛和香。

山下简直是一片大型东方芭蕾舞的场面。衣着华丽的男女坐在金光闪闪的褥子上，围绕发亮的火锅。有五颜六色的帐篷，鞍辔装饰一新的骡马拴在树上。成群的小伙子和姑娘在林间散步，采集鲜花。许多白族小伙子肩上挎着红色彩带，装饰得像孔雀般美丽；姑娘们咯咯发笑，向小伙子们使眼色。在节日里，一个白族小伙子肩挎红色彩带说明一个事实，即他还是个单身汉，准备向一个理想的姑娘求爱。英俊的小伙子很快被爱慕他们的姑娘围住，她们在小伙子身边打转、喊喊喳喳，像蜜蜂围绕鲜花。最后他们当中的一个小伙子，被一个漂亮而意志坚定的姑娘掳去，姑娘把他带走，避开她的伙伴们羡慕的眼光。从现在起这个幸运的小伙子得把注意力集中在她身上，接着可能要举行一个适当的订婚仪式。

求子会继续到中午，然后既劳累又高兴的人们排成纵队行进，慢慢回城里或村里去了。

李大妈家的墓地在离这座高山不远处。她丈夫家的人都葬在那里。她和她丈夫都年事已高，希望在不太遥远的将来，能安详而自信地加入已故的亲人中。所有坟墓最近都整修过，一年一度的祭祖节就要到来了。由于我们已是老朋友，我被邀请参加这个欢乐的仪式。

大约15座坟墓，位于山麓小丘中一片草地上。那是个宁静而优美的地方。坟场四周大树成荫，灌木丛生满地鲜花。下面深谷中一条小溪流水汩汩。往下看丽江坝子，景色如画。每座坟用石头做面石，前面用壁龛装饰，里面有夫妻的名字、年龄和死亡日期。单独的一块地皮留作李大妈和她丈夫将来的墓地。我跟李先生先来，所以在小山里兜了一圈。后来李大妈和其他妇女以及孙子们也来了。他们带来了火锅和食品，食品煮好后，用碗装了，摆放在有酒杯的一个大盘上。这对老夫妻把大盘摆在李先生父母墓前石台上，占上香，然后在墓前拜了几拜，邀请死者来吃喝他们供上的食物和酒。在每座坟墓前，其他家庭成员轮流重复同一程序，以致仪式花了很长时间。最后把食物摊开在地上，我们都聚在周围，享受非常快乐的野餐。

祭祖程序中没有什么悲哀的，人们也不悲痛或难过。那是与死者欢乐而安详的团聚，人们深信，死者的灵魂到场了。假如死者此刻出现，人们不会有半点惊恐。在这个阴间阳间双方参加的团聚宴席上，死者被人们期待，受人们欢迎，不管他们是看得见的或看不见的。双方被友爱之情联在一起，大家都知道，当人生旅途按常规结束时，他们将会团聚在一起。

饭后，老两口和家里人又去到坟墓前跪拜，感谢祖先们参加了盛宴。他们很高兴很满意地转回来了。老两口已在世上过了丰富多彩的生活，现在自豪地期待着最后的归宿。他们将在优美的山林中，听着永恒的松涛声和鸟儿的啼叫，永久安息在那里。

七月里有好几个节气,而七月是大雨季节前的关键月份。秧已栽完,人们没有多少事干,青年人把晚上的时间花费在跳舞和放"孔明灯"(点灯的气球)上。白天,人们可以见到小伙子和"潘金妹"(姑娘)在一起,用粗糙的油纸,裱成气球的形状。然后让这些气球在太阳底下晒干,准备晚上使用。放"孔明灯"时,有成群的人围观,灯底下系一把燃烧着的明子,气球膨胀,很快升上天空,激动的人群欢呼起来。气球升得越高,气球主人的运气就越好。有的气球的确升得很高,像红色的星星在天空飘飞达数分钟。最后突然变成一团火焰落下来,有时火星点着了无人照料的农家草堆,造成火灾。有时在漆黑的天空飘飞的气球多达20个。放"孔明灯"长达两三星期,乐趣无穷。

接着是佛教的万灵节,像在日本一样,纸做的小船内点上小蜡烛,让它们沿湍急的丽江河漂流而下。

七月最盛大的节日是火把节,或称跳火节。每家做一个尖塔形的柴火堆,两三英尺高,把碎柴条、明子和香捆在一起,用鲜花打扮得漂漂亮亮。这些柴捆直竖在每家房前的街心里。白天人们举行盛宴、饮酒作乐,晚上点燃柴火堆,青年人在

李大妈的丈夫和孙子在祖先坟前。

上面跳跃。人们认为这样会交好运，我自己也这样做了，没有产生任何坏结果。

这个节日不局限于丽江坝，远在大理的人们也庆祝这个节日。节日起源古老，人们说它开始于强大的南诏王国成立时，即在唐代。那时整个地区，即从南诏都城大理到丽江，有许多白族小王国。南诏国王想扩张他的势力范围，他阴险狡猾，想出一个很奏效的阴谋：有一天他邀请所有的诏王兄弟们来开会，并举行盛宴。被邀请的诏王中有一个是洱源王，洱源是大理北面90里处的一个小王国。

洱源王后不但美丽而且聪明，她极力劝阻丈夫赴宴，因为她确实感到，这个不寻常的邀请背后藏有阴险的目的。然而洱源王说按道义讲他必须去。美丽的王后确信肯定要发生坏事，于是她坚持把刻有国王名字的铁镯戴在她丈夫的手腕和脚踝上。

南诏王特意派人建造亭子，为举行宴会大加装饰。据说亭子的木头结构部分用特别易燃的木头建造。"热情的"南诏王竭力劝酒，来访的诏王们都醉倒在桌子底下，这时，所有的门被锁住,亭子被点上了一把火。里面的人都被烧成灰烬,除了洱源王的残骸外,其他诏王的尸骨已无法分辨。王后凭着铁镯很容易地认出她心爱的丈夫的尸骨,结果他是唯一得到适当安葬的诏王。年轻的王后极度悲伤,把自己关闭在深宫内。可是残酷无情的南诏王听说她是个绝代佳人,就派使臣去向她求婚。王后越是拒绝,南诏王越是决意要娶她。最后她知道自己不可避免这场政治婚姻,但是她不愿意被人强拖进国王的宫廷。她通知国王,她一烧了丈夫的黄袍,就准备与南诏王成婚。她说这是她对丈夫应尽的最后义务,而这几乎是所有东方国家君主的习俗。然后她叫人在城附近的小山上准备好一个巨大的柴堆,把丈夫的黄袍盖在柴堆上。柴堆点着了,当火烧到正旺时,王后身着锦绣长袍,跳入火海中。这位美丽而可爱的王后的美德和英勇行为,从来没有被人们遗忘过,火把节就为纪念她而设立,甚至在与这场悲剧没有直接关系的王国里,人们也同样过火把节。

纳西族的音乐、美术和悠闲时光

新年庆祝活动提供给丽江老先生们一个机会，上演几场他们擅长的纳西古乐。按资历，李大妈的丈夫也是一位乐师。他精神饱满地参加这些文人学士们的聚会。这些音乐会自成一个独一无二的体系，如此令人鼓舞和妙趣横生，我从来不错过参加的机会。听着汉朝和唐朝全盛期乃至兴许是孔夫子那个时代的音乐，真是美妙非凡。纳西族人最喜爱这种传统音乐，父子相传长盛不衰。城里富有的纳西族人，只有他懂得这古老的音乐，或者他是个造诣很深的汉学家，才可能被人们承认是个真正的先生。当我发现纳西族人这种高尚的学术见解时，我更加尊敬他们了。我谅解纳西族妇女过分放纵她们的男人。她们让男人悠闲，至少其中一部分没有白浪费。

这些受宠的纳西族男子，许多人过分地抽鸦片烟，可是消逝的岁月使他们成熟，他们的心思转向取得文化上的成就和领会美好的事物。他们有时间冥思苦想。他们有时间观察和深深地吸取奇丽的丽江坝的美，而这一点使他们受到鼓舞，得到提高。虽然不是道教徒，他们却吸收了许多道教学问，也许不是学来的，而是直觉地体会到的。他们很欢乐，并且极力用深受儒家思想熏陶的先辈们的典雅传统的方式表达出来。孔子这位圣人经常教导人们，音乐是文明的人的最高造诣。他们用音乐来表达生活中的高雅情趣和增加老年人的安详感。

失去孔夫子写的乐书是对中国文明的一大打击。它可能与其他经典著作一起，在中国长城的缔造者秦始皇进行焚书坑儒期间被毁掉了。然而很难说崇高的音乐传统不会在某些遥远的地区存留下来。

极为幸运的是，纳西族长期与一个本身是乐师的伟大人物接触，此人就是三国时代的大将军诸葛亮。那是在汉朝崩溃后不久。那位雄才大略的将军在当今的丽江及其周围待了多年，甚至在石鼓镇留下几个大石鼓做纪念。石鼓镇离丽江80华里，在长江边上。诸葛亮不惜花费钱财和精力在各民族中灌输汉族的文化，其中他显然喜爱聪明的纳西族。传说他亲自教他们古乐，因为他坚信音乐有教化人的力量。他留给他们的遗产是那个时期的乐器和古乐谱。他那些有才华的弟子及其后代恭敬地收藏这些遗产，为后世人保存了纯真的音乐。

这是完全可能的。诸葛亮是个历史人物，他在古代云南所进行的战争是有案可查的史实。他是个有杰出文化成就的人物，这是无可辩驳的事实。如果丽江直至今日仍然保持鲜为人知（甚至汉族人）和绝对孤立的话，我们就可以想象那时的孤立隔绝是多么厉害了。云南有过外部入侵和军事冲突，可是它们对纳西族人内部生活的影响微不足道。由于丽江地方小、遥远而难于进入，不值得采取重大军事行动。没有一个汉族军官或士兵想在如此野蛮的地方多待一天，京城辉煌的灯火和汉族生活数不胜数的文雅讲究吸引着他们回去。

只要纳西族土司承认汉族皇帝的宗主地位，送上一份丰厚的贡品，就没有人管他们了。即使13世纪时入侵云南的伟大征服者忽必烈，带1200驾战车经过木里王国，仅仅看了一下纳西族土司早已归顺了的丽江坝。他志在征服大理，骄横的南诏王坐在坚不可摧的五圣塔里,有五万人的驻军守卫,竟敢公然反抗他。

这样,丽江永远保持和平和独立,它可以致力于人们喜爱的不朽的古典艺术。实际上,是汉族不得不牺牲它的音乐和戏剧纯洁性,来顺应粗俗的蒙古和满洲征服者的奇怪念头。它甚至不得不牺牲头发和服装的式样,如像男人留长发、女子穿旗袍。外族的征服损害了汉族的文明和文化,也许音乐在入侵者手里受害最重。正像现代爵士乐不是古典希腊音乐的代表一样,当今汉族的假声唱腔和不协调而肤浅的音乐,不再是中国古典音乐的代表。某些神秘的道观里保存了古典音乐的一些片断,在举行道教仪式和舞蹈时,他们进行演奏。但是他们使用的乐器和乐谱远不如纳西族人保存的那些纯真。

当我在丽江时,纳西古典音乐会通常在富户家里举行。中间休息时,用食物和饮料款待演奏者和来宾。音乐会期很长,弹奏很艰苦,可是每个人都乐滋滋的,专心演奏。乐器小心地安放在一个长形房间里,有时在四周圈起来的走廊上,气氛严肃宗教色彩很浓,巨大的黄铜香炉里点着香,香烟缭绕。在古老的雕刻出来的方框里,多种音调的青铜铃成排地悬挂着。另一个框架上彩色玉片安装在弦月窗内。一面声音洪亮的大锣悬挂在一个很高的台架上。有一把长琴，或者说是现代钢琴的原型吧，放在一张长方桌上。只有极少数人知道怎样弹奏它。还有巨大的竖琴、小琵琶和好几种长短笛和管。

老乐师们全部正规地穿着长衫和马褂，不慌不忙地入座，抚摸着长长的花白胡须。其中一人充当指挥。他们凝视乐谱，一支长笛呼啸而起，其他乐器一件件地加入。虽然我热爱音乐，但是很可惜我不是个乐师，不能用术语描绘随之而来的音乐。这音乐雄伟庄严，动人心弦，调子抑扬顿挫。然后大锣一敲，音乐达到高潮。在中国，我从来没有听到过这样深沉洪亮的锣声：整所房子似乎在圆润的声波中震动，接着老先生们站起来，用自然的声音唱上一首庄严的颂歌，充满崇敬和感情。然后交响乐继续演奏下去，调子难以想象地甜美，声音像高山流水般从玉片上落下去，然后就让位于一阵彩色铜铃的洪亮响声。大琴的弦音犹如钻石滴落，形成优美的曲调，由一个终止和音来增强。从来没有不谐和音从和声中退出去的。

一个西方人听这音乐可能感到有些单调，但是实际上没有任何重复。主题在有旋律的声波中展开，新的主题不断引出。当主题宏伟壮观地展开时,那是一曲宇宙生活的颂歌,不为渺小的人类生活中不协调的悲号声和冲突所玷污。这音乐是经典的、永恒的。它是众神之乐,是一个安详、永久、和平与和谐的国度的音乐。对于不能领会的人们显得单调的话,那是因为他们的心情还没有达到应有的平静和安宁。他们只懂得反映他们自己斗争和冲突的音乐。他们想听的是一时胜利的欢呼声、失败的惨叫声、垂死的呼叫声和狂欢节那种不协调的尖锐刺耳的叫喊声。宇宙的雄伟旋律没有打动他们。他们本性爱好混乱,甚至在音乐里他们也想听到爆炸声。古代的圣人真正是自然的宠儿,无比接近神灵。他们更能领会自然的旋律与和谐,对他们来说,音乐是与苍天交流情感和克服人类兽性最有用的方法之一。让我们祝福丽江的音乐瑰宝能得到保护,免遭当今时代的毁坏。

丽江男子精通的不仅是音乐,有些则终生致力于绘画。花鸟是他们宠爱的主题,富贵人家用花鸟画来装饰天花板和镶板。他们作画不是为了名利,而只是为了用绘画的形式来表现对美的热望。

不少纳西族人成了汉学家,写出优雅的诗歌和散文,即使老于世故的汉族学者也无法轻视。甚至我开办的铜矿合作社里那个卑微的和叶,也是个天才的画家和诗人。我仍然珍藏着他画的并为我题了字的一个小画卷。

在丽江,时间的观念与西方的完全不同。在欧洲,尤其在美国,大部分时间花在赚钱上,不是为了维持已经够体面的生活,而是为了积累更多的安逸奢华。剩余没事的时间用一种现已成为惯例和刻板的方式消磨掉。由于专心工作和把时间花费在宗教仪式上,对于这种人,人们有了一种比较新的看法,即他如此忙碌以致完全没有闲暇。"他忙得一分钟也不得闲"的见解已被确立为标准,由此来衡量全人类。现在一个正常人是这样的:他重复地说他忙得很,根本没有时间,他就很受人尊敬。完全得闲或部分有空的人则被认为不正常,能力低下。要努力使他们正常过来,或者通过使他们干活,或者至少训练他们学会消磨任何空闲时间。

在西方,这种对待时间的奇怪态度,不是由于对时间本身的对抗,而是由于人们为自己创造的现代世界的不现实性。由于把精力用在不该用的地方,而且缺乏理解力,人类已经把世界弄得很复杂,充满了生活琐事,以致他在其中不知所措,像在一个米诺陶的公牛(半牛半人怪物)居住的迷宫里,对他来说这已成为唯一的现实。而真正的现实被认为是哲学上的抽象概念,只适合少数思想家,不适合忙碌的人们。因为真正的现实只有一个,这个现实在时间上给人们充分满足,不必要做的事情和毫无意义的匆忙,只能给人一种生活的幻觉。无论何时匆忙一停止,时间就变成虚无,而正是为了回避这种空虚感,必须把时间消磨掉。通过相当有系统地组织起来的体育活动、广播、电影、旅游、俱乐部和各种聚会——一切能隐藏时间的可怕面目的手段,来消磨时间。越回避生活的现实,越需要消磨时间。可是如果离开现实,不管人类领悟出什么来,也只不过是幻想,精神上的烦恼。

美丽的丽江坝,那时仍然未被复杂的事物和现代生活的匆忙所触动,时间具有不同的价值。时间是良师益友,是客观存在,是神奇的财产,不单是我而且其他人也注意到了。时间不是太长而是太短了。几天好像几小时,几星期好像才几天,一年好像才一月,我在那里度过的十年好像才过了一年。在上苍赐福的丽江坝,忙得没有时间领略一切美好事物的说法不是实情。人们有时间享受美好的事物,如街上的生意人会停下买卖欣赏一丛玫瑰花,或凝视一会儿清澈的溪流水底。

田里的农夫会暂停手头活计，远望雪山千变万化的容颜。集市上的人群屏住气观看一行高飞的大雁。匆忙的白族木匠停下手中的锯和斧，直起身来谈论鸟儿的啼叫声。

鹤发童颜的老人健步顺山而下，像孩儿般有说有笑，手持鱼竿钓鱼去了。当工人们突然想到湖边或到雪山上野餐时，工厂就干脆关门一两天。然而工作未受影响，而且干得更好。

只要他生活得下去，没有一个纳西族人想过离开丽江坝。即使那些见过上海、香港和加尔各答霓虹灯的光辉的人，总想回丽江生活。藏族人、彝族人和白族人的想法也如此。到外面旅行过的纳西族人生动地描写对他们访问过的大城市的厌恶和恐惧，街上炎热无树荫，盒子式的建筑物，肮脏恶臭的贫民窟，无精打采而又贪得无厌的人在街上转来转去，他们人数众多，面如土色。在丽江，每一个男人和女人都各有自己的个性特征，一想起中国和印度那些拖拖拉拉、毫无个性的人群，就使这些爱好独立的人们不寒而栗。对于纳西族人来说，一想起自由自在的人被关闭在不通风的屋子里工作达数小时，就觉得那种生活令人憎恶。他们宣称，无论如何永远也不想去他们在昆明和上海见到的这类工厂里干活。

工业合作社的进展

到1949年夏季,丽江有45个工业合作社。它们包括毛纺、纺织和编织合作社,铜匠合作社,白族家具合作社,面条合作社,犁铧合作社,藏族皮件合作社和其他合作社。两个纺织合作社完全由妇女管理,而且办得最好。其中一个合作社的主席是一位上了年纪的身材高大的妇女。她不识字,却能用敏锐的眼光观察所有财政事务。她亲自购买羊毛,纱线必须在她的严格控制和监督下处理。她用铁腕管理着12个女社员和3个男社员。男社员失职或过多的抽鸦片烟,就会被她打得不省人事,然而她正直、诚实,社员们都佩服她的才干。而且,他们正在大笔大笔地赚钱。

监督城里的合作社倒还容易。可是有些合作社远在农村或山区，像扬子江边的铜矿合作社，在那里我遇见了那位黑傈僳头人太太，我得不时地作长途跋涉，到这些合作社去。

纳则铁矿合作社既是奇迹又是尝试。它是最大的合作社，有43个社员。当中有纳西族、藏族、普米族、苗族和仲家人，还有一个汉族。这个合作社以这样的社员组成存在了许多年，确实是个奇迹，在多民族合作方面，这又是个非凡的试验。真奇怪，其成员工作得相当和谐，他们之间很友好，对我也同样友好。这个合作社由一个精力旺盛而喜欢闹恶作剧的人主持。他名叫泰之祖，是城里乌伯坡的人。他家在李大妈家酒店下面不远的大街上。对这个人需要小心提防，可是我一直不能证明他是个无赖，并且社员们似乎对他的管理是满意的。也许他与彝族做点鸦片生意，因为小凉山离那儿不远。不过在这些地方，这不算什么严重罪过。泰之祖办的铁矿合作社离丽江40英里远，而离我办的上纳则造纸合作社则不远。不过这两个相邻的合作社地理位置差别很大。泰之祖办的铁矿合作社在一个像壕沟的峡谷中，也许海拔只有4000英尺；而造纸合作社在铁矿合作社上面，高14000英尺。我总是一起走访铁矿合作社和纸厂，纸厂到丽江的直接距离是48英里。

到铁矿合作社的行程需要做些准备。首先，泰之祖和所有社员都很穷，我想他们有时连一元钱都凑不出来。他们分不出被褥，所以我总是带着自己的。第二，那里吃的东西很少，以至猪肉、蔬菜和酒都得从丽江带去。丽江到纳则实际上有两天的马帮路程，可是由于两地之间没有村子或棚屋，所以必须一天走完，因此使得这段路程很艰苦。我一直坚持在黎明前从丽江出发，最迟也不超过凌晨4点钟，这样我们就可以停下来吃顿午饭，大约下午5点钟到达铁矿合作社。否则，5点钟后，山谷峡沟中就变黑了，我怕在悬崖峭壁间的羊肠小道上失足。

有时我骑马，不过，我喜欢全程步行。我们的小马帮有三四匹马，驮着供应品和被盖。铁矿合作社的两三个民族社员（通常是藏族或苗族）头一天用马帮运生铁来城里。朝雪山方向的路漫长而乏味。雪山前面有一片很长很平坦的高山草地，这是大自然赐给丽江的天然飞机场。在这个天然飞机场上只有一排指示跑道的白石头是人工的。再往上，要走过另外一片很长的平坝，坝子上灌木丛星罗棋布，锋利如刀的玄武岩从草丛中伸出，无情地划破马蹄和行人的鞋袜。最后，前面低矮的山梁向凹地里的泉水处围拢，这里就是来往于丽江的行人和马帮传统的休息处。我们烧了一小堆火，烤粑粑，热冷食，烧茶水，痛快地休息一阵，慢慢品尝午餐。接着道路穿过一片满地鲜花的松树林。山谷里长满了肉桂树。不久林带升高到接近道路的地方。景色神奇而美丽，这里叫作"水牛角峡谷"，峡谷左边有一个巨大的山洞，传说里面住着一个食尸鬼，它以美女的形象出现在诚实的男子面前，诱惑他们，并把他们吃掉。正是在这个峡谷中，我的勤杂员和寿文的父亲被强盗劈成碎块。

随着道路越爬越高，鲜花品种愈加繁多且更加美丽——百合花、深蓝色树菊、黑芍药、蝴蝶花和草地兰花。最后我们出现在甲子坪宽大的高原上。在我们面前，左面是整个丽江雪山峰峦，冰雪覆盖的山峰像一串钻石在闪烁。这些山峰中，金纳峰是最秀丽的。上面流下来的冰川像蓝色的面纱。宽阔而起伏的平地上松树密布，高大的角蒿开满鲜花，像深红色的大岩桐，隐约出现在松树林间。在11000英尺的高度上，天气十分寒冷，冬季的甲子坪被冰雪覆盖，刮着强劲的刺骨寒风，以致许多穷苦人冻死在路上。道路向左分岔，到扬子江边美丽的村子大具（鼓），接着朝右，不久就进入丛林。我们开始下坡，森林变得越来越美丽。古老的大树上垂挂着一缕缕地衣。有鲜绿的竹丛和各种匍匐植物。葱绿的阴暗处，凉爽而潮湿，鸟兽在啼叫，一派生气勃勃。路旁小瀑布飞溅，远处大瀑布的咆哮声震撼天空，空气中充满盛开的大杜鹃花的芳香和松树与杉树的气味。穿过树林，我们可以看见下面几英里远处，急流在绿色的山谷和阴暗的深峡中翻腾，森林辽阔无边，碧绿的草地上到处分布着小黑点，那是彝族的住家。在这一切之上，飘浮着呈紫色和白色的闪耀的雪峰，可望而不可及。

我们往下走了数小时，穿过这片令人陶醉的森林，终于来到十足的人间天堂纳则村。冬季里这地方特别美丽。走过甲子坪的冰雪风霜——即严冬天气之后，再走几个钟头就到达纳则村，这里玫瑰花围绕房屋，蜜蜂在花丛中嗡嗡叫，色彩斑斓的蝴蝶到处飞舞。当你在阳光下从藤上摘下一个成熟了的鲜红的西红柿吃着时，而此时在你的正前方，穿过青山中的一个缝隙，你可以看见雪山上风雪大作，此情此景多么令人愉快啊！这个村在一个碧绿的盆地里，而盆地像一颗宝石镶嵌在丛林密布的大山中。

我们一离开纳则，道路就骤然直下。远处深峡中凶猛的急流发出深沉的雷鸣声,而我们正在落入深峡,所以声音越来越近。我们小心翼翼地走过蜿蜒曲折的小路,终于到达大河边。河水撼天震地,在阻碍它前进的巨石中奔腾、翻滚、怒吼。这就是有名的黑白水。在丽江所有的山间溪流中,它是最大最响的河流。远在上头我们可以看见它的双亲——左边的白水和右边的黑水。把白水和黑水的暴怒加在一起,就形成了这条可怕的大河。由于有融雪和大雨,河水仍然在上涨,吼声震耳欲聋,我们根本无法交谈。不久我们到达铁矿合作社。

尽管急流凶猛,我仍然喜爱黑白水,并且总是希望在铁矿合作社待上几天。对我来说。这条强大的急流是有生命的,我花费数小时倾听它雷鸣般的话语,想象它巨大的能量和生命力。晚上万籁俱寂时,它的轰鸣声似乎有所变化。不再是连续低沉的响声,各种音调变得清晰,我能听出各种不同的声音,有沙沙声、嘶嘶声、呻吟声,甚至有所有声音合成的欢快声。我常观看黑白水,玩弄小石子和石头,并把它们猛掷向磐石;或者我把有小房子大小的巨石挖掉石脚,凭着人类的精明,把巨石转动一定角度,尽管巨石负隅顽抗,它们还是发出尖锐刺耳的声音倒下去,撞到下面的石头上。

铁矿合作社大清早就开始干活。有些人从山坡上的矿坑里挖出红铁矿。我被告知,那里的矿产量丰富,而且含铁量高,大约有80%的纯铁,整个的山坡都是红铁矿,可是用手工选矿太原始,以致他们只能开采最富的矿脉。铁矿砂用篮子运到河边一个空旷处,在那里,人们坐在地上把矿石敲碎,准备熔炼。附近矗立着一座巨大的炼铁炉,用石头、砖块和泥土砌成,外面用木杆捆绑着。敲碎的矿石从炉子顶部的开口处倒进去,接着倒一层木炭,又倒一层矿砂,如此继续下去,直到炉子填满。最后把顶封上,炉子点火了。一个水轮慢慢地推动着用巨大的树干做成的大风箱。经过一整天的燃烧后,在炉子的底部打开一个小窗口,闪耀的铁水慢慢流到地上,凝固成一块薄薄的生铁。这块铁被敲碎,拖到一边,过秤,再敲碎,又装进附近的一个小炉子。那炉子也以同样的原理工作。不久炉子上开了一道小门,一个人用长铁钳取出一块闪耀的铁,灵巧地把它放到铁砧上。立刻一伙人来帮助他,他们用大锤猛打这块铁,一两分钟后,它成了长方形的生铁条。他们把它丢朝旁边地上,加以冷却。这件工作为苗族和仲家人社员独占,他们被认为是这方面的大行家。然后这些生铁就过秤,储藏起来,准备处理。

这就是铁矿合作社的简单工艺。每周有一支小马帮把生铁运到丽江。卖给犁铧合作社和其他几个铁匠铺，其余卖到鹤庆、剑川和下关。在那里人们铸造出很好的大铁锅，还打造马掌、铁钉、刀和镰刀之类的东西。

藏族和纳西族社员负责挖矿碎矿。普米族社员烧炭。苗族和仲家社员打铁，汉族社员只有一个，名叫阿丁，充当勤杂员。他带马帮到丽江，购买食品和做其他一切杂务。他不太正经，他的部分收入来自纳则村的一个寡妇，他和这个寡妇住在一起。藏族社员来自扬子江对岸的中甸，他们非常朴实、友好而欢乐。普米族和纳西族社员来自周围山区，他们相当落后、多疑、蛮横而固执。然而最落后最难管理的是苗族和仲家人社员，他们住在附近的黑白水下游一带。

苗族和仲家人关系很密切，他们的服装和文字只有微小的差别，因此我统称他们为苗族。像彝族和傈僳族分为黑白两种一样，苗族可分为花苗、黑苗和白苗。花苗居住在云南、贵州两省边界一带，他们的服装五彩缤纷，美丽如画，故称花苗。可以说他们比其他苗族更容易接近。性格不那么内向。其他苗族叫白苗和黑苗，仅因衣服的颜色而得名。他们当然是所有苗族中最落后的。居住在铁矿合作社附近的是白苗，他们会尽量避免与别人接触，有时达到荒唐的程度。不仅一个陌生人、洋人或汉人来到他们当中会吓着他们，甚至某人要到村里来的消息就会使他们惊惶奔逃，到周围山里去躲避。

起初我随着泰之祖去访问附近的苗族村寨，除了猪和狗之外，家里空无一人。直到后来我和合作社的苗族社员相当友好了，这种可笑的情况才有了较大的变化。起初他们那么害羞，以致我一到，他们就散开去。后来经过泰之祖和其他社员反复保证，当我来看他们打铁时，他们至少能留在原地了。接着，在一天的劳累之后，我邀请他们喝酒，以便融化坚冰。他们无法拒绝我的邀请，经过几次这样的聚会，我们终于成了好朋友。

后来有一天，我们决定到他们的村子去，他们保证说村里人不会跑掉。他们拉着我的手与我同去，像保姆带领孩子一样。姓泰的告诉我，后来我自己也注意到，如果我微笑，一切都没事；可是我的脸一沉下来，他们吓着了，好像就要逃跑。所以我跟他们打交道时，我总是面带笑容。

我们爬过悬崖，来到一块宽阔的平地上，苗家的田地就在这里。凹地里有一个古怪的岩石，岩石上用稻草和树皮盖了一个小宝塔，那是苗家神殿。小路往下到一个小山谷，那里黑白水已散开，不再是咆哮的急流，而是一条又宽又浅的河流，清澈的河水中每个石头和石子清晰可见。苗家的棚屋低矮而黑暗，苗家女子身穿衬裙，坐在屋里，在原始的织布机上织着麻布。棚屋附近一些低矮的树上，我看见有些巨大的鸟巢，我正在纳闷这些巢是什么鸟筑的，突然间我看见孩子的头从里面探出来。"这些是我们的娃娃，"我的苗族朋友告诉我，"他们晚上经常睡在那里。我们很穷，没有被盖。晚上天气很冷，孩子们睡在一起取暖。"的确，他们在那里——蜷缩于树叶中，只有一块破布一起拉扯着盖。

苗族的穷困是难以想象的。棚屋里没有什么东西像家具或器皿。有几样用树皮、竹子和木头制成的容器，可是没有床铺和被褥。男人们本身就衣服褴褛，身体半裸露，无论是遮羞或防冷，都没有保护物。甚至大孩子都完全没有衣服穿，虽然姑娘们有一块小三角布用作遮羞。大多数孩子由于吃了大量难消化的食物，肚子都很大。他们的皮肤不像纳西族和藏族的皮肤那样结实光亮，而是灰白色，摸起来像弄皱了的旧报纸。可是人们怎样才能帮助他们呢？能帮助他们改善生活的东西，他们几乎样样拒绝。我给他们各种蔬菜种和苞谷种。"不要。"他们说。他们不要种这些东西，他们不吃这类东西，他们不知道怎样照料，不管怎样，他们不愿意在那里种植。他们甚至连试种一下都不肯，他们感激地接受简单的医药——眼药水、奎宁、硫黄软膏——可是即使这些东西，他们也不认真使用。当药不能立刻见效时，就把它们丢在灰尘扑扑的角落里。他们需要钱，可是除了一两只鸡或老母猪之外，几乎没有什么可卖。

在铁矿合作社的工作，对他们有所帮助，可是并不够。不是急需钱买吃的，当然吃的也只能饱腹，且质量很差，重要的是需要钱买一个媳妇，安排一场婚宴。那是非办不可的。婚宴是所有这些村民能大吃大喝的唯一机会。这些婚宴次数很少，但很重大，因为只有这时他们才能看见一线幸福快乐，才能把他们生活中难言的痛苦忘却一天。

有时我带礼物给他们。起初我错误地把肥皂和电筒之类东西送给他们，因为我给纳西族和其他民族的也是这些东西。苗族把这些礼物放在恭敬的地方，从来不使用，好像我给了他们一个镀金钟或一尊法国塞弗尔小雕像。于是我开始带给他们旧衣服，一两磅食盐，便宜的布，几扇红糖或几坛酒，对这些东西，他们动情地表示感谢。

这儿的苗族毫无希望。数世纪前，在中国人口扩张的压力下，他们从贵州撤退到这些荒野深谷中，在这里他们可以躲开欺负人的邻居。可是现在他们发觉自己又受压了。而这里已是最后的边地。再没有空间，再没有退路，无处可藏身了。

即使去丽江，他们在路上也避开人。他们缩成小伙行进，畏惧地凝视着任何走近他们的陌生人群或马帮，并且绕个大弯避免面对面地碰着他们。严厉的脸色或大声的话语，都会使他们毫无道理地惊惶奔逃。有时他们来我家拜访，然而从来不多停留。我的厨师看他们的方式，在我办公室来来去去的人们，都吓着他们了。

在铁矿合作社待上两三天后，我通常到上纳则我办的造纸合作社去。管理人阿友是我的好朋友，头天晚上他就会下来接我。他是个相当友好而能干的纳西族青年，是个很肯干的工人。白天这些大山沟里很热，为了避开无法忍受的热气，我们一大早就出发了。从铁矿合作社上去不远处，我们过一座石桥，跨过黑白水。接着小路沿着一个低矮的山梁直往上爬，旁边一条小溪，是黑白水的支流。这一带地方十分危险，可以说是无人地带，到处是大森林，居住着许多新来的移民，如像四川汉族、中甸藏族、苗族、白彝族和移居来的纳西族和普米族。

路上有两家茶水铺子，我们到里面歇息。有一阵，阿友相当焦急地看着另一张桌子，那里坐着一些少数民族。我注意到他在尽力把我和那些人隔开。我问他是怎么回事，他说当地的许多民族，包括苗族在内，善于用邪恶的符咒迷惑人。他们不是通过秘传的方法，而是把一颗微小的毒药丸，用手指轻轻一弹，掉进那人的茶杯或酒杯里，以此达到目的。这人感觉不到有什么明显的毛病，可是身体逐渐垮下去，几个月后死了。我向阿友指出，我恐怕不是他们下毒药的对象，因为我没有做过任何伤害这些人的事，不过我说服不了他。他说这些人的心理与我们不同，他们时常遵循古怪而荒谬的想法，只是为了开玩笑，干出许多可恶的事情。

我们继续上山，路过一个名叫萨多洼的村子。那里住的是四川移民，人们指控说，白天他们是种地的农民，晚上则是残酷无情的强盗。从这个村往上爬，路程更艰难，我们进入一大片森林，森林围绕着洼地里的一个小村寨，村子四周有很厚的树枝围墙。这是一个麻风村，里面住着几家四川移民和其他人，忍受着可怕的疾病的折磨。过了中午，我们做最后的努力，攀登令人难以置信的陡坡，穿过一片浓密的树林，来到一片平地上，那里就是造纸合作社了。房子宽而低矮，由于天气冷，里面日夜烧着木柴火，房子被火烟熏黑了。前面有三个又大又深的宽石缸。再往前有两个巨大的瓮，底下有锅炉，旁边有一个长方形浅池子，四周用石头镶砌。一股冰冷的小溪流发出哗哗的响声，从山顶上冲下来，水力大得惊人。流水通过房子，转动一个与破碎机连在一起的大木轮。一小块围起来的地里，长着些白菜和萝卜。几头大猪和一些鸡到处漫游。两只凶猛的大藏狗用链子拴在木头栅栏上。

造纸合作社共有8人。阿友是管理员，他得到从来不离开此地的老父亲的协助。其他是山地纳西人和四川人，四川人中有一名技术员。造纸原料是一种山竹，名叫芦苇。这种芦苇细长，呈紫色，成簇生长在至少15000英尺高的高山上。我们到达的那天清早，几个社员割芦苇去了，他们将用长满粗毛的马，把大捆大捆的芦苇驮回来。芦苇放在地上一段时间，任由风吹雨打日晒，经过水力破碎机轧碎之后，倒进长方形水池，上面堆上石灰，芦苇就留在那里直到作必要的加工处理。芦苇泡软后放入大瓮，加化学剂煮，得到的浆转移到石头缸里去，再加上一种矮松的树根汁液，这样就准备造纸了。人们把一个马鬃编成的框子小心地浸入石缸中，提起来就得一层薄薄的浆，再灵巧地把它放到一块干净的木板上。这层薄纸浆几乎立刻凝结了。然后另一层薄纸浆加到开初那一张上，如此做下去直到成了一堆，于是被人拿走，新的一堆又开始了。随时都有纸浆溶液、水和树根化学剂加入缸里。要把成堆的纸分离开来，纸张挂在房子里的长竹竿上，用盆火烘干。纸张干后以令为单位又堆起来，准备出售。纸呈浅黄色，很厚，粗糙得不能写字。这种纸只能做包装用或其他家庭用途。可是它主要用在接生婴儿上，能起到卫生毛巾的作用。生产这种纸的利润和增长幅度都相当低。

我给造纸合作社取绰号为"云霄合作社"。从这里远望，令人吃惊，简直就像是从飞机上往下看一般，高度是14000英尺，人们可以看见周围数英里处，远至铁矿合作社所在的黑暗山峡和许多大山脉。这些山脉像巨浪，向着远处低落下去，与远处的地平线融合成朦胧的蓝色烟雾。有时云彩飘来，可是没有到达我们这里，它们浮在下面，像无边的银色大海，山峰从中伸出，像紫色的岛屿。

我办的最远的合作社是在洱源，大约在丽江南面80英里。那里真正是白族的家乡。洱源就是那个小王国的都城，它的美丽的王后，在她丈夫被南诏王陷害之后，把自己烧死在献祭火堆上，以身殉夫。

到洱源的路，在牛街与丽江到下关的马帮大道岔开。牛街有许多温泉。洱源是个小镇，但却很美丽。它位于一块完美的圆形凹地上，背后青山绿树环绕，前面一个大湖，除了一条狭窄的堤道外，洱源和大坝完全隔绝了。每隔一段距离，堤道要跨过高大的驼峰形桥。满载的小船从桥底下穿过，沿着开挖在布满湖面的灯芯草和莲藕丛中的航道而行。

洱源四周的乡间一片碧绿，到处是青草繁茂的牧场，我在这里组织了一个奶油合作社。我得到当地一个姓马的人家赞助，这家人很有影响、势力很大，非常进步、爱国，并且决心通过引进新工业，改善当地白族的命运，他们与这里的所有白族都或多或少有些关系。那时是抗日战争时期，昆明挤满了外国人，他们渴望得到无法从国外获得的好奶油。当然洱源已经在做奶油，可是做的方法不对，洁净度不高而且很快就会变质。

大约20个白族青年男子，他们都来自庄户人家，有自己的奶牛，合作在一起了。我写信给美国朋友，他们立刻捐赠了一台相当大的奶油分离器，用飞机运到昆明，我费了很大的劲，把它带到洱源。我们的白族木匠合作社做了一个非常牢实的搅乳器；奶罐和其他容器是铜器合作社打造的，用坚固的铜制成，用锡做衬里。为制奶油，马家提供了一所干净的房子。楼下的房间专门用来制奶油，我们都住在楼上。要社员们自己开始制奶油的生产过程是不可能的，因为他们对卫生和机器有些非常可笑的想法，所以我得在洱源花费一个多月时间，像奴隶般干活，教他们欧洲式的制奶油工艺。

每天早上我6点钟起床，早饭后我们就收附近农场送来的牛奶。牛奶用密封罐装送来，并且及时过秤，用乳比重计做测试。如果牛奶太冷，则稍微加热。然后把牛奶倒进分离器。我永远不会忘记那个分离器。我得日复一日地连续转动它数小时，因为很难教会这些小伙子正确地操作分离器。起初不要加速太快，接着要严格保持同等的旋转速度。到他们掌握基本要领时，一个月过去了。即使到那时，我对他们还不十分放心。

我十分关心奶油分离器，特别是大的；如果得不到适当处理，我一直认为很危险。我尽最大努力向社员们反复灌输，要重视奶油分离器。小伙子们都点头称是，不过我从他们的表情看得出来，他们仍然把这台机器当作是某种新的、逗人笑的外国玩具。不过，这台机器本身决心与我合作教训他们一顿。有一天我离开制奶房一会儿。让一个小伙子转动着手把。我不知道他干了什么，不过他可能过分地加速了，机器发出可怕的爆炸声。我跑回来一看，发现一片废墟。牛奶钵和盘子散落在屋里各处，漂在牛奶池里，陶瓷器皿砸烂了，沉重的离心机甩在一个角落里，旁边一个小伙子在尖叫。事情原来是这样：当这个小伙子无规律地加速转动时，产生了很大的电火花，沉重的、在疯狂旋转的离心机直冲天花板。离心机擦过小伙子的腿部，灼伤一大片皮肤，几乎深及肌肉，这是由于离心机高速度旋转造成的。

发生这个事故之后,他们知道要重视现代生产方法,事情就进行得顺利多了。不久我们每天制造的奶油多达50磅。拿小桶装好,用卡车送到昆明,并在那里切成一磅、半磅、四分之一磅的块块,包装起来,在一个商店出售。生意兴隆,发展大有前途。

如果不提及丽江引以为荣的大型皮革合作社,我这个最有趣的合作社名单就不完全。它由23个纳西族青年男子组成,年龄在18岁到25岁之间,管理员是个例外,他有38岁。这个合作社被丽江人亲切地称为"娃娃合作社",也就是说儿童合作社。所有的小伙子都当过本地鞋匠的学徒,早在合作社成立之前,我就认识他们当中的许多人。受了我关于合作社及其优越性的谈话的影响,他们决定解放自己,在合作社的基础上开始干一番自己的事业。

起初合作社没多大希望,因为他们只会鞣制一两种非常粗糙的皮革,他们做的鞋不方不圆,像马铃薯。所以我送他们当中的一个成员到重庆一家真正有水平的上海皮革厂培训,人员完全由他们自己选择。选派的小伙子在那里花了两年时间,同时也学会了做鞋。最后,这个可怜的人在战时的首都重庆得了天花，面容受损毁，成了麻子脸。他带着大量化学剂和器具回到丽江，他用我安排给这个皮革合作社的贷款收益购买了这些东西。接着事情就有了进展，不久，皮革合作社就成卷地生产出漂亮的皮革，包括好几种规格。现在做的鞋既耐穿又漂亮，而且价格很低。

这些小伙子既聪明又肯干。他们有天生的审美力，他们利用我提供的蒙哥马利、华德制革资料目录，造出那时伦敦庞德街和纽约第五大道流行的皮鞋的完美复制品，而价格只是那些皮鞋的二十分之一。他们生产高级马靴，此外，还生产皮球、左轮手枪皮套、军用皮带和其他许多皮革产品。转瞬之间，他们赢得了本地花花公子和军官们的青睐。皮货订单源源而来。几个月内丽江经历了一场相当可观的服装变革。城里的和乡下的男子都穿上了闪闪发光极为漂亮的黑色和棕色的新式皮鞋，为了与鞋子相配，他们也要定做漂亮的西式皮裤。

有些小伙子住在合作社里，其他的住在家里。他们不领工资，只有一点足够应付他们自己和家庭眼前急需的津贴。到年底分配收益时，他们都按照所付出的劳动得到了红利。

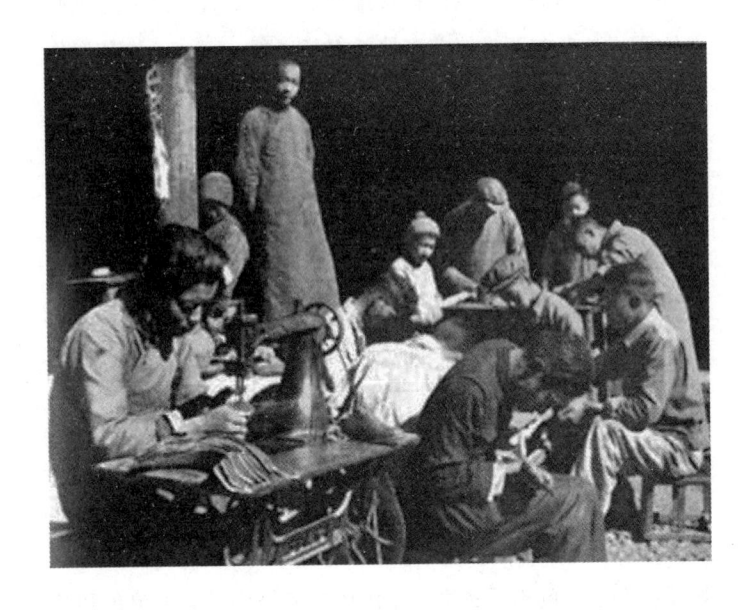

毛纺合作社。

一笔钱留作公积金,收益的另一部分留作"公益金"。这笔钱主要用于婚丧喜事,大家决定每个成员有权用公益金支付一次婚礼的费用。每年通过抽签举行几场用这种方法资助的有限的婚礼。这个皮革合作社收益很好,不久在大街上开了自己的商店。大量的皮鞋、高筒靴和皮球办成托销货,发往昆明、保山、下关,甚至到西藏。他们付清了银行贷款。衣服褴褛的学徒社员现在成了富裕而重要的公民——吃得好,穿得好,受邻居和朋友们的尊敬。他们是最好的宣传材料,说明组织管理得当的合作社企业能给手工业者带来多大的好处。

鹤庆匪乱

1949年年初，内讧、动荡的风云盘旋在地平线上。国民党政府正在为保其后方而战，它的势力范围在迅速缩小。云南安危未定。云南省省长势力强大、铁面无情。虽然他为人正直，且得民心，却被一位将军所接替。这位将军不是西南人，对这里的问题一窍不通。除了掠夺前任省长的金银财宝和在省政府中安插亲信外，他没有为这个边疆省份做什么好事。有一段时间这个省快要起义了，中央政府只好任命前任强人的侄子做省长。可是损害已经造成，事情无可挽回。共产党游击队在省内到处活跃，占领乡村城镇。虽然丽江还平静，可是已有变动的气氛，因为马帮传来关于其他地方变动的更多消息。

我记得，三月份，快活的矮胖子丽江绥靖专员去永北（今永胜）。永北是扬子江对岸一个繁华的小镇，马帮朝东走三四天即到。永北有些纠纷，由于是他管辖的地方，这位专员以为他出面调解就会解决问题。大约两星期以后，永北暴动的消息使丽江大吃一惊，其操纵者是个名叫罗瑛的军官。谣传这个罗瑛扣留了绥靖专员，卸了他的警卫的枪。可靠的消息很少。大约一两星期后，到永北的马帮运输停止了，因为马哥头们报告，他们运送的货物在那里被抢了。扬子江铁索桥被关闭，商业运输停止，丽江这头派重兵把守。

很显然，罗瑛是个诡计多端的家伙。他否认永北出了事。由专员签署向丽江当局做指示的电报继续正常地打来。因为电报线路未受损坏。不过丽江县长和资深元老们确信，这些电报是专员在胁迫下打来的。

牢固地控制永北之后，罗瑛开始下一步战术行动。一封很长的电报打到丽江县政府，诡称是绥靖专员打来的，上头还有他的印记。电报通报丽江县政府：罗瑛出于爱国与正义，已接管永北县政府及其事务，并且决定"解放"滇西北，扫除中央和省里派来的贪官污吏，成立公正清廉的地方自治政府（自然是在他统治下的），为穷苦人实行新政。他（专员）本人相信罗瑛正直诚实，动机高尚，他衷心赞同这场理想的运动，并将以他统帅的全部力量予以支持。此外，电报还说，永北军民对姐妹城市丽江勇敢而崇高的人民怀着兄弟般的爱和同情，决心帮助他们推翻现在这个腐败无能的政府，推翻强大贪婪的地主商人统治。

语无伦次的电报最后断言，罗瑛的解救运动与共产党和国民党毫无关系，是云南被压迫人民的贫困与不满引起的自发斗争。敬请丽江县政府和人民欢迎不久将派出来的解救队伍，把他们当作最亲密的弟兄来对待。

收到这封冗长的电报，丽江县政府和人民有些迷惑不解。有些人认为绥靖专员仍然有权力，或许这是一份按照他的意志、真正由他发出的文件；毕竟他不是个傻瓜，如果他说那个人可尊敬，是理想的，的确可能是如此。也许罗瑛是省里出现的另一个强人。这种现象在全中国或全省的历史上绝不罕见。如果罗瑛的确是这样一个人物，或许从一开始就参加会更好些，这样，绥靖专员在牢固统治全省时，可以处于有利地位。其他人疑虑重重，说要小心，等着看看。他们争辩道，罗瑛终究不是纳西族人,他的部队由外来汉人组成。为什么纳西族要突然屈服于一个陌生人的统治呢?除此之外,丽江是这个地区最大最富的城市,如果罗瑛那些无纪律的部队决定捞一把的话,丽江的确是个值得争夺的目标。丽江在它漫长的历史中,曾经领教过这类"友好的"入侵。

谨慎计议占了上风。人们决定先看看这场新运动的好处。给绥靖专员发去电报,请他单独回丽江来,多告诉人们一些这场运动的好处,以及人们还很陌生的领导人的德行。好几天都没有回音。同时狡猾的纳西族派探子到永北去。探子几天后大为惊恐地回来了,他们报告说永北城已被洗劫一空,所有城里主要人物都被扣押,绥靖专员被罗瑛孤立起来。阴云笼罩丽江,商店里、街道上人们都在谈论罗瑛。不久永北发来电报。绥靖专员来电,为响应丽江县政府的请求,他要和罗瑛一起回丽江来,他要把罗瑛当作最尊贵的客人。为了对如此有名而受人尊重的城市(丽江)表示敬意,他们将派一万人的精锐部队作为护卫队陪同。

丽江城里惊恐万状。许多店主从柜台背后消失了,因为她们是讲求实际的妇女,她们开始把最珍贵的货物集中到后屋去。我们看见邻居开始打点行装。驮着沉重包袱的小马帮和妇女偷偷摸摸陆续出城，朝雪山、喇嘛寺或拉伯而去。她们认为如果发生最坏的事情，她们的珍宝放在亲戚和朋友手里会更安全些。接着县长和其他高级官员召集了一个群众大会。关于罗瑛带着大军就要到来一事，大家进行了长时间热烈的讨论，最后通过了一致的决定：丽江不应该投降，丽江必须战斗，纳西族男男女女都将参战。就此事给绥靖专员发了电报，目的当然是针对罗瑛，同时也给姐妹城市鹤庆、剑川和大理发了电报。特别请鹤庆参加抵抗。

县政府发了一道动员令，请求每一个强壮的纳西族人从各个村来到丽江城，带着他能找到的任何武器、被盖和少量必需的食品。同时派人送信给中甸，请求藏族人帮助。这最后的一步是在多方考虑之后才做出的决定，因为藏族人总是危险的同盟者。不过他们是勇猛无畏的战士，他们对纳西族事业的忠诚，就像纳西族忠诚于自己的事业一样。一提到藏兵来了，敌人就像害怕神一样，闻风丧胆。主要是为了起到这个心理作用，才做出了邀请藏兵的决定。

罗瑛要来进攻的消息和传言，每时每刻都传来。起初报道罗瑛要带一万部队来，第二天说是二万，后来又说是四万，一直夸大到十万大军的总数，都在街头自由谈论着。观看纳西族现在表现出来的天生勇气和勇士精神，使人印象深刻。惊恐和混乱不复存在，有的是信心、纪律、秩序和充满深情的团结一致。他们互相以兄弟姐妹相待，他们聚拢来保卫可爱的家乡。

第一步是拆除扬子江大吊桥的桥板，接着拆除铁索。铁索紧固在江两岸的巨石上，从巨石上把铁索松开，铁索掉进急流，发出强烈的铿锵声。派出多支巡逻队在江岸上巡逻，以防敌人偷渡，并把渡船都拉到江这边来。参战人员从坝子和山区源源而来，有些扛着古老的滑膛枪，让人想起"三个火枪手"的时代；其他人带着火枪，许多人带着弓箭、大刀、梭镖、戟和长矛，及其他过时的武器。极少数人才带有现代步枪和手枪。衙门里有些武器，很快被分发出去了。大多数"潘金妹"挺身而出，加入她们的兄弟或情人的行列。她们除了用篮子背着男人的食品和毯子外，自己也带着步枪、长矛、大刀或普通的又长又锋利的尖刀等类武器。城里人热情地供所有来参战的人住宿，我家也成了营房。自然我们都得供他们吃的，但是负担并不重，他们很讲礼貌，很友好，没有怨言。

很快有人传报,发现江对岸有侵略军。侵犯者见纳西族做好战斗准备,同仇敌忾,吓得仓皇失措,赶紧往江下游的鹤庆方向冲去。同时,最后通牒一道道传到丽江,要求丽江无条件投降。纳西族的回答总是:"如果有本事,来打嘛!"只有鹤庆怯懦地送信去,对罗瑛表示欢迎和屈服,答应打开城门,热情接待。这种对峙的局面持续了三天。

这时,中甸的藏族援军已到,他们个个身体魁梧,精神抖擞,样子威猛。一支用步枪、长矛和大刀武装的骑兵队,骑着毛发蓬松的矮种马,雄赳赳气昂昂地从城里穿过。他们借口有各种病痛需要治疗,闯入我家里,喝掉许多坛白酒,这些白酒是我预先准备好的。我的厨师惊慌失措,不断跑到我跟前来,催促我把东西送到村里他一个朋友处,以求安全,或至少让他把我的银元用罐子装好,秘密地藏起来。我告诉他不要欺骗自己了。我补充说他可以自由处理他的财产。虽然我对纳西族和藏族不惜一切代价要抵抗的雄心壮志很有信心,但是我对局势并不是特别乐观。如果丽江失守,我想分担他们的耻辱和不幸,正像我在过去许多年中分享了他们的生活和幸福一样。

关键时刻终于到来了。在夜幕的掩护下，罗瑛的部队在鹤庆的对岸用特制的渡船过了江。从那里只要进行短行军，翻过一个山梁，就到鹤庆城了。纳西族和藏族部队来到坝子，到40里外的七河。那里是古老的木氏王国和从前的白族王国（现在的鹤庆地区）的边界。丽江城看起来好像被放弃了。商店紧闭门窗，街上行人极少。我那个"儿童合作社"的每一个成员都上前线去了。他们武装得像我们村里来的男子一样，拿着我先前从昆明收到的铁斧以及其他器具。这些器具是作为美国援助计划的一部分送给我们工业合作社的。我独自一人坐在空空的办公室里。所有的职员、和汝芝和那对老夫妇的儿子都离家去参战了。家里只留下我的厨师和我。

在难以忍受的紧张和不安的压力下，我去到李大妈家酒店。商店关闭着，不过李大妈还在家里。虽然她看起来很忧虑，但是她很镇静。她说现在人们都等着听听罗瑛这个"伟大的救星"是怎样对待鹤庆的。我们无须等多久，当我第二天来到她家坐下喝酒时，从南方来的送信人已来到城里。很快真相大白，人们三五成群地聚在一起，激动地议论着得到的消息。正像丽江许多人所疑惑那样，罗瑛不是解救者，更不是革命家，他是个土匪，一个贪得无厌的强盗，像他这种人云南几十年来还没见过呢。罗瑛进入鹤庆后,向商人和大地主勒索了大笔钱财。他的部下尽情地烧杀抢掳。关闭的商店门窗被斧子劈开,抛撒街头的绫罗绸缎没膝深。在街上妇女的金耳环被摘走,男人的戒指被夺走,上衣和裤子被扯去。镜子、时钟、衣服、器皿和其他物品被成堆地运走,有的散落在路旁和沟渠中。全城被洗劫一空。丽江现在明白了它能期待什么。甚至李大妈都充满了勇士精神,有人提到罗瑛时,她威胁地抬起她的大砍刀。

匪徒们因轻取鹤庆而大受鼓舞,现在以极大的威胁向丽江冲来。他们抛弃了一切伪装,公开宣称他们拿下丽江后要把它怎么办。他们利用贫苦纳西族人的贪财之心,要求贫苦纳西族人加入他们的队伍,说最后可以分享赃物。

当他们到达纳西族防线时,发生了一场大战。土匪人数有一万或者甚至有十万的传言是假的。也许正规队伍有五千左右。其余是随军人员——亲戚和朋友,绝大多数是妇女、儿童等等人员,他们收捡赃物,帮着把赃物运到江对岸,从那里再运回家。他们像贪食的野兽和食尸鬼,等候战斗的结束,以便抢夺剩下的东西。纳西族男子打得英勇顽强,而他们身边的姑娘，以她们的勇猛无畏，使自己出了名。据说一个"潘金妹"亲手杀了五个强盗。藏族骑兵发起的冲锋，使纳西族的攻击圆满结束。土匪被彻底击败，被赶到鹤庆城门下。罗瑛逃跑了。肥胖的绥靖专员被俘虏，并被带回丽江。伤员回到城里，我全力以赴给他们包扎伤口，所以有几天我的家像所医院。

不光彩的鹤庆现在请求纳西族人过江追击强盗，夺回他们的财物。可是丽江决定不采取任何行动，因为先前的联合行动中，鹤庆拒绝支持丽江。

当纳西族和藏族部队确信强盗已经走远时，他们回到丽江，受到热烈欢迎。设宴慰劳胜利归来的将士，送上各种礼物。由于对局势还不清楚，藏兵逗留了半个月。他们是否有别的想法，他们没有表示出来。不管怎样，他们受到抚慰，设宴招待，赠以布匹食品等礼物，尽量使他们高兴。最后他们得到一笔可观的现金礼品，对他们所做出的牺牲，这是令人满意的报酬。他们心满意足地回故乡中甸去了。

被打败的土匪及其头子罗瑛气急败坏地从鹤庆翻过山，

掠夺了剑川。他们仍然不满足,接着去抢了洱源,他们采用突然袭击的方式占领了这个小镇。目击者事后告诉我,土匪怎样拆开马先生家新大楼的每个房间,寻找金银财宝。不能带走的东西,他们就毁掉,仅只为了逗乐,就把大镜子打碎。他们甚至连我们的奶油生产合作社也不放过。他们把制奶房里的一切东西砸得粉碎。我真不明白什么东西促使他们拿走奶油分离器。这机器对他们毫无用处,反倒让我出了不少力。可是他们把这个沉重的机器搬了差不多5英里,然后把它抛弃在湖边的一条沟里。马先生后来告诉我,他确信他们把奶油分离器当作一种新的机关枪了。

在这次不幸的事件中,倒霉的绥靖专员当然为他被迫扮演的角色感到很惭愧。就以丽江而论,这是件非常丢脸的事,然而不是不可弥补的,因为毕竟丽江城没有受到损害。毫无疑问,他受到丽江县长和元老们的嘲笑和责备,然而据大家所说,他们的态度惊人地宽厚。鹤庆的情况就不同了。鹤庆遭受入侵和劫掠,那里的人们把一切罪责推到绥靖专员头上。他们声称,他们打开城门迎接罗瑛,是受了专员亲笔签署的书面保证的鼓励,不然的话,他们会像丽江一样进行抵抗的。此外,专员自己是鹤庆人,也是人们信任的元老之一。实际上他来自洱海附近地区，不过在鹤庆买了一院房子，并且在鹤庆树立了自己的地位。正因为如此，鹤庆人说他作为一个官员，作为鹤庆的元老和保护者，加倍地背叛了他们。他们要求丽江行政当局把他引渡给鹤庆，任由他们决定给他什么惩罚。同时他们把他的家人扣作人质。这比保住他在丽江的职务更加重要。在鹤庆人面前，他脸面丢尽，无可挽回了。他也无法向在昆明的省长做任何辩解。他不得不到鹤庆去，他真的去了。他家在离鹤庆城还差十里路的地方。他说他长途旅行劳累了，进城前想先休息一下。他到书房休息。一小时后听到一声枪响。当人们打开门时，发觉他坐在书桌前，头上中了一枪，已经死了。

听说老专员去世，我很难过。他是个善良的老人，对我和我办的合作社都很支持，无论何时我有麻烦或不顺心的事，他总是为我排忧解难，当我不得不去昆明时，无论写公文还是开通行证，他都很帮忙。洱源的奶油生产合作社被毁和那个美丽的小地方遭受劫掠，使我很难过。那似乎是一场我个人的损失。那是我流血流汗为之奋斗的事业的真正产品，是那个地区真正的新工业。

不知怎的，情况发生了变化，这场苦难之后，丽江不再是原来的样子。过去的安全稳定感不存在了。人们失去了工作热情，甚至失去了玩乐的兴趣。罗瑛跑了，可是他造成的损害依然存在。鹤庆市场死气沉沉，剑川、洱源的市场也不例外。人们失去了钱财，不知怎的，他们也失去了信心。没有人关心买卖。到处都在动荡，到处抢人，谣言四起。以前就不太安全的马帮大道，由于出现了小股土匪，情况进一步恶化了。这些土匪装备精良，天不怕地不怕。有人说他们是罗瑛的残余匪帮。因为有退却的土匪，到鹤庆的电话线路修复了，可是到昆明的电报线路仍然受阻。政府发给村里人的武器还没有收回。人们说他们期待着更多的麻烦事。为什么会那么多事？它从哪里来？什么时候要来？谁也不知道，然而气氛紧张，许多事都暂停了。人们在猜想会发生什么事，也许是某种新的事件。

不久街上有人传说，剑川已经"翻身"了。这到底是什么意思，人们并不十分清楚。在滇缅公路上的保山早就"翻身"了，也许已经有一两个月。来自保山的一支人马已经到达洱源，把它"翻了身"，他们现在在剑川。这些人是谁？谁也说不清。他们是共产党吗？不，他们自己都说不是。然而他们穿着一种制服，一种简便的靛蓝色制服，头戴一顶特制的便帽。他们宣告要消灭地主，一切权利归穷人，废除奢侈生活。据说，首先他们征用了一些城里最好的房屋，对小镇实行严格的控制。任何人未经允许不得离开，地主不允许外出。他们搜查过路的马帮，某些货物和武器被没收。他们禁止60岁以下的人坐轿子，有些从丽江到下关去的行人被拖下轿子，被迫给轿夫付清到下关的劳务费，并被告知要步行前往。最贫穷者组成的委员会已经选举产生，与那些神秘的人们密切合作，管理剑川。把这些报道凑合在一起，我不禁觉得我已深知这些神秘的改革者是什么人了，因为他们的工作方法和举动，我非常熟悉。

在丽江的最后时光

我坐在书桌旁,忧虑和不安困扰着我,恐惧的暗流时时袭来。我没有工作的欲望和精力,实际上也没有工作可做。无论在城里还是在村里,似乎人们对任何事情都没有兴趣,工业合作社里情绪更低落。人们三五成群低声议论,然后没精打采地去干自己的事。突然在困惑中,我决定去找我可靠而亲密的朋友吾汉,了解到底发生了什么事。他在城里和村里都有广泛的联系,肯定能开导我。正在此时,楼梯口有脚步声,吾汉来了。这几乎是令人难以置信的巧合,一次真正的心灵感应。他说他来邀请我,要我明天到他们村去,因为他要举行祭天仪式。他补充说他没有时间闲谈了,因为他得去买祭天用的香和其他东西,还得忙着回家做必要的准备。

第二天早上，我一早出发，10点以前就到吾汉家。按照习惯，他和一些朋友及东巴在祭场里斋戒过夜，现在已为举行仪式穿戴完毕。我们前往祭场，每个纳西族村子都为这类献祭设有祭场。那是一块空旷地，四周古树环绕，祭场用大小石头砌成的厚墙围着，祭场的一端有一个长祭坛，也用粗石砌成。祭坛上，两个烛台之间有一块三角形的犁铧和谷物供品。特制的大香竖立在祭坛两端。吾汉在祭坛前拜倒好几次，手里拿着香。祭天仪式就这样简单，然而它是纳西族重大的仪式之一。只有家里的男性长者有权举行这种仪式（一般由父亲举行，如果他死了，则由儿子举行）。纳西族中不同的家族在不同的时间举行这个仪式。吾汉属于有名的"古许"祭天族，而其他一些村里人属于"古展"祭天族。

在这个神圣的仪式中，一家之长向天做献祭，天由神秘的居那什罗山[1]作象征，是宇宙的中心。天神和他的将领、小神灵都住在那里。三角形的犁铧以可见的形式代表了什罗山。人们为在过去一年中五谷丰登、各种食品富足、事业繁荣昌盛、全家身体健康、家庭和睦，而恭敬地感谢慷慨的天神，并且

---

[1] 此山为纳西族认为的世界中心。

乞求它今年不要拒绝给这家人各种恩惠。

总称为羌族的黑彝和纳西族其他支系,也同样举行祭天仪式。这个仪式的起源与人类历史本身同样悠久,并且早于所有已知的宗教。祭天与《圣经》中所提到的献祭是为了同样的目的。在人类的开初,该隐和亚伯献上他们的劳动果实;当诺亚方舟着陆时,他们以同样方式感谢上帝。祭天就是各民族在历史上一直庆祝的丰收节。中国皇帝举行祭天,在北京华丽的庙宇天坛极其恭谦地做献祭。现在东正教举行的晚礼拜也是祭天,虽然形式稍有不同,但是具有同样的意图,当牧师赞美上帝赐给他面包、油脂和酒时,他感谢上帝使他生活富足、充满友爱和仁慈,并且乞求上帝来年多多赐福。这就是圣徒约翰·克雷萨斯托姆优美的圣餐仪式的要点。

祭天仪式后,总是利用献祭食物举行宴席。可是只邀请本家族中最亲的人。当客人走后只留下我们俩时,我向吾汉提出我担心的问题。

"吾汉,"我说,"我们已经是长期的亲密朋友,我要你十分坦率地告诉我丽江在发生什么事,你认为会发生什么事？我该怎么办？我感到忧虑。"

他凝视天花板好一会儿，然后他靠拢我，开始用压低的声音谈话，虽然周围除了他的老母亲和妻子外，没有外人，而她们俩既不懂英语也不懂汉语。他向我解释，那些在剑川、洱源和保山的神秘的改革者是共产党先遣队，他们深入群众之中，并为正在从四川和贵州向云南挺进的正规解放军到达之前解放云南的这部分地区铺平道路。目前他们已渗入丽江，为解放做好了一切准备。他们只是在等候某些从昆明秘密赶来的重要领导人。他说丽江正式解放之前，只有一两星期或甚至只有几天了。他自己不大懂共产主义或共产主义的原理和策略。不过在他看来，我最好的行动方针是上昆明去，并在那里待一段时间，观察发生了什么事。我们忧伤地告别——一种预兆，也许这是我对这个宁静而欢乐的农村的最后一次访问了。

我闷闷不乐地回到家。丽江一天天地变化着。

绝大多数时间我待在家里。不知怎的，我现在有点想上街了。李大妈、杨大妈和和大妈的酒店不再是我涉足丽江生活的大门、培养友谊的场所,不再是我的兴趣和知识的中心,纵然通过她们的窗口,我看见路过街头的各种陌生人。可是现在他们路过酒店前,面孔严肃而冷淡。他们高傲地离开人群往前走,显得无情而自大。我想做点事,可是又不能。我没有胃口,睡眠也不好。白天黑夜我都思绪万千。这是我的生活中一场新的危机吗?我又得上征途了吗?我去哪里呢?怎样去?什么时候去呢?离开丽江的念头或许永远是不可忍受的。在我动荡的人生中,我没有在任何地方享受过像丽江那样宁静、那样幸福的生活。对我来说,那是天堂。我想我已经尽力去赢得它,然而它似乎在悄悄溜走。我知道丽江只是对我来说是天堂,我从来不设法把外界的观念转变成我个人的信仰,或引诱它们来侵扰我。尽管我在这里和在中国长久居留,我仍然是十足的西方人,认识到东方"人间天堂"的概念与西方的不同。丽江没有旅馆、电影院,供个人享乐的东西很少。没有到扇子陡峰顶的索道,也没有本地人为赚取旅游者的小费而做的"表演"。相反,因太讲究卫生而变得虚弱的身体,永远存在生病的危险。

我在丽江的幸福生活,不只来源于悠闲地欣赏鲜花及其香气,欣赏雪峰永远变化的光辉和连续不断的宴席,也不在于我专心于工业合作社的工作,或为病人、穷人所做的服务。幸福在于平衡地对比生活的这两个方面,可是要使生活变得完美,必须相信上帝的爱与仁慈,相信我生活在其中的简朴诚实的人们的友谊和信任。当我得到这些东西时,我觉得与世无争了,更为重要的是,我的心坦然了。我相信这种幸福或许是真正的天堂的预兆,不像许多宗教神学家所描写的那样。谁会想要一个与豪华咖啡馆相似的天堂呢?在那里死者可以永远免费享受饮食,同时冥思苦想天堂景色的光辉。永远被疾病、贫困、污秽和破衣烂衫所蹂躏的地方,绝不能代替天堂。天堂也许是通过智慧、爱和做好工作所需的知识而得到的转化物。

最后,丽江宣布"翻身",立即成立了共产党执行委员会,接管了政权。县长和许多城里的元老被逮捕。本地民团的头子杨团长逃跑了,他们逮捕了他的三老婆。他们佩有特制的红袖套和徽章,头戴特别的鸭舌遮阳便帽,那似乎是中国解放军的标志。

我被人介绍给执行委员会成员。执委会由若干新来的保山解放小组的成员组成。他们有些是马共(马来西亚共产党),

有些是性格粗犷的汉族人。他们直接从马来西亚穿过泰国清迈府，艰苦跋涉进入保山。这是中国云南和马来西亚的共产党人喜欢走的路线。其中和我交谈过的一些人的俄语很好，显然在苏联受过训练。其他几个成员是纳西族，真令人吃惊！我过去从来不认识他们，他们最近从北京来，在北京他们可能被委以红色政权的官职。他们很有礼貌，看起来比马来西亚人聪明而有文化得多，也似乎更有权威。

新政府首次露面，枪毙了李医生的弟弟——那个在宴会上几乎用氯仿毒死我的坏家伙。每个人都得去看这场枪决。我没有去，因为我不喜欢看令人毛骨悚然的场面，后来因为没有去参加而被罚款两元。其后由于这类过错，我付了许多次罚款。第二天，元老们和其他被指控抽鸦片烟和对人民犯下其他罪行的人被游街示众。杨团长的妻子也在其中。他们双手被捆绑，沿途拖着脚步走，背上插着大块招贴，宣告他们的罪恶性质。

为庆祝解放，在赛马场组织了一个盛大的集会，人人都得参加。会后人们举着数百面小旗和斯大林、毛泽东的画像，从大街上走过。正在这时来了一场暴风雨，他们行进着，衣服都被雨淋透了。为了保卫革命，首先把民团解除武装，接着重新组织成一个新的团体，一支真正的小军队，现在所有青年男子都属于这个组织了。为了不让男子太逞强，体现男女平等的精神，许多姑娘穿上蓝色军服，剪掉长头发，也变成士兵了。她们在营房里与男子同吃同住，然而没有道德败坏的迹象。因为爱情和美酒佳肴都一起被禁止了。这些新兵吃得很少，供应本来就很差。不过，为了防止抱怨，军官与干部同吃，这种手法很有效。

我的村里朋友许多是新兵，他们总是找时间从后门溜进我的住房，因为我的住房挨近山上的营房。他们饥饿如狼，我们总是为他们准备着一些吃的东西，如像肉汤或肥猪肉和米饭。他们拿不出一分钱，我时常借些小钱给他们，至少够他们买香烟。

解放游行后三天，洛克博士乘包机到达，他是来做定期访问的。我无法事先告诉他这里政治局势的变化。当我对他说，"欢迎到红色天堂来"时，他几乎倒下去了。他得到礼貌的待遇。虽然他们搜查他的行李，不过没有没收他带的资金。我们在机场旁边的村里过了一夜，第二天早上进城。在这个新体制下，我们感到孤立,每天都互相见面,交流最新消息。

那时丽江有一伙很穷的鲁甸青年,他们通常是季节性农活卖工者。按照新的规定,他们不能被雇用。他们没有钱和食物,身上只有点破衣烂衫。我不忍心看见他们那样子,于是把他们全部请到我家里住了几天。我供他们吃的,供他们我能找到的衣服,给他们足够的钱,以便能回鲁甸去。

我最后确定我必须离开丽江,而且必须赶在俄国顾问和正规的官员从北京来到之前。我与洛克博士交谈此事,他也由于健康的原因,想在情况还好时,无论如何离开丽江。我们去见执委会的人,如果马来西亚成员对我们离开丽江有任何反对意见的话,很快就会被他们上司中的纳西族成员否定了。洛克博士和我本人仍然得到丽江人民的爱戴和尊敬,并且我们的威信很高。执委会批准我们乘包机离开,条件是包机必须从昆明运来好几千银元,那是省政府欠丽江教员的钱。可是与昆明的通信已中断,所以洛克博士得派一个送信员到大理送电报。我们焦急地等待着。最后得到了一个回答:飞机在 7 月 24 日或 25 日来接我们。

我从来不向任何人提起，为安全起见我要离开丽江的事。我只说我要到昆明去取新的医药托销货，这批重庆国际红十字会发给我们的货已经到昆明了。甚至到包扎行李时，我只带了我的打字机和一只装有我的衣服和几本书的皮箱。我只得抛弃我的藏书、留声机、药品和其他许多用品。洛克博士也同样留下许多物品。

有两天我在城里到处绕行，与朋友和熟人闲谈几句，向他们告别。

早上下着大雨。我的厨师病得很厉害。和汝芝拾起我那瘦小的行李，放进他的背篮里，我们出发到45里外的机场去。只有吾先敢陪同我们，他是个忠诚的朋友。可是雨太大了，道路发洪水，我劝他回去。我和和汝芝迈着沉重的步子走了很久，下午很晚才到达机场旁的村子。洛克博士早已在那里了。我们在火边尽力烤干湿透的衣服。

第二天我们一早到机场去。天气晴朗，阳光明媚。我们想飞机肯定会来。整个白天就那样过去了，快到太阳落山，飞机还没有来。我们回到村里，心里十分失望。正好我们快要打开被褥的时候，听到一阵轰鸣声，飞机降落了。我们跑回机场去。一些新来的人正登上飞机，飞机上有许多沉重的箱子，里面是给学校的银元。不能再浪费时间了，我们把跑道上的箱子拖开。我们把行李堆进去，我向眼泪汪汪的和汝芝告别，把一点钱塞到他手里。机场被村里民兵和好奇者包围。我看到玉龙雪山，我想，也许是最后一次看它了。真怪，那时刻我好像能预见将来！1951年12月，这座大山剧烈震动，强烈的震动波及丽江，远至鹤庆、洱源和更遥远的地区。足足有一个星期，大地在起伏颤抖。吓坏了的人们为了安全逃到田地里、森林中，穿着贴身衣服，任凭大自然摆布。他们回到城里时，发觉一场大浩劫，没有被毁坏的房屋已被强盗洗劫一空。白沙和拉市坝这两个村子，几乎完全被毁。剑川没有一所房子还竖着，甚至城墙都垮了。鹤庆城也完全被毁坏。

太阳已经落到高耸的扇子陡峰背后去了，可它那离去的光辉把扇形峰顶上永不消融的冰雪染成金色。在聚拢来的阴影中，冰川变成深蓝色。银色的达科他飞机停息在鲜花铺盖的高山草地上，显得自命不凡而神奇，它是众神从外层空间派来的使者。像寓言中的神鸟，来把我们抓上去，把我们带到未知世界去，把我们投进新的生活方式中去……

云影更暗了，天气在变冷。通常在太阳落山后刮来的阵阵狂风，已经在怒吼着冲下大山。我们必须抓紧时间。我最后一次向在机场为我们送行的朋友们、本地纳西族农民和喇嘛们挥手告别。飞机螺旋桨开始旋转。在朦胧中我们系紧安全带。飞机滑行到高山草地的尽头，然后轰鸣一声开始升空。当我们往坝子冲下去接着升上高空时，一群纳西族和藏族人向我们挥手致意。我们慢慢地飞过可爱的丽江城上空，它那瓦盖的屋顶和条条溪流，历历在目。飞机接着爬高，越过南山。我们最后一眼看见的是滔滔的金沙江，它在丛山峻岭的峡谷间蜿蜒奔流。接着天黑了。

这样，我结束了在丽江长达9年的停留。丽江很少为外界知道，是几乎完全被人遗忘了的中国西南部古纳西王国，虽然我在莫斯科和巴黎度过了青年时代，但是我无法解释我为什么会被吸引到亚洲来，它那辽阔而很少被人探索过的群山，它那奇特的各种民族，特别是神秘的西藏，都在吸引着我。在其他许多方面对我十分苛刻的命运，却仁慈地让我在亚洲做长途旅行。我有一种感觉，即使到现在，这种旅行尚未结束。我一直梦想找到一个被重重大山隔绝了外部世界的美丽地方，并生活在那里，也就是詹姆斯·希尔顿在他的小说《消失的地平线》中所想象的地方。小说中的主人公偶然间发现了他的"香格里拉",凭着我的设想和不屈不挠的精神,在丽江我也找到了自己的"香格里拉"。